凝煉知識品味閱讀

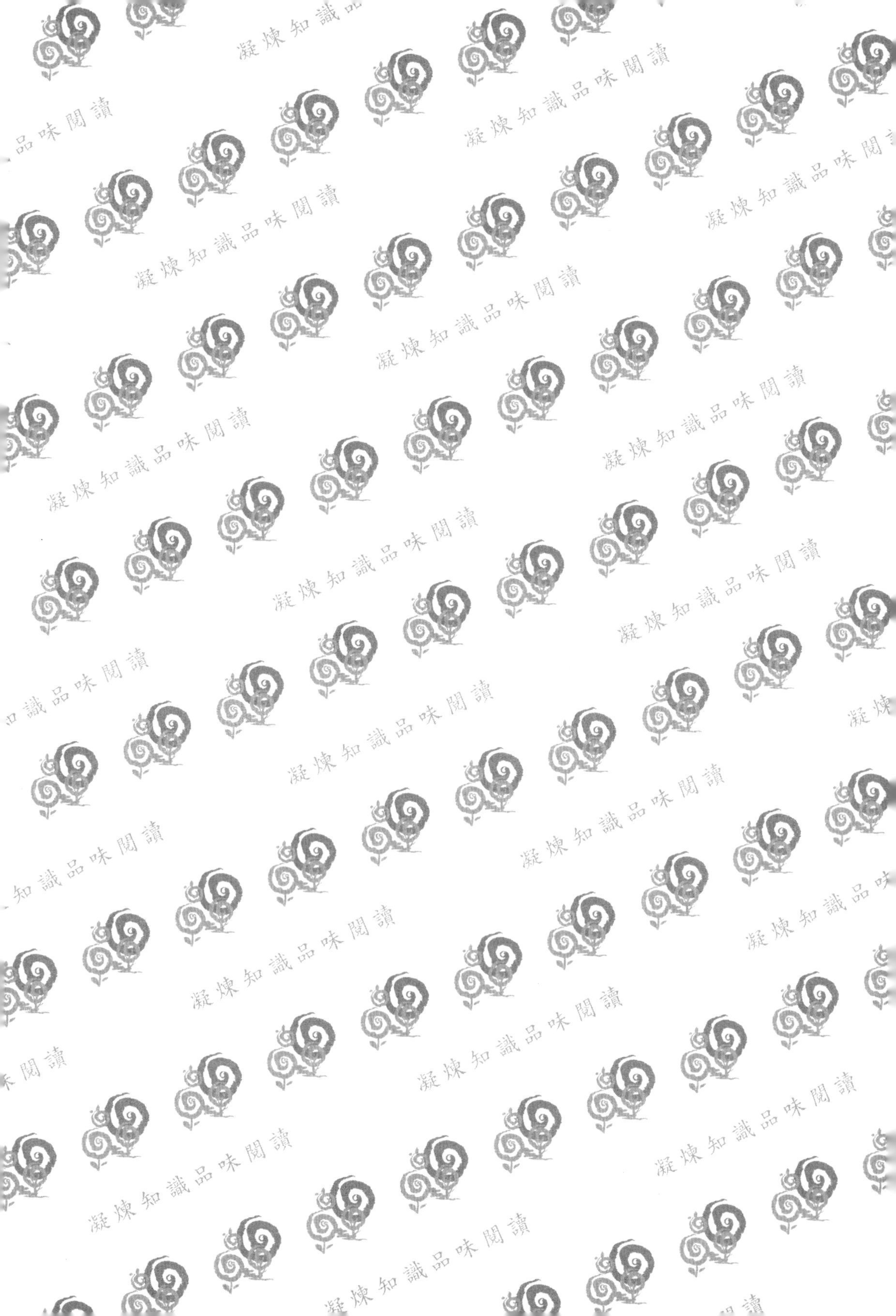

羅貫中與《三國演義》

楊自平——著

五南圖書出版公司 印行

自序

余自幼喜讀歷史故事，尤好《三國演義》。早期只認同蜀漢人物，感動於劉、關、張深厚的兄弟情義，折服於諸葛亮出神入化的謀略，欣賞趙雲忠肝義膽。常爲諸葛亮壯志未酬，遺恨五丈原黯然神傷。隨著年齡增長，透過讀《三國志》與裴注，及王船山史論與牟宗三先生之《歷史哲學》，對三國歷史與人物有更深的理解與體會。

在中大求學時，曾修習蔡信發教授開設的《史記》及章景民教授的《左傳》，蔡老師生動的講課，嚴謹獨到的評論，章老師如數家珍般介紹春秋時期的人物與事件，至今難忘。有幸在兩位老師啓發下，開啓寬闊的歷史視野，點燃對史籍研究的熱情。

自二〇〇三年起在中大大一國文及清華大學文化經典開設三國方面的課程，「三國研究」、「三國史選讀」、「漢初與三國人物」、「《三國志》與《三國演義》」，透過不斷講習經典，結合時代問題，對三國議題產生許多新想法。雖然個人專業偏重《易》學領域，其次是中國哲學，但對三國學研究熱情未減。過去曾發表〈三國人物綜論〉（《新竹師院語文學報》，第九期，二〇〇二年十二月，頁一一九—一三四。）一文，探討曹操、劉備、孫權、魯肅四位人物。也曾指導學生張嫣庭完成《劉備與諸葛亮管理蜀漢之研究》碩論。在特殊因緣下，受邀參與【經典名作鑑賞】系列叢書撰寫，得以將多年來研究三國學的心得以專書形式呈現，實爲殊勝機遇。

本書關注三大議題，分別爲如何看待《三國演義》的虛實，《三國演義》的主題與重要想法，及如何恰當理解《三國演義》的人物論述及評價，希望以通貫方式較相應的詮解《三國演義》。

有幸自二〇〇三年回母校任教，十餘年間先後出版《明代學術論集》、《世變與學術——明清之際士林《易》學與殿堂《易》學》、《清初至中葉《易》學十家之類型研究》、《儒學的現代詮釋與時代關懷》，及兩部學位論文《吳澄《易經》解釋與《易》學觀》、《梨洲對明代儒學的承繼與開展》。尚有與楊祖漢教授合編《綠色啓動：重探自然與人文的關係》、《黃宗羲與明末清初學術》二部論著。

在此，特別感謝我親愛的家人，感念先父楊景柏、家母張素貞辛苦的教養之恩。先父離世三年餘，思念之情時不容已。感謝任教新民高中的舍妹楊自青及臺北醫學大學生醫光機電研究所副教授的舍弟楊自森給予溫暖的手足關懷。外子呂學德長年來的支持，是我心靈、事業的後盾，兩位寶貝呂紹君、呂紹辰的陪伴，讓我體驗到為人母的幸福。特別感謝指導教授林安梧教授及大學導師曾昭旭教授自余從學期間至今，不斷給予鼓勵與指導。在此也感謝五南圖書出版公司第六編輯室副總編輯黃文瓊女士及編輯吳雨潔女士在編務及出版上的諸多協助。

最後，僅將拙作獻給我最親愛的家人。

楊自平
書於新竹智思齋
二〇二〇年八月

目次

羅貫中與《三國演義》

羅貫中與《三國演義》

前言

三國是後人津津樂道的時代。亂世奸雄曹操，興仁義之師的劉備，關、張的義、勇，諸葛亮的忠、智，人物鮮明，深植人心。《三國演義》在正史基礎上，加入生動的想像情節，關羽千里走單騎、劉備三顧茅廬、諸葛亮草船借箭、借東風、三氣周瑜，劉備白帝城託孤、諸葛亮遺恨五丈原，這些豐富的人物形象及複雜的歷史事件，在在牽動人心。

學界對三國的研究，除祛夢庵《三國人物論集》及張大可《三國史研究》外，尚有不少跨領域研究，如，三國學與管理、三國學與心理學、三國學與領導學等等。此外，有許多通俗性讀物，影視媒體也不斷翻新三國故事。[1]

特別值得一提，有兩部與本書同名的論著《羅貫中與三國演義》，最早的是二〇〇七年沈伯俊教授的大作，最新則是衛紹生教授於二〇一八年八月在中州古籍出版社出版的論著。這兩部書皆側重對《三國演義》的文本分析，環繞主題思想、人物形象、敘述藝術、後世影響四大面向，回應後世讀《三國演義》文本所關心的議題及存在的疑義。

沈教授將長期鑽研心得，分成五部分論述：一、成書、作者與版本，二、思想意蘊，三、人物形象，四、藝術成就，五、影響。衛教授的論著分成八部分：一、羅貫中其人之謎，二、文本研究，三、主題之爭，四、敘事藝術，五、人物群像，六、縱橫捭闔說「三奇」，七，名副其實「才子書」，八、三國謀略。

沈教授這部論著的特色與貢獻有四點：一是對作者、成書、版本作深入考證，論點為學界普遍接受；二是區分「道」與「術」，沈教授指出：

> 綜觀全書，羅貫中從未放棄道義的旗幟，從未不加分析地肯定一切謀略，對於那些野心家、陰謀家的各種陰謀權術，他總是加以揭露和批判；對於那些愚而自用者耍的小聰明，他往往加以嘲笑。可以說，《三國演義》寫謀略，具有鮮明的道德傾向，而以民本思想爲準繩。[2]

三是提出三點人物塑造方法：「一、把人物放到尖銳複雜的矛盾衝突中，通過他們各具特色的言行，表現其不同的性格。……二、採用典型的情節和生動的細節來突出人物性格。……三、運用誇張、對比、襯托、側面描寫等多種手法來塑造人物。」[3]四是「『陽剛』的總體

1 如，吳明德探討布袋戲對《三國演義》的詮釋，吳明德：〈逸宕流美　凝煉精工——許王《三國演義》的編演藝術〉，《國文學誌》第十四期，二〇〇七年六月，頁一四七—一七三。包海英探討京劇對《三國演義》的詮釋，包海英：〈民間與經典的整合——論京劇三國戲的藝術特徵〉，《齊魯學刊》（二〇〇七年第三期），二〇〇七年五月，頁六十六—七十。

2 沈伯俊：《羅貫中與三國演義》（臺北：遠流出版事業股份有限公司，二〇〇九年），頁三十二。

3 沈伯俊：《羅貫中與三國演義》，頁一六二。

藝術風格」。[4] 以上四點論述頗具見地，值得參考。

至於衛教授的論著，〈自序〉曾提出該書宗旨及關注重心：

唯有「抓大放小」，即抓住讀者最關注的重大問題，如《三國演義》的作者羅貫中之謎，《三國演義》文本的形成與流變，《三國演義》的主題之爭，《三國演義》的敘事藝術，《三國演義》的人物群像，以及《三國演義》的藝術成就，《三國演義》的謀略運用，等等，既是讀者關心的重大問題，也是《三國演義》研究不容迴避的重大問題。該書圍繞這些問題展開討論，辨章學術，考鏡源流，層層揭示《三國演義》的文化意蘊，次第展示《三國演義》的藝術成就，儘可能地把《三國演義》的精華展現給讀者。

該書第七章特別就《三國演義》被視爲「才子書」，分別就內容虛實、價值判斷、文字表現，提出四個特點：一、虛實之間見功力，二、春秋筆法有褒貶，三、興衰治亂爲綱鑒，四、華彩辭章垂後範。這四點明確點出《三國演義》成爲文學經典的重要原因。

這兩部書皆針對《三國演義》重要人物加以分析評述。沈伯俊本第三章特別提出幾位代表性人物，理想的典範——諸葛亮、「奸雄」的典型——曹操、民族文化孕育的忠義英雄——關羽、梟雄與明君——劉備、用市民意識改造的英雄——張飛、性格最完美的武將——趙雲。此外，也介紹了庸主的典型——阿斗、死於非命的蜀漢大將——魏延、無力回天的悲劇英雄——姜維，及孫權、司馬懿。衛紹生本第五章「三國演義人物群像」以類型區分為：統帥、謀士、名將、其他諸類，第六章則本毛宗崗「三奇」說，談諸葛亮、關羽、曹操三奇人。

相較沈伯俊、衛紹生兩部大作，本書較側重各類型重要人物的深入分析，這些鮮活的人物形象正是《三國演義》最深入人心的部分。既然沈、衛之作，甚至其他論著，都曾評述三國重要人物，本書何以仍偏重於此？理由有三：一、鑑於後人對於人物研究多限於虛實之爭、善惡之爭、部分與整體之爭[5]，二、對人物事件的思考可以有多層面向，三、隨時代變遷，需因應時代，不斷與經典對話，思考時代問題。基於上述，本書提出不同前賢的詮解進路供讀者參考。

本書不特別討論作者、成書、版本與議題，近年來學界對三議題皆有豐富而深入的研究，沈伯俊教授是重要代表，鑽研《三國演義》近四十年，早年有一篇單篇論文〈近二十年

4 沈伯俊：《羅貫中與三國演義》，頁一七八。

5 即論述人物功過是非僅著重在某個階段，忽略整體性。

《三國演義》研究述評〉，[6]稍晚的《羅貫中與三國演義》一書，皆談及他對《三國演義》作者、成書及版本的看法。關於《三國演義》的成書年代，沈伯俊云：

長期以來，學術界公認《三國演義》成書於元末明初。本世紀八十年代以來，一些學者不滿足於「元末明初」的籠統提法，對《演義》的成書年代問題作了進一步的探討，提出了五種有代表性的觀點。[7]

對於成書於宋代乃至以前、元代中後期、元末、明初、明中葉的不同說法，他提出三個判斷依據：

第一，對作者的生平及其創作經歷有比較清晰的瞭解。儘管一些學者對羅貫中是否元代理學家趙寶峰的門人羅本、羅貫中與張士誠的關係、羅貫中與施耐庵的關係等問題作了積極的探考，但因資料不足，見解歧異，尚難遽爾斷定《演義》成書的確切年代。第二，確認作品的原本或者最接近原本的版本。上述諸說，大都把嘉靖元年本《三國志通俗演義》視爲最接近原本面貌的版本，甚至徑直把它當作原本，在此基礎上立論。然而，近年來的研究表明，嘉靖元年本乃是一個加工較多的整理本，而明代諸本《三國志傳》才更接近羅貫中原作的面貌。這樣，以往論述的可靠性就不得不打一個相當大的折扣。第三，對作品（包括注文）進行全面而細緻的研究。有的學者通過對書中小字注所提到的「今地名」來考證《演義》的成書年代，這不失爲一種有益的嘗試。但是，這裡有兩點值得注意：其一，必須證明小字注均出自作者之手，否則，其價值就要大打折扣……其二，對小字注的考察，應當與對作品各個方面的研究結合起來，才能獲得可靠的結論，而以前對此所作的努力還很不夠。[8]

他認爲「目前比較穩妥的說法仍然是：《演義》成書於元末明初，而成於明初的可能性更大一些。」[9]

6 以下關於沈伯俊的說法均出自沈伯俊：〈近二十年《三國演義》研究述評〉國學網（http://www.frchina.net/data/detail.php?id=3970）。此外，亦可另參考沈伯俊：〈《三國演義》版本研究新進展〉，《社會科學研究》，二〇〇四年五月，頁一五〇—一五四。

7 同前註。

8 同前註。

9 同前註。

針對《三國演義》的成書，沈伯俊歸結道：

在史傳文學與通俗文藝這兩大系統長期互相影響、互相滲透的雙向建構的基礎上，元末明初的偉大作家羅貫中，依據《三國志》（包括裴注）、《後漢書》提供的歷史框架和大量史料，參照《資治通鑑》的編年體形式，對通俗文藝作品加以吸收改造，並充分發揮自己的藝術天才，終於寫成雄視百代的《三國演義》，成爲三國題材創作的集大成者和最高典範。[10]

至於《三國演義》版本的整理與研究，沈伯俊指出：

僅現存的明代刊本就有二十幾種。其中最早的是嘉靖壬午（即嘉靖元年，公元一五二二年）刊刻的《三國志通俗演義》。……各種版本數量之多，關係之複雜，都堪稱古代小說之最。……人們對此缺乏認眞細緻的研究，誤以爲《三國》的版本問題比較簡單，對各種版本的關係形成這樣一些普遍性的錯誤認識：一、嘉靖元年本是最接近羅貫中原作的版本，甚至就是羅氏原本；二、以後的各種版本都是由嘉靖元年本派生出來的；三、因此，在衆多的《三國》版本中，最值得重視的只有嘉靖元年本和毛本兩種。[11]

針對上述錯誤觀念，沈伯俊認爲經多年研究，可提出以下定見。言道：

> 一、《三國演義》的各種明代刊本，並非像過去所說的「都是以嘉靖本爲底本」，多種《三國志傳》是自成體系的。……二、從與羅貫中原作的關係來看，《三國志傳》的祖本比較接近羅貫中的原作，甚至可能就是羅貫中的原作，而嘉靖原年本則是一個經過較多修改加工，同時又頗有錯訛脱漏的版本。……三、從版本形態的角度來看，《三國演義》的版本主要有三個系統：1.《三國志傳》系統；2.《三國志通俗演義》系統；3.毛宗崗父子評改本《三國志演義》系統。此外，「李卓吾評本」雖屬於《三國志通俗演義》系統，但因其承先啓後，獨具特色，乃是後來一些重要版本的底本，也可視爲一個相對獨立的重要的子系統。四、從版本演變的角度來看，《三國志傳》與《三國志通俗演義》兩大系統是分別傳承嬗變的。《三國志傳》系統雖然祖本來源較

10 沈伯俊：《羅貫中與三國演義》，頁十六。

11 沈伯俊：《羅貫中與三國演義》，頁二十四—二十五。

早，刻本甚多，但因此比較粗蕪簡略而逐漸被淘汰。《三國志通俗演義》系統則因文字較好而更受文人關注，經其評改而不斷演進，代表了《三國》版本演變的主流，其演進的主要軌跡是：羅貫中原本→周曰校本或夏振宇本→「李卓吾評本」→毛本。12

繼沈伯俊先生對《三國演義》成書年代及版本深入詳盡研究後，近年來關四平教授《三國演義源流研究》對《三國演義》成書、版本與作者也提出許多精采見解。關教授分別由史傳、野史傳說、講史藝術及三國戲等方面談《三國演義》的成書。13至於作者，關教授於書中提到：

二十世紀二〇年代末，天一閣舊藏明藍格鈔本《錄鬼簿續編》被鄭振鐸等人發現，上面記有羅貫中的小傳，全文爲：「羅貫中，太原人，號湖海散人。與人寡合，樂府、隱語極爲清新。與余爲忘年交，遭時多故，各天一方。至甲辰復會，別來又六十餘年，竟不知其所終。……」……是迄今所知有關羅貫中生平最早、最全面、最可信的記載。14

依關教授認定《錄鬼簿續編》這篇羅貫中小傳已算是最全面、最可信的記載，但這些介紹，僅能得出羅貫中少與人往來，善於詩歌及隱射的密語或謎語，僅憑這些內容實無助於《三國演義》的研究。

至於傳統小說研究的進路，龔鵬程教授曾提出反省：「小說研究中，考證所能著力的，只有作者、作時、版本、故事源流及傳播之類問題。這樣，則小說研究，基本上僅爲一小說史的研究而已；不，這小說史又只是說編撰史而已。」[15] 龔教授又云：

> 法國雷威〈傳統小說的作者問題〉就指出：「小說與士大夫文學不同，不必如研究士大夫詩文那樣討論作者問題。」……實則從小說的傳播而言，不同的版本自有不同的閱讀功能和讀者群，讀者接受小說，亦並不以追尋作者創作時

12 沈伯俊：《羅貫中與三國演義》，頁二十六—二十八。

13 關四平：《三國演義源流研究．上編：成書研究》（臺北：龍視界文化有限公司，二〇一四年）。

14 關四平：《三國演義源流研究．中編：文本研究》，頁七。

15 龔鵬程：《文化、文學與美學．我對當前小說研究的疑惑》（臺北：時報文化出版有限公司，一九八八年），頁二六二。

之原貌為閱讀預期，這是小說跟知識性讀物、抒情作品不同處。16

對於《三國演義》類型的認定，龔鵬程教授認為不宜逕視為小說，歷史小說亦不宜，小說大部分出於虛構，故建議稱為「講史」。個人贊同此說法，《三國演義》包含實與虛，既有史事借用，也有歷史想像。故本書亦定位《三國演義》為「講史」，而非章回小說。

本書重在解讀文本意義，對文學賞析有興趣的讀者，閱讀金聖嘆、毛宗崗的評點，17 羅瓊媛《三國演義的美學世界》、陳瑞秀《三國演義之美學解讀》對美學的分析。18 陳瑞秀〈《三國演義》藝術結構論〉一文，探討藝術結構的特色。19 除此，尚有多部、多篇論著可參考。本書重在對《三國演義》進行意義理解，重新審視該書到底傳達什麼想法？有沒有那些人物或事件被誤讀？雖然作者本意已不可曉，文本也不會自己說話，只能透過讀者的理解與詮釋，但理解與詮釋也非天馬行空，必須回到文本，並與不同時空的讀者相互對話，進行「視域融合」。

關於《三國演義》理解的爭議，不少人批評羅貫中美化蜀漢君臣，醜化魏、吳人物，抹黑曹操，美化劉備；扭曲周瑜，神化諸葛亮。認為《演義》以蜀漢為主，扭曲魏、吳的歷史。胡適曾指出：「他們極力描寫諸葛亮，但他們理想中只曉得『足智多謀』是諸葛亮的大本領，所以諸葛亮竟成一個祭風祭星，神機妙算的道士。」又云：「把一個風流儒雅的周郎寫成了一個妒忌陰險的小人，並且把諸葛亮也寫成了一個奸刁險詐的小人。」[20]魯迅《中國小說史略》論《三國演義》云：「至於寫人，亦頗有失，以致欲顯劉備之長厚而似僞，狀諸葛之多智而近妖；唯關羽特多好語，義勇之慨，時時如見矣。」[21]也因此學界有不少翻案文章，曹操受到最多關注，一九五八年郭沫若寫了一系列爲曹操翻案的文章，在學界掀起熱議。

對於羅貫中是否扭曲人物形象，可試提一簡單問題回應。若羅貫中不顧史實，一味醜化曹操、周瑜等魏、吳人物，美化劉備、諸葛亮等形象，這樣一部帶有明顯偏見的作品不會是

16 龔鵬程：《文化、文學與美學：我對當前小說研究的疑惑》，頁二六三。

17 文學賞析雖非本書重心，但亦援引毛批的部分說法。本書毛批所採用的版本是羅貫中撰，毛宗崗批：《三國演義的謀略觀與政治觀》（臺北：老古文化事業公司，一九九七年）。該書將毛批獨立彙整，方便查閱。

18 羅瓊媛：《三國演義的美學世界》（臺北：里仁書局，二〇〇三年）、陳瑞秀：《三國演義之美學解讀》（臺北：文津出版社，二〇〇八年）。

19 陳瑞秀：〈《三國演義》藝術結構論〉，《中國文哲研究通訊》二十一卷二期，二〇一一年六月，頁一四五—一七四。

20 胡適：《胡適文存》（二）（臺北：遠東圖書公司，一九九〇年），頁四六七—四七五。

21 魯迅：《中國小說史略》（臺北：風雲時代出版股份有限公司，二〇一八年），頁一五三。

部好作品。但爲何後人會有如此感受?此恐與使用過於簡單的典型化理解羅貫中筆下的人物有關。陳慶元教授便曾指出：

《三國演義》在人物形象塑造上，由於「典型化」的處理方式，常遭致學者褒貶不一的評價，褒者以其能強烈凸顯主人公的性格特徵，進而在讀者心中留下難以磨滅的深刻印象；貶者則認爲如此的人物與現實情狀脫節，性格過於單一。[22]

陳文爲該議題提供極佳的思考方向，因羅貫中筆下人物鮮活，人們亦多據此理解人物，缺乏全面性認識。此外，陳文又指出：「由於作者傾全力把儒家的理想人格灌注在屬於蜀漢的主要人物上，而這些人物最終的下場都是走向失敗一途，於是便會使讀者產生一種審美經驗中的『同情式認同』。」[23]意即羅貫中以典型性方式塑造人物，側重蜀漢君臣儒家理想人格及悲劇性，引發讀者極大共鳴與同情。

面對後人質疑羅貫中扭曲人物性情，較好的方式便是從不同面向重新理解。陳文指出「典型化」人物確實是《三國演義》一大特色，有助讀者掌握人物形象，但讀者尙需跳脫此框架，見出人物更全面形象。順此補充一點，《三國演義》中的人物仍依據史實，並非陳文所說由羅貫中一手創造。

欲全面掌握《三國演義》的人物形象，可從四方面著手：一、《三國演義》是講史，不是虛構小說，因此人物性格不會是扁平人物，而是圓型人物，具有多面性。二、正視這些人物之人生不同階段的變化。三、留意人物事蹟的表象與實情。四、分判評價人物的立場是基於道德判斷或歷史判斷。如此方能揭示人物更豐富的形象。

本書關注以下議題：《三國演義》的主題爲何？書中傳達那些重要想法？並就人物形象、事件虛實等面向提出思考。希望於傳統解讀外，揭示被隱藏的部分，呈現《三國演義》更豐富的面貌。

22 陳慶元：〈毛本《三國演義》的悲劇意識〉，《東海中文學報》第二十六期（二〇一三年十二月），頁一五二。

23 陳慶元：〈毛本《三國演義》的悲劇意識〉，頁一五三。

第一章
《三國演義》的主題及重要想法

第一節　三國時勢與英雄的大主題

關於《三國演義》的主題，沈伯俊認爲《三國演義》有四點：「對國家統一的嚮往」、「對政治和政治家的評判與選擇」、「對歷史經驗的總結」、「對理想道德的追求」。[1]衛紹生認爲《三國演義》有五大主題：「嚮往統一」、「尊劉抑曹」、「宣揚仁愛」、「君臣相得」、「英雄悲劇」。[2]廖瓊媛從《三國演義》內容及羅貫中的立場提出三要點：「蜀漢正統之美」、「忠義倫常之美」、「政治投射之美」。[3]關四平則從羅貫中思想傾向提出三點：「全力謳歌人君，寄寓圖王之志」、「讚美君臣相得，追求魚水眞情」、「弘揚儒家綱紀，憧憬仁政藍圖」。[4]

綜合眾說，學者對追求統一、關注正統、君臣相得、儒家思想這四點較有共識。但既然談到全書主題，似以一項爲宜，其他可視爲重要想法。《三國演義》描述天下三分的時代，三方集團各具天時、地利、人和的條件，眾英傑依著本身能力，順應時勢逐鹿中原。全書所著力的是三方的大人物、小人物在亂世，如何建立自己的價值標準，如何規劃人生，擇木而棲，自我實現。若能從這個角度解讀《三國演義》，不僅能見出個個人物如何面對紛亂的世局，找出或創造自己的機會。對讀者本身而言，也能因此得到啓發，找到屬於自己的方向。

本書便是基於這項主題來詮解《三國演義》。

關於《三國演義》如何論述人物與時勢的關聯，在「勢」部分，此處借用楊燕起《史記的學術成就》論司馬遷所講的勢。楊燕起云：

> 在《史記》中，司馬遷所講的勢，實際上包括兩個方面的內容，一個方面是指帶有綱領性、規律性的事勢發展的總的趨勢；另一個方面是指某些政治人物在他的活動期限內，作爲他的歷史背景的具體的時勢。時勢是歷史總趨勢鍊條中的一環，是歷史發展的橫斷面因此更具有現實性。所以從「稽其成敗興衰之理」的角度來說，勢也自有規律性和現實性的程度與性質的區別。因此《史記》的所謂勢實際上是歷史發展的必然性和偶然性相結合的產物，是社會各種客觀條件的交替綜合，是各種社會力量社會矛盾衝突的集中與概括。[5]

1 沈伯俊：《羅貫中與三國演義》，頁三十四—四十。

2 衛紹生：《羅貫中與三國演義》。

3 廖瓊媛：《三國演義的美學世界》（臺北：里仁書局，二〇〇三年），頁六十一—八十。

4 關四平：《三國演義源流研究．中編：文本研究》，頁十一—十二。

5 楊燕起：《史記的學術成就》（北京：北京師範大學出版社，一九九六年），頁二七四。

此處所說的勢，包括事勢發展的總趨勢，及與某些領導者相關聯時勢，包括規律性和現實性、必然性和偶然性等複雜因素。

楊燕起又據《史記》進一步闡發時勢與英雄的關聯，言道：

> 《史記》中的代勢之天，包含如下的重要思想成就：第一，在一個長時間裡由各種社會力量、社會因素，逐漸積聚而形成的歷史發展趨勢，適如一種潛在社會客觀力量在左右人間世事，並對重要的社會變革，起著強大的推動作用。……第二，當社會處於急速變化的時期，歷史的進程有可能突破它固有的格局，而呈現某種奇跡，於是事勢的發展，就會將一些本來不怎麼顯著的人物，推向歷史舞臺，甚至使他們成爲時勢的主宰者。……第三，歷史趨勢變化積聚的過程，往往不爲一般人所認識，只有眞正賢能的人，才有可能注意到事勢的「幽明」狀態，並能根據自己的觀察，以某種方式適當地預見到事勢未來發展的某種結果。……第四，一定的帶有規律性的事勢發展的客觀力量是不可抗拒的，如果人們的行爲，不適合它的發展的要求，即使是賢能的公子貴族、英雄豪傑，也是不能成就事業，以實現他們的理想和願望的。……第五，勢的思想與通變觀點又是緊密聯繫不可分的。司馬遷認爲，時勢的積累形成，有一個漸、變的過程。……第六，《史記》中多有審度事勢，以影響天

下存亡的記敘與評論，……強調人謀對於歷史發展的重要。[6]

上述六點可歸結成四要點，一、歷史發展有其大趨勢。二、歷史特殊機緣將某些小人物推上歷史舞臺。三、人謀會影響時勢，但亦有人力無法改變的時勢。四、只有賢明者方能洞悉大局，能掌握時勢的漸與變方能通變。這四大點皆可作爲論三國英雄與時勢的重要參考。

關於大時代，《三國演義》第一回如是描述：

> 話說天下大勢，分久必合，合久必分：周末七國分爭，併入於秦。及秦滅之後，楚、漢分爭，又併入於漢。漢朝自高祖斬白蛇而起義，一統天下。後來光武中興，傳至獻帝，遂分爲三國。推其致亂之由，殆始於桓、靈二帝。桓帝禁錮善類，崇信宦官。及桓帝崩，靈帝即位，大將軍竇武、太傅陳蕃，共相輔佐。時有宦官曹節等弄權，竇武、陳蕃謀誅之，作事不密，反爲所害。中涓自此愈橫。[7]

6 楊燕起：《史記的學術成就》，頁二七五－二八〇。

7 羅貫中：《三國演義》（臺北：五南圖書出版有限公司，二〇一七年），頁一。

開門見山揭示歷史發展的大原則：「分久必合，合久必分」，再舉出實例佐證，從戰國七雄到秦一統天下，談到楚漢相爭到高祖得天下，其後歷經光武中興，最後到桓、靈二帝。由東漢末戚宦相爭拉開三國序幕，呈現群雄逐鹿的紛爭局面。

羅貫中基於史實描寫時勢的變化，詳述鋪陳三場對時局有決定性作用的重要戰役：官渡之戰、赤壁之戰及夷陵之戰。並刻劃檯面上、檯面下的人物，如何找到自己的舞臺，考察時勢造英雄及英雄造時勢的過程，從北方群雄爭戰，到三國鼎立，最後吳國滅亡，晉一統天下。「自此三國歸於晉帝司馬炎，為一統之基矣。此所謂『天下大勢，合久必分，分久必合』者也。」[8]《三國演義》娓娓道出這段英雄輩出的風雲時代，毛宗崗曾云：

> 以古今人才之眾，未有盛於三國者也。觀才與不才敵，不奇；觀才與才敵，則奇。觀才與才敵，而一才又遇眾才之匹，不奇；觀才與才敵，而眾才尤讓一才之勝，則更奇。[9]

三國時代，不僅三方領導者皆為英雄，三方陣營英雄、英才、雄才輩出。這些英雄豪傑如何把握時勢，發揮長才，創造有利契機，是《三國演義》的核心主題。

第二節　世族與寒門的階級差異

讀《三國演義》除欣賞人物的智勇風采外，也需留意出身背景對人物的影響。東漢時期，世族在社會有極大影響力。林瑞翰〈南朝世族寒門政權之轉移〉一文指出：

> 東漢後期已出世族之雛型，汝南袁氏、弘農楊氏即爲當時最大的世族。東漢尚氣節，崇儒術，孝廉察舉多以德行、經術入選，蔚爲累世公卿而成爲漢末之世族，故德行、經術、世族三者有密切之關係。[10]

三國幾位重要人物，袁紹一族四世三公，與袁術同出身汝南袁氏家族。司馬懿出身河內

8 羅貫中：《三國演義》，頁七八一。

9 毛宗崗批：《三國演義的政治與謀略觀．讀三國志法》（臺北：老古文化事業公司，一九九七年），頁八。

10 林瑞翰：〈南朝世族寒門政權之轉移〉，《臺大歷史學報》第十四期（一九八八年七月），頁二一七。

世家大族，荀彧、荀攸出自潁川世族，鍾會亦出自潁川大族。江東亦有吳、朱、張、顧、陸五大家族，陸遜、陸抗父子便出身陸氏家族。這些世家大族重經術、重德行，在社會享有極高聲望。世族與世族通婚，廣交名士，與皇族維持一定關聯，形成豐富的人際網絡。

論魏、蜀、吳三方領導者的出身，曹操爲曹嵩之子，曹嵩原姓夏侯，因家貧而認宦官中常侍大長秋曹騰爲養父。即便曹騰專擅朝廷，但仍不被世族重視，無怪乎曹操非常重視許劭的品題，藉此提升自己的聲望。

至於劉備則是名副其實的沒落皇族，因父早逝，與平民無異。第一回據《三國志》詳細介紹劉備的出身：

> 中山靖王劉勝之後，漢景帝閣下玄孫；……昔劉勝之子劉貞，漢武時封涿鹿亭侯，後坐酬金失侯，因此遺這一枝在涿縣。玄德祖劉雄，父劉弘。弘曾舉孝廉，亦嘗作吏，早喪。玄德幼孤，事母至孝；家貧，販屨織蓆爲業。

劉備雖爲劉勝、漢景後代，到祖、父輩已沒落。父親曾舉孝廉，任地方公職，然因早逝，年幼的劉備只得靠織席、織草鞋爲生。無怪孔融派太史慈請劉備救援，劉備回了一句：「孔北海知世間有劉備耶？」[11]可見出劉備沒落貴族的心境。

至於孫權，承繼父兄基業，父兄赤手空拳，爭得江東這片江山，自然屬於平民階層，稱王後與吳氏、陸氏家族聯姻，提升在江東的聲望。

三方領導者大抵在當時都算是平民階層，唯劉備為皇室苗裔，延續重儒術的家風，拜鄭玄為師，仍保留貴族風範與氣度。此外，三子因成長環境，言行舉止、人格形象、吸引人才與對待人才的方式不同，支持族群亦有殊異，值得留意。

第三節　「義」的不同層次與現實抉擇

《三國演義》刻劃人物的忠義形象，讓人印象深刻。這些忠義人物面對義利抉擇，優先選擇義，「義」指為所當為，有所不為。忠孝節義須合於義，否則流於愚忠、愚孝、愚信。

羅貫中使用「義」字有多重涵義，最常出現的是朋友間的兄弟情義或是上對下的知遇情義、道義，這樣的「義」不同於道德層面的仁義禮智，而是有限的、狹義的情義。好比劉、關、張三人的兄弟情義，及曹操對關羽的惜才之情及關羽回報曹操的恩義。以下進一步藉

11 羅貫中：《三國演義》，頁六十五。

劉、關、張結義分析「義」的不同層次。

其一，三人結義的動機是基於共赴國難，解民疾苦，此屬於家國大義。《演義》第一回提到：「既結爲兄弟，則同心協力，救困扶危；上報國家，下安黎庶；不求同年同月同日生，但願同年同月同日死。皇天后土，實鑒此心。背義忘恩，天人共戮。」[12]

其二，劉、關、張三人的生死之約，超越友誼，屬兄弟情義，兼具君臣之義。關羽曾向張遼如此描述他與劉備的關係，「我與玄德，是朋友而兄弟、兄弟而又君臣也。」[13]這生死之約讓關羽面對曹操愛才的種種作爲，仍堅定的尋訪兄長下落，得知結果後，留下除赤兔馬外曹操所有餽贈之物，義無反顧離去。在第二十六回記載關羽的心志：

> 「人生天地間，無終始者，非君子也。吾來時明白，去時不可不明白。……」震曰：「倘曹操不允，爲之奈何？」公曰：「吾寧死，豈肯久留於此？」……關公寫書答云：「竊聞義不負心，忠不顧死。羽自幼讀書，粗知禮義，觀羊角哀、左伯桃之事，未嘗不三歎而流涕也。前守下邳，內無積粟，外無援兵；欲即效死，奈有二嫂之重，未敢斷首捐軀，致負所託；故爾暫且羈身，冀圖後會。近至汝南，方知兄信；即當面辭曹操，奉二嫂歸。羽但懷異心，神人共戮。披肝瀝膽，筆楮難窮。瞻拜有期，伏惟照鑒！」[14]

透過關羽給曹操的書信，又再次見出關羽心志。載道：

即羽少事皇叔，誓同生死；皇天后土，實聞斯言。前者下邳失守，所請三事，已蒙恩諾。今探知故主現在袁紹軍中，回思昔日之盟，豈容違背？新恩雖厚，舊義難忘。茲特奉書告辭，伏惟照察。其有餘恩未報，願以俟之異日。[15]

關羽又透過實際行動表達堅定意志。載道：「一面將累次所受金銀，一一封置庫中，懸漢壽亭侯印於堂上，請二夫人上車。關公上赤兔馬，手提青龍刀，率領舊日跟隨人役，護送車仗，逕出北門。」[16]

既然已將曹操所賜珍寶奉還，為何唯獨留赤兔馬？個中原因見於二十五回：「吾知此馬日行千里，今幸得之，若知兄長下落，可一日而見面矣。」[17]關羽欲乘快馬早日與劉備相

12 羅貫中：《三國演義》，頁三。
13 見第二十六回羅貫中：《三國演義》，頁一六八。
14 羅貫中：《三國演義》，頁一六八—一六九。
15 羅貫中：《三國演義》，頁一六九。
16 羅貫中：《三國演義》，頁一六九。
17 羅貫中：《三國演義》，頁一六二。

會，顯見心志堅定。

此外，劉、關、張三人的生死之約，也意外制約性情魯莽的張飛不輕易犧牲或負氣離去。第二回便記載張飛以督郵怠慢劉備，便欲殺之。劉、關二人恐張飛因殺朝廷命官而遭判死，故極力勸阻，張飛雖聽進，但不願爲督郵所制，而欲獨自離去，經劉備想出一策，勸道：「我三人義同生死，豈可相離？不若都投別處去便了。」張飛才稍釋懷。18

第十五回提到張飛守徐州城不利，欲自刎謝罪，被劉備一番話勸下：

吾三人桃園結義，不求同生，但願同死。今雖失了城池家小，安忍教兄弟中道而亡？況城池本非吾有；家眷雖被陷，呂布必不謀害，尚可設計救之。賢弟一時之誤，何至遽欲捐生耶！19

其三，三人的行事以興復漢室爲準則，並約定若違背將受嚴格批判。第一例，關羽不得已投靠曹操，但卻明白約定三事，第一件要事便是「只降漢帝，不降曹操。」20

劉備在官渡之戰，獲知關羽助曹，便請陳震送書信給關羽。書信內容如下：「備與足下，自桃園締盟，誓以同死；今何中道相違，割恩斷義？君必欲取功名，圖富貴，願獻備首級以成全功！書不盡言，死待來命！」21看完劉備的責備信，關羽連忙修書請陳震帶予劉備，又留書曹操表明心志，急欲與劉備相會。

但當關羽興沖沖見到張飛，卻遭張飛長矛相向。第二十八回記載：

> 關公望見張飛到來，喜不自勝；……只見張飛圓睜環眼，倒豎虎鬚，吼聲如雷，揮矛向關公便搠。關公大驚，連忙閃過，便叫：「賢弟何故如此？豈忘了桃園結義耶？」飛喝曰：「你既無義，有何面目來與我相見！」關公曰：「我如何無義？」飛曰：「你背了兄長，降了曹操，封侯賜爵。今又來賺我！我今與你拼個死活！」[22]

張飛責難關羽的無義，替代與兄長重逢喜悅，張飛無法容忍結義的兄長竟背劉降曹。對劉、關、張三人而言，曹操是漢賊，指責關羽背叛，是出於認定背棄興復漢室的理念，故不

18 羅貫中：《三國演義》，頁七。
19 羅貫中：《三國演義》，頁九十二。
20 第二十五回，羅貫中：《三國演義》，頁一六〇。
21 羅貫中：《三國演義》，頁一六八。
22 羅貫中：《三國演義》，頁一八〇。

念兄弟情義，以長矛對付關羽。

其四，當面臨興復漢室的理想與兄弟情義不能兩全，劉備、張飛選擇將兄弟情義擺前頭，未能貫徹家國大義高於兄弟情義。第八十一回記載劉備不聽趙雲勸諫，執意伐吳。言道：

說先主起兵東征。趙雲諫曰：「國賊乃曹操，非孫權也。……」先主曰：「孫權害了朕弟，又兼傅士仁、糜芳、潘璋、馬忠皆有切齒之讎；啖其肉而滅其族，方雪朕恨。卿何阻耶？」雲曰：「漢賊之讎，公也；兄弟之讎，私也。願以天下爲重。」先主答曰：「朕不爲弟報讎，雖有萬里江山，何足爲貴？」遂不聽趙雲之諫，下令起兵伐吳。[23]

趙雲以公私之辨勸諫，對蜀國而言，聯吳伐魏是公，爲弟復仇是私；然劉備的回應竟是爲弟復仇高於個人得天下的一己之私，意即兄弟情義在個人名利之上。趙雲從人臣的角度思考，劉備則站在一己的角度考慮。

張飛的想法與劉備類似，《演義》載道：

飛曰：「吾兄被害，讎深似海；廟堂之臣，何不早奏興兵？」使者曰：「多有勸先滅魏而後伐吳者。」飛怒曰：「是何言也！昔我三人桃園結義，誓同生死；今不幸二兄半途而逝。吾安得獨享富貴耶！吾當面見天子，願爲前部先鋒，掛孝伐吳，生擒逆賊，祭告二兄，以踐前盟！」[24]

張飛復仇心切，此時亦不提興復漢室的理念，而將爲兄長報仇置於個人名利之上。劉、張二人在兄弟受難的衝擊下，情感勝過理智，忘卻爲國除害的理念，僅以兄弟情義高於個人名利來思考，執意復仇。

劉、關、張三人的生死之約，是基於經世濟民的理想，此乃「桃園三結義」的重「義」精神，「救困扶危」便是所謂的上報國恩，此爲義所當爲，故誓辭末尾言道：「背義忘恩，天人共戮」。少了「義」，便與一般「結拜」無異。順此，劉、關、張理應以救世爲先，再談同生死，但從劉、張二人後來作爲看，卻將兄弟情義擺優先？以下將予進一步探析。

23 羅貫中：《三國演義》，頁五一九。
24 羅貫中：《三國演義》，頁五一九。

一、三人結拜動機確實出於三人欲戮力興復漢室的共同理想。二、生死之約使三人約定絕不相負，也意外抑制張飛暴躁的性格，避免衝動誤事。三、可惜當兄弟情誼與興復漢室的理想發生衝突時，情感的力量超越理性。當關羽受難於吳，劉備、張飛便急切的想為關羽復仇，劉備在張飛遇害後，不聽趙雲勸諫，執意興兵伐吳。正說明最初，三人基於共同理念，以生死之約宣誓這分決心。在理想狀況下，三人全心一意，努力朝理想目標邁進，可惜中途有人受難，感性的兄弟情義便高過理性的理想追求。順此方能相應理解劉、關、張三結義。

三人既立下生死之約，何以劉備、張飛曾懷疑關羽因私利降曹？原因之一是關羽與劉、張失聯。關羽見陳震拿出劉備書信後流涕言道：「某非不欲尋兄，奈不知所在也。」[25]劉備身處袁營，在回覆袁紹問候言道：「二弟不知音耗，妻小陷於曹賊；上不能報國，下不能保家，安得不憂？」[26]在官渡之戰，得知關羽助曹殺了顏良、文醜，方得知關羽在曹營。[27]

原因之二是關羽當時的特殊處境，當曹操取下劉、張所駐守的小沛，劉、張二人便依附袁紹。關羽隻身駐紮下邳，與曹軍交戰數回不果。此時關羽有兩條路，或抱誓死如歸之心抗曹，或先委身事曹。關羽先選擇前者，後經張遼提點選擇權宜的後者，但約定三事，[28]並許以立功回報後，一有劉備消息後便離開曹營。

第二十五回提到關羽本意，載道：「吾今雖處絕地，視死如歸。汝當速去，吾即下山迎戰。」[29]身居曹營的張遼以故友之姿說降關羽。爲關羽分析眼下情勢：

當初劉使君與兄結義之時，誓同生死；今使君方敗，而兄即戰死，倘使君復出，欲求兄相助，而不可復得，豈不負當年之盟誓乎？其罪一也。劉使君以家眷付託於兄，兄今戰死，二夫人無所倚賴，負卻使君依託之重。其罪二也。兄武藝超群，兼通經史，不思共使君匡扶漢室，徒欲赴湯蹈火，以成匹夫之勇，安得爲義？其罪三也。[30]

25 見第二十六回。羅貫中：《三國演義》，頁一六八。

26 見第二十五回。羅貫中：《三國演義》，頁一六三。

27 見二十五、二十六回。

28 三事指：「一者，吾與皇叔設誓，共扶漢室，吾今只降漢帝，不降曹操；二者，二嫂處請給皇叔俸祿贍，一應上下人等，皆不許到門；三者，但知劉皇叔去向，不管千里萬里，便當辭去。三者缺一，斷不肯降。」羅貫中：《三國演義》，頁一六〇。

29 羅貫中：《三國演義》，頁一五九。

30 羅貫中：《三國演義》，頁一六〇。

若執意抗曹，若不幸犧牲，便違背生死之約，此不義也；若無法安全保護劉備兩位夫人，此不信也；若逞一時之勇，不計復漢大業，此不智也。且這三點正中關羽下懷，遂以權宜之計降曹，身降心不降。關羽語張遼「深感丞相厚意；只是吾身雖在此，心念皇叔，未嘗去懷。」[31]

劉、張與關羽失去聯繫，後來得知關羽身處曹營。或許有人質疑，爲何定下生死之約的三人，卻出現不信任的情況？一來，劉、張不明關羽降漢不降曹的約定；再者，劉、張不知關羽與曹操許諾立功報恩後離去的約定，只見關羽爲曹操除掉袁營顏良、文醜兩位大將。即便三人交誼甚固，劉、張的疑慮實人性難免。「曾參殺人」一例便可爲佐證。

但值得注意的是，類似事件發生在劉備攜荊州百姓渡江避曹軍，趙雲失聯。糜芳回報親見趙雲往西北，斷定趙雲降曹，張飛立即表示不滿，但劉備不信，並提醒張飛勿衝動，還以當年關羽遭誤解一事爲誡。第四十回記載：

> 正悽惶時，忽見糜芳面帶數箭，踉蹌而來，口言：「趙子龍反投曹操去了也！」玄德叱曰：「子龍是我故交，安肯反乎？」張飛曰：「他今見我等勢窮力盡，或者反投曹操，以圖富貴耳。」玄德曰：「子龍從我於患難，心如鐵石，非富貴所能動搖也。」糜芳曰：「我親見他投西北去了。」張飛曰：「待

我親自尋他去，若撞見時，一槍刺死！」玄德曰：「休錯疑了。豈不見你二兄誅顏良、文醜之事乎？子龍此去，必有事故，我料子龍必不棄我也。」[32]

足見面對類似情事，張飛仍維持一貫直率性情，劉備會自省，已能冷靜判斷。

藉由關羽委身曹營一事，突顯關羽守經行權的作爲，亦顯出劉、張於兄弟情義外，對理想的堅持。唯有如此理解，方能見出個中深意。

31 第二十五回，羅貫中：《三國演義》，頁一六二。

32 羅貫中：《三國演義》，頁二六六。

第二章

三國領導者的理解與想像

曹操、劉備、孫權是三國傑出領導者，之所以在東漢末年凌空而起成爲霸主。是因當時民意歸趨，三人各自擁有一大批支持者。梁啓超《中國歷史研究法》曾關注英雄與時代的關聯議題。[1]梁啓超云：

「試思中國全部歷史如失一孔子，失一秦始皇，失一漢武帝，……其局面當如何？……其他政治界、文學界、藝術界，蓋莫不有然。」[2]梁氏將這些對歷史有重要影響的人物稱爲「歷史的人格者」，並定義道：「以當時此地所演生之一群史實，此等人實爲主動——最少亦是一部分主動——而其人面影響之擴大，幾於掩覆其社會也。」[3]

梁啓超又指出主導時代重要人物的人數與時代進化有關。言道：「文化愈低度，則『歷史的人格者』之位置，愈爲少數所壟斷，愈進化則其數量愈擴大。」[4]又云：「其在古代，政治之汙隆，繫於一帝王，繫於一宗師，則常以一人爲『歷史的人格者』。及其漸進，而重心移於少數階級或宗派，則常以若干人之首領爲『歷史的人格者』。」[5]

梁啓超的說法，相當有見地。雖然過去歷史的主導權集中在少數人手中，但他認爲這些少數個體，並非獨立於群體之上操控時代，而是個體與群體間有著緊密關聯。梁氏進一步提出說明：

其一，「所謂『首出的人格者』，表面上雖若一切史蹟純爲彼一人或數人活動之結果，然不能謂無多數人的意識在其背後。實則此一人或數人之個性，漸次侵入或鐫入於全社會而易其形與質。」[6]又云：「社會多數人或爲積極的同感，或爲消極的盲從，而個人之特性，寖假遂便爲當時此地之民衆特性——亦得名之曰集團性或時代性。」[7]梁氏認爲「首出的人格者」與群衆意識是相關聯的，「首出的人格者」反應某個集團的特性，或是反應時代的特性。

其二，就個殊性而言，每個個體都是獨一無二的，但在某些觀點或作法上，卻又形成流

1 拙作曾討論該議題，參見〈牟宗三先生歷史哲學論英雄與時代之意義探析〉，《當代儒學研究》第四期，二〇〇八年七月，頁一六九—二〇三。

2 梁啓超：《中國歷史研究法．史蹟之論次》（臺北：里仁書局，一九八四年），頁一六三。

3 梁啓超：《中國歷史研究法．史蹟之論次》，頁一六三。

4 梁啓超：《中國歷史研究法．史蹟之論次》，頁一六三。

5 梁啓超：《中國歷史研究法．史蹟之論次》，頁一六三。

6 梁啓超：《中國歷史研究法．史蹟之論次》，頁一六四。

7 梁啓超：《中國歷史研究法．史蹟之論次》，頁一六四。

行，其中少數人或是某個人扮演著領導流行的角色，透過引領者，使群眾的喜好得以鮮明表現。梁啓超言道：

所謂「群眾的人格者」，論理上固爲群中各分子各自個性發展之結果，固宜各自以平等的方式表顯其個性。然實際上其所表顯者，已另爲一之集團性或時代性，而與各自之個性非同物，且尤必有所謂「領袖」者以指導其趨向執行其意思，然後此群眾人格乃得實現。8

梁啓超澄清他所講的「首出的人格者」（含集團領袖）並非道德人物，而是最能掌握時代脈動，且依此趨勢而行事者。曾云：

所謂大人物者，不問其爲善人、惡人，其所作事業爲功爲罪，要之其人總爲當時此地一社會——最少是該社會中一有力之階級或黨派——中之最能深入社會閫奧，而與該社會中人人之心理最易互相了解者。如是，故其暗示反射之感應作用，極緊張而迅速。9

綜合梁氏上述兩點，可歸結出，「首出的人格者」與「群眾的人格者」是互相顯發的。「首出的人格者」是外顯的，「群眾的人格者」是內隱的，後者是前者的基礎，而前者是後者的集體外顯表現。

梁啓超也提出一個值得思考的問題，即「首出的人格者」與「群眾的人格者」何以有這般關聯性。曾云：「吾以為歷史之一大秘密，乃在一個人之個性，何以能擴充為一時代一集團之共性？與夫一時代一集團之共性，何以能寄現於一個人之個性？」[10] 關於這個問題的解答，這些「首出的人格者」他們能掌握時代脈動，應機而出，且具有洞觀整個時勢，具有解決時代問題的卓越能力，更特別的是具有領袖魅力。意即「首出的人格者」所以成為時代焦點，實因具備英雄特質。曹操、劉備、孫權三人均具有此特質。

劉劭《人物志》曾對英雄提出一番精闢見解，可謂目前所見最明確且深刻的觀點。彙整《人物志》對英雄的重要論述，劉劭云：「聰明秀出謂之英，膽力過人謂之雄。」[11] 又云：「必聰能謀始，明能見機，膽能決之，然後可以為英。……氣力過人，勇能行之，智足斷

8 梁啓超：《中國歷史研究法・史蹟之論次》，頁一六四。
9 梁啓超：《中國歷史研究法・史蹟之論次》，頁一六五。
10 梁啓超：《中國歷史研究法・史蹟之論次》，頁一六四。
11 劉劭撰，蔡崇名校注：《人物志》（臺北：臺灣古籍出版有限公司，二〇〇〇年），頁二二九。

事，乃可以爲雄。」[12]又道：「體分不同，以多爲目，故英、雄異名，然皆偏至之才，人臣之任也。故英可以爲相，雄可以爲將。若一人之身，兼有英雄，則能長世。」[13]又：「故一人之身，兼有英、雄，乃能役英與雄，能役英與雄，故能成大業也。」[14]及〈體別〉篇云：「夫學所以成材也。」[15]

上述說法可歸成四要點：一、一人同時具備出色的英才與雄才特質方可稱爲英雄。二、同時具有卓越的英與雄特質者方可成爲君王。三、唯英雄能領導天下的英才與雄才，共同成就大事。四、劉劭的英雄觀是從才性上說，強調此才分是天生的，後天的努力只能使天生的才分發揮。

正因曹操、劉備、孫權具有英雄之姿，方能聚集一方英才、雄才共創大業，彼此交輝，激盪出時代光彩。因此，端靠英雄難成就大事，得形成集團方能成事。以下將分別就曹操、劉備、孫權及其所領導集團的特質深入分析。

第一節　曹操的權術及功利結合的曹魏集團

《三國演義》刻劃曹操一代奸雄形象。「奸雄」是兼言才能與品行，就才能而言，曹操無疑是個英雄；就品行而言，有陰險狡詐，不行正道的一面。陳慶元曾云：「在全書中，劉備和曹操是作者有意塑造的對比人物，同樣是建立霸業，曹操不顧道德倫理的作爲，是很難得到民眾認同的。」[16]「奸雄」亦見於第一回許劭在曹操施壓下的品題語。[17] 橋玄、何顒亦曾肯定曹操的大才：「天下將亂，非命世之才，不能濟。能安之者，其在君乎？」及「漢室將亡，安天下者，必此人也。」[18]

毛宗崗曾總括曹操的「奇」，即善於總攬人才，欺蒙天下人。並舉五事評論之，一是曹操是僞君子，勤王是僞忠、黜袁術稱帝願爲曹侯是假意順從、不殺陳琳是僞寬厚、不追關羽是僞義；二是知人得士，三是擊烏桓，四是討伐董卓，五是不篡君位。[19] 而此可見出曹操性

12 劉劭撰，蔡崇名校注：《人物志》，頁二三五。

13 劉劭撰，蔡崇名校注：《人物志》，頁二三九。

14 劉劭撰，蔡崇名校注：《人物志》，頁二四三。

15 劉劭撰，蔡崇名校注：《人物志》，頁二三五。

16 陳慶元：〈毛本《三國演義》的悲劇意識〉，頁一五四。

17 《三國演義》載道：「汝南許劭，有知人之名。操往見之，問曰：『我何如人？』劭不答。又問，劭曰：『子治世之能臣，亂世之奸雄也。』操聞言大喜。」羅貫中：《三國演義》，頁五。

18 羅貫中：《三國演義》，頁五。

19 毛宗崗批：《三國演義的政治與謀略觀・讀三國志法》，頁九。

格的多面性，欲恰當評價其功過並非易事。

《三國演義》與正史中的曹操有一點大不同，即對曹操的情緒、隱微的心思會多所揣摩，這部分當然有羅貫中的詮釋加入其中。書中屢出現曹操大笑、笑、大喜、大怒、怒、大驚等鮮活形象。如，第十回曹操得知陶謙部將殺曹嵩後的大怒。載道：「操切齒曰：『陶謙縱兵殺吾父，此讎不共戴天！吾今悉起大軍，洗蕩徐州，方雪吾恨！』」[20]第二十二回孔融見曹操，勸曹與袁紹和談，曹聽完荀彧對袁的分析，大笑回應。載道：「操大笑曰：『皆不出荀文若之料。』」[21]第十一回記載曹操收到劉備來信後的「大罵」：「劉備何人，敢以書來勸我！且中間有譏諷之意！」[22]與呂布交戰，無計可脫時，大叫：「誰人救我！」[23]皆鮮明展現曹操的情緒、神態。

再藉以下文字見出《演義》如何鮮明刻劃曹操獨特的個人特質。第四十八回提到赤壁戰前，曹操與眾謀士談論軍情。載道：

程昱曰：「船皆連鎖，固是平穩；但彼若用火攻，難以迴避。不可不防。」操大笑曰：「程仲德雖有遠慮，卻還有見不到處。」荀攸曰：「仲德之言甚是。丞相何故笑之？」操曰：「凡用火攻，必藉風力。方今隆冬之際，但有西風北風，安有東風南風耶？吾居於西北之上，彼兵皆在南岸，彼若用火，是燒自己之兵也，吾何懼哉？若是十月小春之時，吾早已提備矣。」諸拜皆伏拜曰：「丞相高見，眾人不及。」24

當程昱嚴肅分析情勢，曹操的大笑劃破嚴肅氣氛，荀攸的提問，曹操的高論，到眾人拜服，整個景象生動鮮活，類似的情景常出現在曹營。

除這些生動的情緒表現外，亦常出現曹操中計的心態描寫。第四十二回曹軍在長坂橋遇張飛後急追劉備，但卻遇關羽殺出。載道：

當頭那員大將，手執青龍刀，坐下赤兔馬。原來是關雲長，去江夏惜得軍馬一萬，探知當陽長坂大戰，特地從此路截出。曹操一見雲長，即勒住馬回顧眾將曰：「又中諸葛亮之計也！」傳令大軍速退。25

20 羅貫中：《三國演義》，頁六十二。
21 羅貫中：《三國演義》，頁一四五。
22 羅貫中：《三國演義》，頁六十七。
23 第十一回，羅貫中：《三國演義》，頁七十。
24 羅貫中：《三國演義》，頁三〇八—三〇九。
25 羅貫中：《三國演義》，頁二七二。

曹操不同於一般中規中矩，古板嚴肅的領袖，他有豪邁不羈的性情，內心忌刻，但也有風雅的一面，有他獨特風格。

因此，欲全面論斷曹操，可從四方面立論：一、留意曹操性格的多面性。二、注意曹操行事的靈活性。三、正視曹操人生不同階段的表現。四、留意曹操行事的表象與實情。五、留意評價曹操的立場是基於道德判斷或歷史判斷。

首先，理解曹操，須先體認他人格的複雜性，有常人的一面，也有異於常人的表現。曹操的自我防衛及機警是一大特點。第一回便點出曹操機警、有權術的性格。載道：

> 操幼時，好游獵，喜歌舞；有權謀，多機變。操有叔父，見操游蕩無度，嘗怒之，言於曹嵩。嵩責操。操忽心生一計：見叔父來，詐倒於地，作中風之狀。……嵩信其言。後叔父但言操過，嵩並不聽。因此，操得恣意放蕩。[26]

其後亦記載數件曹操機警脫險的事蹟。第四回曹操欲行刺董卓，惜事跡敗露，便機警轉為獻寶刀予董卓，並機智的利用董卓安排賞馬借一騎逃出相府。[27]又於與呂布激戰之際，僥倖用智逃過一劫。第十二回載道：

火光裡正撞見呂布挺戟躍馬而來。操以手掩面，加鞭縱馬竟過。呂布從後拍馬趕來，將戟於操盔上一擊，問曰：「曹操何在？」操反指曰：「前面騎黃馬者是他。」呂布聽說，棄了曹操，縱馬向前追趕。曹操撥轉馬頭，望東門而走，正逢典韋。韋擁護曹操，殺條血路。28

第五十八回與馬超軍隊交戰，也有一段驚險遭遇。載道：

西涼兵來得勢猛，左右將佐，皆抵擋不住。馬超、龐德、馬岱，引百餘騎，直入中軍來捉曹操。操在亂軍中，只聽得西涼軍大叫：「穿紅袍的是曹操！」操就馬上急脫下紅袍，又聽得大叫：「長髯者是曹操！」操驚慌，掣所佩劍斷其髯。軍中有人將曹操割髯之事，告知馬超。超遂令人叫拏短髯者是曹操。操聞知，即扯旗角包頸而逃。29

26 羅貫中：《三國演義》，頁五。
27 羅貫中：《三國演義》，頁二十四—二十五。
28 羅貫中：《三國演義》，頁七十二。
29 羅貫中：《三國演義》，頁三七一。

就常人而言，適當的自我保護是必要的，但曹操會出現異於常人的多疑毛病，曹操多疑不是晚年才出現，只是到晚年愈發嚴重。早年便顯露多疑性格，在行刺董卓失敗後，與陳宮一起逃亡，幸得呂伯奢相救，但卻誤判呂伯奢家人磨刀之意，與陳宮殺了呂伯奢全家，隨後呂伯奢買酒返家，但曹操唯恐呂伯奢日後復仇，也一併殺了，還留下「寧教我負天下人，休教天下人負我」的名言。30

曹操多疑性格，正好爲《演義》中部分誇張的記載提供解答。第四十二回羅貫中寫到張飛長坂橋一吼，讓曹軍驚駭失措，讓曹操失態。載道：

聲如巨雷。曹軍聞之，盡皆股慄。曹操急令去其傘蓋，……曹操見張飛如此氣概，頗有退心。……喊聲未絕，曹操身邊夏侯傑驚得肝膽碎裂，倒撞於馬下。操便回馬而走。於是諸軍眾將一齊望西逃奔。卻說曹操懼張飛之威，驟馬望西而走，冠簪盡落，披髮奔逃。張遼、許褚趕上扯住轡環。曹操倉皇失措。31

縱使張飛之威、震天之吼讓人害怕，但對經驗豐富，見過大風大浪的曹操有如此倉皇不安的的神態舉止，實令人不解。

合理的解釋，可先將此段記載視爲文學上的誇飾，而非事實陳述。形容張飛之武勇，驚天一吼的作用。再者，曹操的疑懼及退兵，與他多疑的性格有關，因多疑故行動較謹慎。唯把握這兩點，方能相應解讀。

《演義》亦抓住曹操多疑的性格，描寫諸葛亮多以此取勝。第七十二回諸葛亮智取漢中，便是利用曹操多疑性格。載道：

> 操心驚，望陽平關而走。玄德大兵追至南鄭褒州。安民已畢，玄德問孔明曰：「曹操此來，何敗之速也？」孔明曰：「操平生爲人多疑，雖能用兵，疑則多敗。吾以疑兵勝之。」[32]

但需留意，多疑非曹操所獨有，袁紹、袁術等人亦有此性格。疑慮與謹慎是一體兩面，但若太過而成多疑，則易失良機或作出錯誤判斷。

30 第四回，羅貫中：《三國演義》，頁一四四—一四五。
31 羅貫中：《三國演義》，頁二七一。
32 羅貫中：《三國演義》，頁四六八。

此外，《演義》亦巧妙刻劃曹操身兼冷酷政治家與多情文學家兩種矛盾特質，文學家形象的曹操，有極高的文學造詣和才氣，故能識才。袁紹請陳琳撰寫〈爲袁紹檄豫州文〉，歷數曹操惡行，兼及曹操父祖。羅貫中生動寫下曹操讀後的反應：

操見之，毛骨悚然，出了一身冷汗，不覺頭風頓愈，從床上一躍而起，顧謂曹洪曰：「此檄何人所作？」洪曰：「聞是陳琳之筆。」操笑曰：「有文事者，必須以武略濟之。陳琳文事雖佳，其如袁紹武略之不足何！」33

雖然陳琳罵曹甚厲，但曹操對陳琳的文采非常欣賞。

曹操亦常藉詩歌自抒胸臆。但不同純以文學聞名的建安七子，曹操作品常展現個人獨特高朗的陽剛氣象及高處不勝寒的心境，《演義》所選的詩歌名篇〈短歌行〉及〈銅雀臺〉詩都具有這樣的特色。第四十八回羅貫中鋪陳曹操醉後橫槊賦詩的豪邁兼感懷的氛圍。載道：

曹操正笑談間，忽聞鴉聲望南飛鳴而去。操問曰：「此鴉緣何夜鳴？」左右答曰：「鴉見月明，疑是天曉，故離樹而鳴也。」操又大笑。時操已醉，乃取槊立於船上，以酒奠於江中，滿飲三爵，橫槊謂諸將曰：「我持此槊破黃巾，擒呂布，滅袁術，收袁紹，深入塞北，直抵遼東，縱橫天下：頗不負大丈夫之志也。今對此景，甚有慷慨。吾當作歌，汝等和之。」歌曰：「對酒當歌，人生幾何？……周公吐哺，天下歸心。」歌罷，眾和之，共皆歡笑。[34]

第五十六回提到曹操另個名篇〈銅雀臺〉詩，但並未全文收錄。載道：「曹操連飲盃，不覺沈醉，喚左右捧過筆硯，亦欲作銅雀臺詩。」[35]

關於曹操行事的靈活性，就常理言，身為領導者當堅守一定的行事原則，尤其對於軍令。《演義》卻屢屢呈現曹操行事的靈活性，在軍法處分方面，曹操常因時制宜。以夏侯惇為諸葛亮所敗，理應受處分，然曹操未予處分，還親自鬆綁，同時也獎賞兩位勸諫者。第四十回載道：

> 卻說夏侯惇敗回許昌，自縛見曹操，伏地請死。操釋之。惇曰：「惇遭諸葛亮

33 第二十二回，羅貫中：《三國演義》，頁二十六。
34 羅貫中：《三國演義》，頁三〇七—三〇八。
35 羅貫中：《三國演義》，頁三五六。

詭計，用火攻破我軍。」操曰：「汝自幼用兵，豈不知狹處須防火攻？」惇曰：「李典、于禁曾言及此，悔之不及！」操乃賞二人。36

第五十八回曹洪兵敗，僅口頭訓誡，其後當馬超追逼曹操甚急，千鈞一髮之際，曹洪英勇護主。載道：

曹洪失了潼關，奔見曹操。操曰：「與你十日限，如何九日失了潼關？」洪曰：「西涼軍兵，百般辱罵。因見彼軍懈怠，乘勢趕去，不想中賊奸計。」操曰：「洪年幼躁暴，徐晃你須曉事！」晃曰：「累諫不從。……晃恐有失，連忙趕去，已中賊奸計矣。」37

又載：「超縱馬趕來，山坡邊轉出一將，大叫：『勿傷吾主！曹洪在此！』輪刀縱馬，攔住馬超。操得命走脫。……操入帳歎曰：『吾若殺了曹洪，今日必死於馬超之手也！』遂喚曹洪重加賞賜。」38 第七十六回記載曹仁守樊城不利，曹操並未加罪。載道：「卻說樊城圍解，曹仁引眾將來見曹操，泣拜請罪。操曰：『此乃天數，非汝等之罪也。』操重賞三軍。」39

仔細分析曹操的做法，一來誠如曹操所言，作戰有「天數」，勝敗乃兵家常事；再者，若一味以嚴刑治軍，難得眾心。故曹操對這些重要將領多不忍重罰，這樣一來，眾將對曹感恩戴德，日後定盡力回報。此非曹操治軍鬆散，而是高明的領導統御術。

此外，曹操對於統御人才亦有其獨特手腕。既極力發掘人才、留住人才，表現識才、愛才、惜才之心，但對部分人才卻狠下重手，為何出現如此矛盾？原因在於，若能為其所用則留，不能為其所用則除。

曹操愛關羽之才，欲長留關羽為己所用，即便深知關羽心存劉備，但仍盡力想改變關羽心意，不僅接受關羽約三事，更贈予戰袍、美女、珍寶，以及關羽珍愛的赤兔馬。曹操見到英勇的趙雲，亦起愛才之心，不許部將射傷趙雲。第四十一回載道：

> 卻說曹操在景山頂上，望見一將，所到之處，威不可當，急問左右是誰。曹

36 羅貫中：《三國演義》，頁二五六。
37 羅貫中：《三國演義》，頁三七一。
38 羅貫中：《三國演義》，頁三七一。
39 羅貫中：《三國演義》，頁三七一。

洪飛馬下山大叫曰：「軍中戰將可留姓名！」雲應聲曰：「吾乃常山趙子龍也！」曹洪回報曹操。操曰：「眞虎將也！吾當生致之。」遂令飛馬傳報各處：「如趙雲到，不許放冷箭，只要捉活的。」[40]

因曹操愛才、惜才，趙雲方得脫險。

曹操亦曾善待來自袁營的許攸、沮授。當許攸來投，《演義》生動刻劃曹操放下丞相之尊，赤足相迎，展現故友盛情的一幕。載道：

時操方解衣歇息，聞說許攸私奔到寨，大喜，不及穿履，跣足出迎。遙見許攸，撫掌歡笑，攜手共入，操先拜於地。攸慌扶起曰：「公乃漢相，吾乃布衣，何謙恭如此？」操曰：「公乃操故友，豈敢以名爵相上下乎！」攸曰：「某不能擇主，屈身袁紹，言不聽，計不從，今特棄之來見故人，願賜收錄。」……操大喜，重待許攸，留於寨中。[41]

後因許攸居功自傲，引發殺機。第三十三回記載：「卻說曹操統領眾將，入冀州城，將入城門，許攸縱馬近前，以鞭指城門呼操曰：『阿瞞，汝不得我，安得入此門？』操大笑。

眾將聞言，俱懷不平。」[42] 許攸於眾人前直呼曹操小名，且吹噓其功勞。曹操大笑，是因許攸是故交且又有大功，故表面容忍，但真實情況是眾將不平。許攸並未自覺，又再次表現傲慢態度，但這回卻惹怒許褚。載道：

一日，許褚走馬入東門，正迎許攸。攸喚褚曰：「汝等無我，安能出入此門乎？」褚怒曰：「吾等千生萬死，身冒血戰，奪得城池，汝安敢誇口！」攸罵曰：「汝等皆匹夫耳，何足道哉！」褚大怒，拔劍殺攸，提頭來見曹操，說許攸如此無禮，某殺之矣。操曰：「子遠與吾舊交，故相戲耳。何故殺之？」深責許褚，令厚葬許攸。[43]

曹操並未嚴格處分許褚，僅口頭責備，也意味許褚此番行徑化解難題，曹操順勢對許攸表示禮遇並厚葬之。

40 羅貫中：《三國演義》，頁二六八—二六九。
41 第三十回，羅貫中：《三國演義》，頁一九五。
42 羅貫中：《三國演義》，頁二一三。
43 羅貫中：《三國演義》，頁二一三。

曹操對待沮授的方式，亦值得探究。第三十回記載：

> 卻說袁紹兵敗而奔，沮授因被囚禁，急走不脫，爲曹軍所獲，擒見曹操。操素與沮授相識。授見操，大呼曰：「授不降也！」操曰：「本初無謀，不用君言，君何尚執迷耶？吾若早得足下，天下不足慮也。」因厚待之，留於軍中。授乃於營中盜馬，欲歸袁氏。操怒，乃殺之。授至死神色不變。操歎曰：「吾誤殺忠義之士也！」命厚禮殯殮，爲建墳安葬於黃河渡口，題其墓曰：「忠烈沮君之墓」。[44]

沮授雖未受袁紹信任而繫獄，然仍忠於袁而不降曹。曹與沮授爲舊識，感其忠貞，欲重用之，卻因沮授未改變心志，曹操在憤怒下殺之，事後後悔並厚葬，題「忠烈」二字於墓碑。從對待舊識許攸與沮授的方式，可見曹操對待人才的靈活性。

至於曹操對待禰衡、孔融、楊修的做法亦值得探討。曹操對禰衡自大狂妄頗爲不喜，但爲了清譽，勉強以鼓吏容他。之後禰衡的行徑又爲曹操及屬下所不滿，故曹操派禰衡擔任荊州使說服劉表來降，禰衡至荊州亦得罪劉表，劉表深知曹操借刀殺人之策，故將禰衡送至江夏太守黃祖處，後因得罪黃祖而隕命。[45]

至於孔融，第四十回記載：

大中大夫孔融諫曰：「劉備、劉表皆漢室宗親，不可輕伐。孫權虎踞六郡，且有大江之險，亦不易取。今丞相興此無義之師，恐失天下之望。」操怒曰：「劉備、劉表、孫權皆逆命之臣，豈容不討？」遂叱退孔融，下令如有再諫者必斬。孔融出府，仰天歎曰：「以至不仁伐至仁，安得不敗乎！」時御史大夫郗慮家客聞此言，報知郗慮。慮常被孔融侮慢，心正恨之，乃以此言入告曹操；且曰：「融平日每每狎侮丞相，又與禰衡相善。……向者禰衡之辱丞相，乃融使之也。」操大怒，遂命廷尉捕捉孔融。……盡收融家小併二子，皆斬之，號令融屍於市。[46]

楊修之死，表面看來是因惑亂軍心，但《演義》揭示是曹操除掉楊修眞正理由是楊修介入繼承人之爭。第七十二回記載：

44 第三十回，羅貫中：《三國演義》，頁一九八。

45 第二十三回，羅貫中：《三國演義》，頁一五〇。

46 羅貫中：《三國演義》，頁二五六。

操欲試曹丕，曹植之才幹。一日，令各出鄴城門；卻密使人分付門吏，令勿放出。曹丕先至。門吏阻之，丕只得退回。植聞知，問於修。修曰：「君奉王命而出，如有阻當者，竟斬之可也。」植然其言。及至門，門吏阻住。植叱曰：「吾奉王命，誰敢阻當！」立斬之。於是曹操以植爲能。後有人告操曰：「此乃楊修之所教也。」操大怒，因此亦不喜植。修又嘗爲曹植作答教十餘條。但操有問，植即依條答之。操每以軍國之事問植，植對答如流，操心中甚疑。後曹丕暗買植左右，偷答教來告操。操見了大怒曰：「匹夫安敢欺我耶！」此時已有殺修之心。今乃借惑亂軍心之罪殺之。47

曹操除掉禰衡、孔融、楊修三士，各有原由。三人皆當時名士，曹操不敢輕易處置，只能找到表面理由來處分。禰衡狂妄無禮，難容於曹操及群臣。孔融爲天下名士，然因忠於漢室，不容於曹操。楊修有才，惜介入敏感的繼承人之爭，故爲曹操所不容。

曹操既知得民心的重要，但卻不免有殘暴的行徑。第四十一回記載曹操聽從劉曄建議先得民心，做法是招降劉備。載道：

劉曄曰：「丞相初至襄陽，必須先買民心。今劉備盡遷新野百姓入樊城，若我兵逕進，二縣爲虀粉矣；不如先使人招降劉備。備即不降，亦可見我愛民之心；若其來降，則荊州之地，可不戰而定也。」操從其言。[48]

但當曹父曹嵩過境徐州，陶謙命都尉張闓接待，張闓原爲黃巾餘黨暫投陶謙，因一時貪念，「張闓殺盡曹嵩全家，取了財物，放火燒寺，與五百人逃奔淮南去了。」[49]曹操揮軍伐徐州爲報父仇，第十回記載：「操大軍所到之處，殺戮人民，發掘墳墓。」[50]此番殘忍行徑，令人髮指。

解讀曹操，尚需留意其人生轉折。《演義》於第一回便介紹有才氣的熱血青年曹操登場。一開始藉大名士橋玄、何顒之口，見出年輕的曹操具有安天下的大才。載道：「時人有橋玄者，謂操曰：『天下將亂，非命世之才，不能濟。能安之者，其在君乎？』南陽何顒見操，言：『漢室將亡，安天下者，必此人也。』」[51]

47 羅貫中：《三國演義》，頁四七〇—四七一。
48 羅貫中：《三國演義》，頁二六二。
49 第十回，羅貫中：《三國演義》，頁六十二。
50 羅貫中：《三國演義》，頁六十三。
51 羅貫中：《三國演義》，頁五。

年輕時的曹操，孝廉出身，正懷著改革社會的高度熱誠，認眞面對第一份官職——洛陽北都尉。載道：

> 年二十，舉孝廉，爲郎，除洛陽北都尉。初到任，即設五色棒十餘條於縣之四門。有犯禁者，不避豪貴，皆責之。中常侍蹇碩之叔，提刀夜行，操巡夜拏住，就棒責之。由是，內外莫敢犯者，威名頗震。後爲頓丘令。因黃巾起，拜爲騎都尉，引馬步軍五千，前來潁川助戰。[52]

從曹操第一份官職的政績來看，設五色棒可見出曹操積極有爲，「不避豪貴」代表曹操立下的行事原則，而處分中常侍蹇碩叔父代表曹操以實際行動，展現初生之犢不畏虎，堅定職守的勇氣。隨後轉任頓丘縣令，又被朝廷賦予討伐黃巾賊之任務，官拜騎都尉。

對於當時戚宦相鬥，曹操亦有所關注，曾勸大將軍何進無需全面誅宦官，只消誅元凶首惡即可，可惜何進未採納。第二回載道：

> 進大驚，急歸私宅，召諸大臣，欲盡誅宦官。座上一人挺身出曰：「宦官之勢，起自沖、質之時；朝廷滋蔓極廣，安能盡誅？倘機不密，必有滅族之禍：

請細詳之。」進視之，乃典軍校尉曹操也。進叱曰：「汝小輩安知朝廷大事！」53

第三回亦載道：

且說曹操當日對何進曰：「宦官之禍，古今皆有；但世主不當假之權寵，使至於此。若欲治罪，當除元惡，但付一獄吏足矣，何必紛紛召外兵乎？欲盡誅之，事必宣露。吾料其必敗也。」何進怒曰：「孟德亦懷私意耶？」操退曰：「亂天下者，必進也。」進乃暗差使命齎密詔，星夜往各鎮去。54

曹操就誅宦官一事所提建議實爲高明，一來皇室生活起居多賴宦官，實難根除；二若欲全面根除，此行動亦難保密；三並非所有宦官皆爲惡，未免牽連，只消誅首惡，較全數根除爲易，且能起殺雞儆猴之效。四何進引外力誅宦官，即便宦官盡除，卻爲朝廷引狼入室。即

52 羅貫中：《三國演義》，頁五。
53 羅貫中：《三國演義》，頁十一。
54 羅貫中：《三國演義》，頁十四。

此可見曹操既關心國事，又具有高明的見識與解決問題的能力。其後，曹操欲行刺董卓，展現過人膽識，雖嫌莽撞，但若行刺成功，便爲朝廷除去大患。雖未成功，幸憑機智逃過一劫。至於與袁紹聯軍討伐董卓，更顯其關心國事及卓越能力，遠超過出身四世三公的袁紹。第六回記載：

次日，人報曹操追董卓，戰於滎陽，大敗而回。紹令人接至寨中，會眾置酒，與操解悶。飲宴間，操歎曰：「吾始興大義，爲國除賊。諸公既仗義而來，操之初意，欲煩本初引河內之眾，臨孟津，酸棗；諸君固守成皋，據廒倉，塞轘轅、大谷，制其險要；公路率南陽之軍，駐丹、析，入武關，以震三輔：皆深溝高壘，勿與戰，益爲疑兵，示天下形勢，以順誅逆，可立定也。今遲疑不進，大失天下之望。操竊恥之！」紹等無言可對。55

若將曹操一生分爲兩半，前半至此告一段落，曹操人生上半場實爲憂國憂民，有理想有抱負且有卓越能力的熱血青年。當眼見漢室傾頹，群雄逐鹿，曹操掌握時勢，搶得先機。

第五十六回記載曹操自我評價道：

孤本愚陋，始舉孝廉。後值天下大亂，築精舍於譙東五十里，欲春夏讀書，秋冬射獵，以待天下清平，方出仕耳。不意朝廷徵孤爲點軍校尉，遂更其意，專欲爲國家討賊立功，圖死後得題墓道曰：「漢故征西將軍曹侯之墓」，平生願足矣。念自討董卓，剿黃巾以來，除袁術，破呂布，滅袁紹，定劉表遂平天下。身爲宰相，人臣之貴已，又復何望哉？如國家無孤一人，正不知幾人稱帝，幾人稱王。或見孤權重，妄相忖度，疑孤有異心，此大謬也。孤常念孔子稱文王之至，此言耿耿在心。但欲孤委捐兵眾，歸就所封武平侯之職，實不可耳。誠恐一解兵柄，爲人所害；孤敗則國家傾危，是以不得慕虛名而處實禍也。諸公必無知孤意者。[56]

曹操自評自己關心國事，救漢室於危難。事實是，曹操以漢相挾天子以令諸侯。此後，曹操於漢末有其貢獻，唯見漢室不可興，方乘時勢與群雄爭天下。

綜觀曹操一生，禚夢庵先生的評論可謂公允。曾云：「曹操爲人性情嚴酷多變，又任性

55 羅貫中：《三國演義》，頁三十八—三十九。

56 羅貫中：《三國演義》，頁三五六。

使術，以刑名治國，這與東漢自光武、明、章諸帝以來所提倡的儒術氣節，相去頗遠。」[57]又云：「曹操知人善任，學識淵博，對於經史上的知識，能夠靈活運用，故對人對事都有其見解，且常見於語言。……早歲爲人亦甚豁達，能得人心，然適到後來，地位越高，嚴酷之性越見顯露。」[58]最後爲曹操下個總評：「作爲一個開國之君，無王者氣象，僅憑善戰、崇法、任術、矯情是不夠的，故曹操終不能統一全國。」[59]關於最後的總評，禚夢庵先生是就理上說，未必合於事實。三家歸晉，司馬氏以任術、矯情等不當手段得天下，雖然得天下，但國祚不長。

唯有正視曹操性格的多面性、言行的顯隱及人生不同階段的轉變，並兼重道德評價與歷史評價，方能完整見出曹操豐富深刻的面貌，給予相應公允的評價。

第二節　劉備的才德及性情相契的蜀漢集團

相較於曹操的「奸雄」形象，劉備以正義仁德的形象深植人心。但毛宗崗卻云「先主基業，半以哭而得成。」[60]魯迅亦評劉備云：「欲顯劉備之長厚而似僞。」[61]更有許多與劉備有關的歇後語，「劉備報仇：因小失大」、「劉備摔阿斗：收買人心」、「劉備借荊州：有借無還」、「劉備賣草鞋：有貨」、「劉備見孔明：如魚得水」，等等。到底該如何相應理解劉備？

首先必須體認劉備的性格具有多面性，而非單一的扁平人物。《演義》突顯劉備「仁義」性格仍是一位眞誠仁德的領導者。在這樣的理解下，《演義》從五個面向描述劉備。

一、劉備以仁德自期。第六十二回劉備取雒城，先攻下冷苞營寨，劉備讓冷苞免死，並讓他到雒城招劉瑰，張任來降。當魏延質疑冷苞此行有去無回，劉備回應道：「吾以仁義待人，人不負我。」[62]第六十五回劉備與馬超大戰於葭萌關，劉備向馬超叫陣云：「吾以仁義待人，王施譎詐。馬孟起，你收兵歇息，我不乘勢趕你。」[63]馬超信之退兵，劉備亦收兵。

二、由身邊親近的人印證劉備爲仁德之人。無論劉備的結拜兄弟關羽、張飛，甚至後來

57 禚夢庵：《三國人物論集》（臺北：臺灣商務印書館，一九九六年），頁四十五。
58 禚夢庵：《三國人物論集》，頁四十五。
59 禚夢庵：《三國人物論集》，頁四十四。
60 毛宗崗批：《三國演義的政治與謀略觀．讀三國志法》，頁三〇七。
61 魯迅：《中國小說史略》，頁一五三。
62 羅貫中：《三國演義》，頁四〇三。
63 羅貫中：《三國演義》，頁四二一。

加入陣營的趙雲、諸葛亮這些身邊近臣，都認定劉備為仁德之主。

三、劉備的仁義，可於危難中考驗出。當劉備被曹軍追逼甚急，但仍不顧諸葛亮速棄樊城，奪取襄陽立足的建議，執意帶領荊州百姓渡江避難，便可見出在急難之際，劉備仍不放棄百姓。第四十一回記載：「操大怒，即日進兵。玄德問計於孔明，孔明曰：『可速棄樊城，取襄陽暫歇。』玄德曰：『奈百姓相隨許久，安忍棄之？』孔明曰：『可令人遍告百姓：有願隨者同去，不願者留下。』」64

四、得民心者得天下，百姓面臨危難，仍冒著生命危險追隨劉備。第四十一回，荊州百姓以劉備為仁德之主，扶老攜幼追隨，不願降曹。在四十二回記載：

先使雲長往江岸整頓船隻，令孫乾、簡雍，在城中聲揚曰：「令曹兵將至，孤城不可久守，百姓願隨者便同過江。」兩縣之民，齊聲大呼曰：「我等雖死，亦願隨使君！」即日號泣而行。扶老攜幼，將男帶女，滾滾渡河，兩岸哭聲不絕。65

五、可由劉備慎處得意之時見出。劉備奪下涪關，擺酒慶功，席間酒醉失言，龐統提醒：「伐人之國而以為樂，非仁者之兵也。」酒醒後，幡然省悟，向龐統致歉。第六十二回記載：

> 次日勞軍，設宴於公廳。玄德酒酣，顧龐統曰：「今日之會，可爲樂乎！」龐統曰：「伐人之國而以爲樂，非仁者之兵也。」玄德曰：「吾聞昔日武王伐紂，作樂象功，此亦非仁者之兵歟？汝言何不合道理？可速退！」龐統大笑而起。左右亦扶玄德入後堂睡至半夜，酒醒。左右以遂龐統之言，告知玄德。玄德大悔；次早穿衣升堂，請龐統謝罪曰：「昨日酒醉，言語觸忤。幸勿挂懷。」龐統談笑自若。玄德曰：「昨日之言，惟吾有失。」龐統曰：「君臣俱失，何獨主公？」玄德亦大笑，其樂如初。[66]

藉由這五點，展現劉備爲仁德之人。劉備的仁德來自天性，也來自後天教養。雖然父親早逝，但劉備少有大志，好結交豪傑。雖不好讀書，但受母命拜當時大儒鄭玄、盧植爲師。

《演義》第一回便據《三國志》如是描述劉備，寫劉備的性情、愛好、獨特相貌、出

64 羅貫中：《三國演義》，頁二六二。

65 羅貫中：《三國演義》，頁二六二—二六三。

66 羅貫中：《三國演義》，頁四〇〇—四〇一。

身、立志、爲學與交友。載道：

那人不甚好讀書，性寬和，寡言語，喜怒不形於色；素有大志，專好結交天下豪傑。生得身長七尺五寸，兩耳垂肩，雙手過膝，目能自顧其耳，面如冠玉，脣若塗脂。中山靖王劉勝之後，漢景帝閣下玄孫。姓劉，名備，字玄德。昔劉勝之子劉貞，漢武時封涿鹿亭侯，後坐酬金失侯，因此遺這一枝在涿縣。玄德祖劉雄，父劉弘。弘曾舉孝廉，亦嘗作吏，早喪。玄德幼孤，事母至孝；家貧，販屨織蓆爲業。家住本縣樓桑村。其家之東南，有一大桑樹，高五丈餘，遙望之，童童如車蓋。相者云：「此家必出貴人。」玄德幼時，與鄉中小兒戲於樹下，曰：「我爲天子，當乘此車蓋。」叔父劉元起奇其言，曰：「此兒非常人也！」因見玄德家貧，常資給之。年十五歲，母使游學，嘗師事鄭玄、盧植，與公孫瓚等爲友。67

劉備爲人重情重義，此亦形成劉備集團一大特色。《三國志》僅提到與劉備交情最深的關、張二人，但《演義》認爲劉備待人以情義相交，不以利害相交是根本原則，不管對方是否可能欺騙自己。當夷陵之戰，黃權受制吳兵無法返回蜀地，不得已只得留於曹營。當曹營細作傳回劉備盡誅黃權家屬的消息，黃權相信此非事實。第八十五回載道：

丕大喜，遂拜黃權爲鎮南將軍。權堅辭不受。忽近臣奏曰：「有細作人自蜀中來，說蜀主將黃權家屬盡皆誅戮。」權曰：「臣與蜀主，推誠相信，知臣本心，必不肯殺臣之家小也。」丕然之。68

由黃權相信劉備有情有義，定不負他，不會傷害其家屬，足見劉備待人眞誠足以服人。對於像呂布這般反覆無常之輩，在走投無路下投靠，劉備一樣接納。在第十三回寫到劉備初始收留呂布，《演義》描述劉備如何熱誠接待不懷好意的呂布，載道：

玄德曰：「布乃當今英勇之士，可出迎之。」糜竺曰：「呂布乃虎狼之徒，不可收留，收則傷人矣。」玄德曰：「前者非布襲兗州，怎解此郡之禍？今彼窮而投我，豈有他心？」張飛曰：「哥哥心腸忒好，雖然如此，也要準備。」玄

67 羅貫中：《三國演義》，頁二一三。
68 羅貫中：《三國演義》，頁五四四。

德領眾出城三十里，接著呂布，並馬入城。[69]

劉備因惜才且不忍拒絕因窮途末路來投靠的呂布。如果只是一時心軟接納呂布，稱不上以情義待人，但在利害交關之際，仍能理性判斷，不受動搖，方爲可貴。第十四回，曹操恐劉備、呂布聯手出兵，不好對付，遂採荀彧「二虎競食」的離間計，然劉備從容因應，不爲所動。載道：

使者乃取出私書遞與玄德。玄德看罷，曰：「此事尚容計議。」……玄德夜與眾商議此事。張飛曰：「呂布本無義之人，殺之何礙？」玄德曰：「他勢窮而來投我，我若殺之，亦是不義。」張飛曰：「好人難做！」玄德不從。次日，呂布來賀，玄德教請入見。……就將曹操所送密書與呂布看。布看畢，泣曰：「此乃曹賊欲令二人不和耳！」玄德曰：「兄勿憂，劉備誓不爲此不義之事。」呂布再三拜謝。備留布飲酒，至晚方回。關、張曰：「兄長何故不殺呂布？」玄德曰：「此曹孟德恐我與呂布同謀伐之，故用此計，使我兩人自相吞併，彼卻於中取利。奈何爲所使乎？」關公點頭道是。張飛曰：「我只要殺此賊以絕後患！」玄德曰：「此非大丈夫之所爲也。」次日，玄德送使命回京，就拜表謝恩，並回書與曹操，只言容緩圖之。使命回見曹操，言玄德不殺呂布之事。操問彧曰：「此計不成，奈何？」[70]

透過這段文字，足見劉備以仁義待人，但非濫好人。即便攸關利害，仍能不放棄原則，選擇不離正道下的權宜作法。

至於後世爭議劉備摔阿斗及白帝城託孤這兩件事，得先從劉備與趙雲、諸葛亮的關係說起。《三國志》並未特別談及劉備與趙雲、諸葛亮的關係，但《演義》特別著墨劉備如何對待趙雲與諸葛亮。

《演義》特別描繪劉備待趙雲不亞於關、張。第七回記載兩人初見之情景：「教與趙雲相見。玄德甚相敬愛，便有不捨之心。」[71]「玄德與趙雲分別，執手垂淚，不忍相離。雲歎曰：『某曩日誤認公孫瓚爲英雄，今觀所爲，亦袁紹等輩耳！』玄德曰：『公且屈身事之，相見有日。』灑淚而別。」[72]隨後於古城會，生動刻劃劉備與趙雲相會及新得趙雲的欣悅之

69 羅貫中：《三國演義》，頁七十七。
70 羅貫中：《三國演義》，頁八十八—八十九。
71 羅貫中：《三國演義》，頁四十二。
72 羅貫中：《三國演義》，頁四十二。

情，載道：「玄德見兄弟重聚，將佐無缺，又新得了趙雲，……歡喜無限，連飲數日。」[73]劉備對趙雲極爲倚重，在襄、樊之戰，劉備將保護妻小的重任交予趙雲，[74]其後大軍離散，「糜竺、糜芳、簡雍、趙雲等一千人，皆不知下落。」[75]當失聯的糜芳帶傷與劉備會合，並說親見子龍投西北曹營，劉備不信，直叱：「子龍是我故交，安肯反乎？」又：「子龍從我於患難，心如鐵石，非富貴所能動搖也。」並堅信：「子龍此去，必有事故，我料子龍必不棄我也。」[76]在趙雲失聯，糜芳又確定親見趙雲投曹的情況下，劉備仍堅信趙雲，此信任之情令人動容。數日後趙雲身受重傷，懷裡保護著阿斗，與劉備會合。《演義》以深情描述這段情景。載道：

> 見玄德與眾人憩於樹下，雲下馬伏地而泣，玄德亦泣。雲喘息而言曰：「趙雲之罪，萬死猶輕！糜夫人身帶重傷，不肯上馬，投井而死。雲只得推土牆掩之，懷抱公子，身突重圍，賴主公洪福，幸而得脫。適纔公子尚在懷中啼哭，此一會不見動靜，想是不能保也。」遂解視之。原來阿斗正睡著未醒。雲喜曰：「幸得公子無恙！」雙手遞與玄德。玄德接過，擲之於地，曰：「爲汝這孺子，幾損我一員大將！」趙雲忙向地下抱起阿斗，泣拜曰：「雲雖肝腦塗地，不能報也！」[77]

當失聯數日的趙雲，因負傷滿身是血，踉蹌來到劉備面前，雙手小心護持懷中嬰孩，這一幕令人動容。

試想，若你是劉備，面對情同兄弟的愛將，用性命保護你的家小，眼下的你，落魄潦倒，命不保夕，你用什麼回報趙雲所做的一切？在太平時，一般人會用金錢、官位來獎賞功臣，但趙雲既不愛財，亦不愛權。面對這樣的高潔之士有大恩於你，想像一下這般情境，重新來看劉備摔阿斗的舉動，恐怕不會認爲是刻意琢磨後有心機的舉動，《演義》以「玄德接過，擲之於地。」短短八個字，展現劉備眞情至性。

當劉備臨終之際，向諸葛亮交代完大事，最後傷感的向趙雲道別，請他多關照後主。言道：「朕與卿於患難之中，相從到今，不想於此地分別。卿可想朕故交，早晚看覷吾子，勿負朕言。」[78]

73 第二十八回，羅貫中：《三國演義》，頁一八三。

74 第四十一回記載：「玄德從之，即修書令雲長同孫乾領五百軍往江夏求救，令張飛斷後，趙雲保護老小，其餘俱管顧百姓而行。每日只走十餘里便歇。」羅貫中：《三國演義》，頁二六四。

75 羅貫中：《三國演義》，頁二六六。

76 羅貫中：《三國演義》，頁二六六。

77 第四十二回，羅貫中：《三國演義》，頁二七〇。

78 第八十五回，羅貫中：《三國演義》，頁五四六。

至於劉備與諸葛亮的關係，《演義》特別點出劉備以師事之。第三十八回記載劉備新得諸葛亮，便全副心力向諸葛亮請益，寢食不離，自然也冷落關、張二人。載道：「玄德等三人別了諸葛均，與孔明同歸新野。玄德待孔明如師，食則同桌，寢則同榻，終日共論天下之。」79

劉備對諸葛亮尊重有加，言聽計從，唯獨聞關羽遇害，執意復仇聽不進任何意見。夷陵戰敗後，劉備懊悔不已，深深自責：「朕早聽丞相之言，不致今日之敗！今有何面目，復回成都見群臣乎！」80

《演義》曾描述劉備臨終之際，君臣間感人的一幕。載道：

> 且說孔明到永安宮，見先主病危，慌忙拜伏於龍榻之下。先主傳旨，請孔明坐於龍榻之側，撫其背，曰：「朕自得丞相，幸成帝業；何期智識淺陋，不納丞相之言，自取其敗。悔恨成疾，死在旦夕。嗣子孱弱，不得不以大事相託。」言訖，淚流滿面。孔明亦涕泣曰：「願陛下善保龍體，以副天下之望！」81

劉備見諸葛亮拜伏榻下，請他「坐榻側」，並「撫其背」，這兩個動作表現對諸葛亮敬重及親近之情。

當劉備完成遺詔，向群臣交代後事，[82]見諸葛亮等泣拜於地，特命內侍扶起諸葛亮，「一手掩淚，一手執其手」，將心腹語告訴諸葛亮：「朕今死矣，有心腹之言相告。」又泣曰：「君才十倍曹丕，必能安邦定國，終定大事。若嗣子可輔，則輔之；如其不才，君可自為成都之主。」[83]諸葛亮聞言，驚駭泣拜。「孔明聽畢，汗流遍體，手足失措，泣拜於地，曰：『臣安敢不竭股肱之力，效忠貞之節，繼之以死乎！』言訖，叩頭流血。」[84]劉備「若嗣子可輔，則輔之；如其不才，君可自為成都之主。」劉備臨終語，字字出肺腑，這般君臣之情，在家天下的歷史洪流中，未曾一見。

毛宗崗有段評論：

79 羅貫中：《三國演義》，頁二四六。

80 第八十五回，羅貫中：《三國演義》，頁五四四。

81 第八十五回，羅貫中：《三國演義》，頁五四六。

82 第八十五回載道：「傳旨召諸臣入殿，取紙筆寫了遺詔，遞與孔明而歎曰：『朕不讀書，粗知大略。聖人云：『鳥之將死，其鳴也哀；人之將死，其言也善。』朕本待與卿等同滅曹賊，共扶漢室；不幸中道而別。煩丞相將詔付與太子禪，令勿以為常言。凡事更望丞相之！』」羅貫中：《三國演義》，頁五四六。

83 羅貫中：《三國演義》，頁五四六。

84 羅貫中：《三國演義》，頁五四六。

或問：「先主令孔明自取之，爲眞話乎？爲假語乎？」曰：「以爲眞，則是眞；以爲假，則亦假也。欲使孔明爲曹丕之所爲，則其義之所必不敢出，必不忍出者也。知其必不敢，必不忍，而故令之聞此言，則其輔太子之心愈不得不切矣。且使太子聞此言，則其聽孔明，敬孔明之意愈不得不肅矣。陶謙之讓徐州，全是眞不是假；劉表之讓荊州，半是假半是眞。與先主之遺命，皆不可同年而語。」85

毛宗崗論劉備令諸葛亮自取之語，認爲關鍵在讀者自身的認定。但劉備與諸葛亮，君臣眞誠無間，由以下兩點見出。一、劉備自當年三顧茅廬便有欽慕之意，在集團多年，患難中相互扶持，對諸葛亮之爲人，豈有不明白之理？二、諸葛亮是何等人物，當決定出山相助劉備，對未來已充分考慮，功成後歸返山林，諸葛亮爲人坦蕩明白，若劉備要弄心機，諸葛亮豈會不知？

回到當時情境，劉備因自己失去理智，未聽從諸葛亮勸諫，蒙受夷陵慘敗，致使壯志未酬。面對放棄安定生活與自己一起奮鬥的諸葛亮，深知諸葛亮不愛名利權位，這樣一位令自己敬重的臣子，此時他滿懷後悔與感激。劉備的眞情至性，面對無私無我的諸葛亮，自然而然發出內心想法，表達對諸葛亮的感激及愛敬之情。

諸葛亮與同樣眞誠無私的趙雲一般，面對劉備眞誠相待，自然感動不已，故「汗流遍體，手足失措，泣拜於地」以「臣安敢不竭股肱之力，效忠貞之節，繼之以死乎！」的承諾回報劉備崇高的知遇之恩。「叩頭流血」也意味著諸葛亮將以生命回報劉備。

劉備又叮囑劉禪、魯王劉永、梁王劉理以父事丞相，請諸葛亮代替自己指導管照三子。[86] 意即將整個蜀漢、整個家庭都交付諸葛亮，並明白告知眾臣。[87] 面對劉備的眞情至性，重任交付，諸葛亮深深感念，道出：「臣雖肝腦塗地，安能報知遇之恩也！」[88] 此份君臣眞誠信任與託付，千載難見。

對應第七十八回曹操臨終場景，曹操召曹洪、陳群、賈詡、司馬懿等重臣交代後事，表達自己縱橫天下三十餘載未能一統天下的遺憾，並叮囑眾臣盡力輔佐曹丕。

85 毛宗崗批：《三國演義的政治與謀略觀・讀三國志法》，頁二二六。

86 第八十五回載道：「先主又請孔明坐於榻上，喚魯王劉永、梁王劉理近前，分付曰：『爾等皆記朕言，朕亡之後，爾兄弟三人，皆以父事丞相，不可怠慢。』言罷，遂命二王同拜孔明。」羅貫中：《三國演義》，頁五四六。

87 羅貫中：《三國演義》，頁五四六。

88 第八十五回載道：「先主謂眾官曰：『朕已託孤於丞相，令嗣子以父事之。卿等俱不可怠慢，以負朕望。』」羅貫中：《三國演義》，頁五四六。

操召曹洪、陳群、賈詡、司馬懿等，同至臥榻前，囑以後事。曹洪等頓首曰：「大王善保玉體，不日定當霍然。」操曰：「孤縱橫天下三十餘年，群雄皆滅，止有江東孫權，西蜀劉備，未曾剿除。孤今病危，不能再與卿等相敘，特以家事相託：孤長子曹昂，劉氏所生，不幸早年歿於宛城。今卞氏生四子：丕、彰、植、熊。孤平生所愛第三子植，爲人虛華少誠實，嗜酒放縱，因此不立；次子曹彰，勇而無謀；四子曹熊，多病難保；惟長子曹丕，篤厚恭謹，可繼我業，卿等宜輔佐之。」曹洪等涕泣領命而出。89

隨後將珍貴的香分予諸侍妾，叮囑她們自營生計，且交代諸妾於銅雀臺每日祭拜，並安排女樂。又擔心死後墳墓遭破壞，叮囑建七十二疑塚。最後無奈留下一聲長歎與熱淚，離開人世。90

兩相對照，劉備臨終託孤，令人動容，與諸葛亮君臣相知，千載難見。

此外，劉備的皇族血統是有號召力的。第五回記載袁紹召眾將帳中議事，以劉備帝冑身分賜座，載道：「瓚將玄德功勞，並其出身，細說一遍。紹曰：『既是漢室宗派，取坐來。』命坐。備遜謝。紹曰：『吾非敬汝名爵，吾敬汝是帝室之冑耳。』」91孔融亦敬重劉備帝冑身分，勸劉備解徐州之危，言道：「公乃漢室宗親，今曹操殘害百姓，倚強欺弱，何不與融同往救之？」[92]其後更因獻帝尊爲皇叔，以劉皇叔之尊號爲臣民所敬重。第二十回載道：

> 帝排世譜，則玄德乃帝之叔也。帝大喜，請入偏殿敘叔姪之禮。帝暗思：「曹操弄權，國事都不由朕主，今得此英雄之叔，朕有助矣！」遂拜玄德爲左將軍宜城亭侯。設宴款待畢，玄德謝恩出朝。自此人皆稱爲劉皇叔。[93]

羅貫中更藉徐庶母道出劉備在百姓心中的形象，徐母曰：「吾久聞玄德乃中山靖王之後，孝景皇帝閣下玄孫，屈身下士，恭己待人，仁聲素著。世之黃童、白叟、牧子、樵夫皆知其名。眞當世之英雄也。」[94]

89 羅貫中：《三國演義》，頁五〇四。
90 羅貫中：《三國演義》，頁五〇四。
91 羅貫中：《三國演義》，頁三十一。
92 第十一回，羅貫中：《三國演義》，頁六十六。
93 羅貫中：《三國演義》，頁一二九－一三〇。
94 第三十六回，羅貫中：《三國演義》，頁二三三。

劉備的貴族氣度，是能體察民間疾苦，能經世濟民的。此可從劉備與張飛、諸葛亮言志可見出：「今聞黃巾倡亂，有志欲破賊安民；恨力不能，故長歎耳。」[95]又：「漢室傾頹，奸臣竊命，備不量力，欲伸大義於天下。」[96]與當時同爲皇室宗親的劉表、劉璋不同，亦與四世三公的袁紹不同。劉表好名，好結交名士。羅貫中描述道：「荊州刺史劉表，字景升，山陽高平人也：乃漢室宗親；幼好結納，與名士七人爲友，時號『江夏八俊』。」[97]至於劉璋，諸葛亮曾如是評價：「今劉璋闇弱，民殷國富，而不知存恤。」[98]

《演義》又藉曹操之口，道出劉備的大才，與諸劉及袁術、袁紹明顯不同。曹操評劉表「虛名無實」，評劉璋無能，只能守成，云：「劉璋雖係宗室，乃守戶之犬耳，何足爲英雄！」評袁術才德不足，無有作爲，云：「塚中枯骨，吾早晚必擒之！」評袁紹空有威儀，無膽識，見利忘義之徒。言道：「袁紹色厲膽薄，好謀無斷；幹大事而惜身，見小利而忘命：非英雄也。」[99]

相較下，在曹操眼中，具英雄之大才者，只有劉備與他。曹操云：「夫英雄者，胸懷大志，腹有良謀；有包藏宇宙之機，吞吐天地之志者也。」又：「今天下英雄，惟使君與操耳。」[100]

曹操所說的英雄「胸懷大志，腹有良謀」，強調志與謀，可再補上劉劭所說具備出色的英才與雄才特質，亦即具有高遠志向，能謀始見機且膽力過人，方能領導天下英才與雄才，成爲出色領導者。劉備與曹操皆爲大智大勇之英雄，故能號召天下英才、雄才成就大事。若依劉劭所說，劉備雄才的成分高於英才，故劉備身邊多雄才。幸得諸葛亮加入陣營，除了他自身的長才，亦因此吸引一批英才相助。

但劉備與曹操不同，曹操任才使氣，處事以功利考量，沒有道義的掙扎，故遇事果斷。劉備受儒家思想影響，遇事難免遲疑，後人因此認爲劉備不及曹操果決，劉備在取徐州、荊州、益州皆曾出現抉擇的遲疑。

以取徐州一事爲例，第十一回記載，徐州因曹操欲爲父報仇受到殘害，加以陶謙老病，二子不才，欲將徐州讓與劉備，言道：「今天下擾亂，王綱不振，公乃漢室宗親，正宜力扶社稷。老夫年邁無能，情願將徐州相讓。公勿推辭。謙當自寫表文，申奏朝廷。」但劉備回應：「劉備雖漢朝苗裔，功微德薄，爲平原相猶恐不稱職；今爲大義，故來相助；公出

95 第一回，羅貫中：《三國演義》，頁三。
96 第三十八回，羅貫中：《三國演義》，頁二四四。
97 第六回，羅貫中：《三國演義》，頁三十九。
98 第三十八回，羅貫中：《三國演義》，頁二四四。
99 第二十一回，羅貫中：《三國演義》，頁一三六。
100 第二十一回，羅貫中：《三國演義》，頁一三六。

此言，莫非疑劉備有呑併之心耶？若舉此念，皇天不佑！」其後陶謙仍不斷勸說，劉備仍堅辭不受。101

其間不乏以天下大勢勸說劉備者，如糜竺勸曰：「今漢室陵遲，海宇顚覆，樹功立業，正在此時。徐州殷富，戶口百萬，劉使君領此，不可辭也。」孔融亦分析：「今日之事，天與不取，悔不可追。」102但劉備堅持不爲不義之事，堅決不受。幸得陶謙提出駐紮小沛保護徐州的建議，劉備方應允。103

此現象亦發生在取益州一事，劉備以取同宗之地爲不義，《演義》有段劉備與龐統精彩對話。龐統勸劉備把握時機取益州，先指出：「事當決而不決者，愚人也。主公高明，何多疑耶？」又分析當時局勢，云：「荊州東有孫權，北有曹操難以得志。益州戶口百萬，土廣財富，可資大業。今幸張松、法正爲內助，此天賜也。何必疑哉？」104

劉備並非簡單固守道義，猶豫不決之輩，他有自己的判斷。他從理上說明不取益州的理由：「今與吾水火相敵者，曹操也。操以急，吾以寬；操以暴，吾以仁；操以譎，吾以忠；每與操相反，事乃可成。若以小利而失大義於天下，吾不爲也。」105以仁義興兵是他與曹操的分別，故不願短視近利，因圖小利而放棄大義。龐統也認爲劉備所言合於天理，但進一步以守經行權來勸導劉備。言道：

> 主公之言，雖合天理，奈離亂之時，用兵爭強，固非一道，若拘執常理，寸步不可行矣，宜從權變。且兼弱攻昧，逆取順守，湯、武之道也。若事定之後，報之以義，封爲大國，何負於信？今日不取，終被他人取耳，主公幸熟思焉。106

龐統提醒守常道固然是，但做法不只一種，宜行權達變，並陳「兼弱攻昧，逆取順守，湯、武之道」，提出就大局衡量，必須攻下益州，方成鼎立之局。取下益州後，以道義回報，且封賞以厚，則不違背大義。此番分析，爲劉備開出新視野。

即便劉備瞭解守經行權的必要，但面對龐統、法正建議於席間出奇不意殺劉璋，卻斷然拒絕，理由是「季玉是吾同宗，誠心待吾，更兼吾初到蜀中，恩信未立，若行此事，上天不

101 羅貫中：《三國演義》，頁六十七。
102 羅貫中：《三國演義》，頁六十八。
103 羅貫中：《三國演義》，頁六十八—六十九。
104 第六十回，羅貫中：《三國演義》，頁三八八。
105 羅貫中：《三國演義》，頁三八八。
106 羅貫中：《三國演義》，頁三八八。

容，下民亦怨。公此謀，雖霸者亦不為也。」[107]經二人不斷勸說，劉備仍以「吾初入蜀中，恩信未立」為由拒絕。[108]就此觀之，為了成就大業，必取益州。但取益州的做法，劉備堅持不殺同宗，同時他也見出初到益州尚未得民心，這兩點考量見出劉備的仁德與智慧，看似失去先機，但卻得到百姓敬重。

劉備的愛才亦令人印象深刻，以他對徐庶的尊重為例，當徐庶接到老母來信，向劉備說明原委，劉備遺憾的回應道：「母子乃天性之親，元直無以備為念。待與老夫人相見之後，或者再得奉教。」孫乾建議劉備堅留徐庶，言道：「直天下奇才，久在新野，盡知我軍中虛實。今若使歸曹操，必然重用，我其危矣。主公宜苦留之，切勿放去，操見元直不去，必斬其母。元直知母死，必為母報讎，力攻曹操也。」但劉備堅持不為不義之舉，言道：「不可。使人殺其母，而吾用其子，不仁也；留之不使去，以絕其母子之道，不義也。吾寧死，不為不仁不義之事。」[109]劉備雖然十分倚重徐庶，但他充分尊重徐庶。劉備這份眞誠，感動徐庶。許諾雖身在曹營，但終不為曹獻一計一謀。

後人或認為劉備本身及集團實力遠不及曹操，根本無一統天下的可能。若深入考察劉備集團的發展，劉備具英雄之才，且身邊除基本班底關羽、張飛、趙雲等猛將外，陸續有徐庶、諸葛亮等大賢加入。諸葛亮加入陣營後，大大提升劉備集團的實力，除了諸葛亮本身的見識、謀略、善於兵法，對集團長遠發展有極大影響；諸葛亮的才德吸引許多荊襄人才及巴蜀賢士。且諸葛亮的英才，啓發集團武將用智勝敵，提升戰鬥力。諸葛亮的行政長才，調合人事紛爭，是劉備集團安定的力量。

更值得一書的是，若如司馬徽所稱，臥龍、鳳雛，得一可安天下。龐統的加入，無疑讓劉備增加更多勝算。可惜在取益州時，在雒縣遇害。在劉備自封益州牧時，正是處於事業頂峰。第六十五回記載：

> 玄德自領益州牧，其所降文武，盡皆重賞，定擬名爵。嚴顏爲前將軍，法正爲蜀郡太守，董和爲掌軍中郎將，許靖爲左將軍長史，龐義爲營中司馬，劉巴爲左將軍，黃權爲右將軍。其餘吳懿、費觀、彭羕、卓膺、李嚴、吳蘭、雷同、李恢、張翼、秦宓、譙周、呂義、霍峻、鄧芝、楊洪、周群、費禕、費詩、孟達，……文武投降官員，共六十餘人，並皆擢用。諸葛亮軍師，關雲長爲盪寇將軍漢壽亭侯，張飛爲征遠將軍新亭侯，趙雲爲鎭遠將軍，黃忠爲征西將

107 第六十回，羅貫中：《三國演義》，頁三九〇。
108 第六十一回，羅貫中：《三國演義》，頁三九一。
109 第三十六回，羅貫中：《三國演義》，頁二三四。

> 軍，魏延爲揚武將軍，馬超爲平西將軍。孫乾、簡雍、糜竺、糜芳、劉封、關平、周倉、廖化、馬良、馬謖、蔣琬、伊籍，及舊日荊襄一班文武官員，盡皆陞賞。遣使齎黃金五百斤，白銀一千斤，錢五千萬，蜀錦一千疋，賜與雲長。其餘官將，給賜有差。殺牛宰馬，大餉士卒，開倉賑濟百姓，軍民大悅。[110]

就如此龐大陣容來看，劉備具有與曹操一爭高下的條件，在很長一段時期是有機會一統天下。

但也正如諸葛亮〈隆中對〉所言，曹操佔天時，孫權佔江東地利，即便劉備當時實力甚強，但也無法在短時間內統一。加上成就大業過程發生重大變故，尤其是關羽、張飛之死，讓劉備亂了陣腳，後來遭致夷陵戰敗，聲勢降到谷底。其後，劉禪繼位，在諸葛亮努力治國，率兵北伐，幾度亦有成功機會，可惜諸葛亮因過度勞累，病逝五丈原。

最後談談劉備應諸葛亮群臣即帝位一事。當諸葛亮衡量曹丕稱帝後，漢室已亡，爲繼續完成大業，得由帝冑身分的劉備來延續漢統，對抗曹魏的篡位。但劉備堅認稱帝是不忠不義背漢的作爲，言道：「卿等欲陷孤爲不忠不義之人耶？」[111]又云：「孤雖是景帝之孫，並未有德澤以布於民，今一旦自立爲帝，與篡竊何異？」這理由與取益州是一致的，得民心方爲王爲帝，恩澤未立，則爲篡逆。

諸葛亮深知劉備的心意與個性，只得出奇招，稱病不出。趁劉備探疾時說服之。諸葛亮的一番說法，字字中理。言道：

> 臣自出茅廬，得遇大王，相隨至今，言聽計從；今幸大王有兩川之地，不負臣夙昔之言。目今曹丕篡位，漢祀將斬，文武官僚，咸欲奉大王為帝，滅魏興劉，共圖功名；不想大王堅執不肯，眾官皆有怨心，不久必盡散矣。若文武皆散，吳、魏來攻，兩川難保，臣安得不憂乎？[112]

又言：「聖人云：『名不正，則言不順。』今大王名正言順，有何可議？豈不聞『天與弗取，反受其咎』？」[113]在諸葛亮守經行權的建議下，劉備不得已應允即帝位。

綜上所論，對劉備有更全面的瞭解。但陳慶元以下的評論，恐有待商榷。言道：

110 羅貫中：《三國演義》，頁四二四。
111 第六十回，羅貫中：《三國演義》，頁五一七。
112 羅貫中：《三國演義》，頁五一七。
113 羅貫中：《三國演義》，頁五一七。

在全書中，劉備和曹操是作者有意塑造的對比人物，同樣是建立霸業，曹操不顧道德倫理的作爲，是很難得到民眾認同的。劉備不一樣，他常常似眞似假地把百姓的利益擺在自己的利益前面，「民貴君輕」的儒家信念在此發酵，民眾（讀者）自然將情感偏向劉備一方。114

這論點將劉備視爲搖擺不定的功利之徒，恐非實情。

劉備以自身重情重義的性格，兼具仁、智、勇之德，善於聚眾，知人善任，以英雄之資乘時而起。以興復漢室爲目標，領導蜀漢集團，以道義、情義結合，共同實現理想。身爲集團領導者，劉備眞誠仁義的人格凝聚集團的向心力，雖然未能完成大業，卻在後人心中留下忠義的理想形象。若非出自眞誠，豈能感染身邊眾臣及百姓，豈能讓後人緬懷不已。雖然在劉備及眾人努力下，未能完成興復漢室的大業，正如諸葛亮〈前出師表〉所言：

> 夫難平者，事也。昔先帝敗軍於楚，當此之時，曹操拊手，謂天下已定。然後先帝東連吳越，西取巴蜀，舉兵北征，夏侯授首。此操之失計，而漢事將成也。然後吳更違盟，關羽毀敗，秭歸蹉跌，曹丕稱帝。凡事如是，難可逆料。115

劉備及蜀漢集團在曹操佔天時，孫氏父子佔地利的情況下，靠人和爭得一席之地，爲三國亂世，留下光輝的一頁。

第三節　孫權的智勇及意氣相投的東吳集團

一般視孫權承繼父兄基業，是幸運的富二代，但若能深入瞭解孫權在孫策遇害之際，臨危受命，必須面對內憂外患，便知孫權有過人之處。

關於孫權的相貌、性情、才能，《三國志》裴松之引《江表傳》僅如是描述：「權生，方頤大口，目有精光，堅異之，以爲有貴象。及堅亡，策起事江東，權常隨從。性度弘朗，仁而多斷，好俠養士，始有知名，侔於父兄矣。每參同計謀，策甚奇之，自以爲不及也。」[116] 相貌部分僅提到「方頤大口，目有精光，……，以爲有貴象。」羅貫中進一步

114 陳慶元：〈毛本《三國演義》的悲劇意識〉，頁一五四。

115 第九十七回收錄全文，羅貫中：《三國演義》，頁六二八—六二九。

116 陳壽撰，裴松之注：《三國志（二）》（臺北：鼎文書局，一九九七年），卷四十七，頁一一一五。

加上「碧眼紫髯」及「形貌奇偉，骨格非常」[117]，第四十三回藉諸葛亮之眼描述孫權：「碧眼紫鬚，堂堂儀表」。[118]至於性格、才能，《江表傳》僅言「性度弘朗，仁而多斷，好俠養士」，《演義》藉諸葛亮補充道：「此人相貌非常，只可激，不可說。」[119]讓孫權的形象更鮮活。

原本在父兄護蔭下安穩度日的孫權，在孫策臨終授印那天起，他得擔起父兄留下的江東基業。孫策臨終時，安定朝臣紛亂之心，並請張昭等盡力輔佐孫權。當著孫權及眾臣面，爲孫權打氣、勉勵。第二十九回記載：

> 策拍鏡大叫一聲，金瘡迸裂，昏絕於地。……自歎曰：「吾不能復生矣！」隨召張昭等諸人，及弟孫權，至臥榻前，囑付曰：「天下方亂，以吳越之眾，三江之固，大可有爲。子布等幸善相吾弟。」乃取印綬與孫權，曰：「若舉江東之眾，決機於兩陣之間，與天下爭衡，卿不如我；舉賢任能，使各盡力以保江東，我不如卿。卿宜念父兄創業之艱難，善自圖之！」[120]

由孫策這番對兄弟二人特長的分析，可見出孫策擅長帶兵爭雄，孫權善於用人、守成。認爲孫權能固守父兄基業，但難以逐鹿天下。孫策對孫權的瞭解是否眞確呢？從孫權後來的表現來看，確實做到善於用人，力保江東。至於在帶兵征戰及開疆闢土方面，以下將予說明。

孫權十八歲臨危受命，眼下重任在如何化解內憂及外患。內憂方面，一來江東才俊所依附者爲孫策，對其弟不甚瞭解，且孫權年紀太輕，不知能否擔當重任。正如《三國志》所載：「而天下英豪布在州郡，賓旅寄寓之士以安危去就爲意，未有君臣之固。」121 二來江東邊境尚有許多未歸附勢力，「是時惟有會稽、吳郡、丹楊、豫章、廬陵，然深險之地猶未盡從。」122 此些勢力足以影響江東境內安危。

此二難題，又以安定群臣爲先。第二十九回記載：

117 第二十九回記載漢使劉琬語：「吾遍觀孫氏兄弟，雖各才氣秀達，然皆祿祚不終。惟仲謀形貌奇偉，骨格非常，乃大貴之表，又享高壽，眾皆不及也。」羅貫中：《三國演義》，頁一八九。

118 羅貫中：《三國演義》，頁二七九。

119 羅貫中：《三國演義》，頁二七九。

120 羅貫中：《三國演義》，頁一八八—一八九。

121 陳壽撰，裴松之注：《三國志（二）》，卷四十七，頁一一一六。

122 陳壽撰，裴松之注：《三國志（二）》，卷四十七，頁一一一五—一一一六。

張昭令孫靜理會喪事，請孫權出堂，受眾文武謁賀。……且說當時孫權承孫策遺命，掌江東之事。經理未定，人報周瑜自巴丘提兵回吳。權曰：「公瑾已回，吾無憂矣。」原來周瑜守禦巴丘，聞知孫策中箭被傷，因此回來問候；將至吳郡，聞策已亡，故星夜來奔喪。當下周瑜哭拜於孫策靈柩之前。吳太夫人出，以遺囑之語告瑜。瑜拜伏於地曰：「敢不效犬馬之力，繼之以死！」123

又載道：

少頃，孫權入。周瑜拜見畢，權曰：「願公無忘先兄遺命。」瑜頓首曰：「願以肝腦塗地，報知己之恩。」權曰：「今承父兄之業，將何策以守之？」瑜曰：「自古得人者昌，失人者亡。爲今之計，須求高明遠見之人爲輔，然後江東可定也。」權曰：「先兄遺言，內事託子布，外事全賴公瑾。」瑜曰：「子布賢達之士，足當大任。瑜不才，恐負倚託之重，願薦一人以輔將軍。」124

周瑜又向孫權推薦魯肅，魯肅又向孫權推薦諸葛亮兄長諸葛瑾。第二十九回記載：

權大喜，即命周瑜往聘。瑜奉命親往，見肅敘禮畢，具道孫權相慕之意。……瑜曰：「昔馬援對光武云：『當今之世，非但君擇臣，臣亦擇君。』今吾孫將軍親賢禮士，納奇錄異，世所罕有。足下不須他計，只同我往投東吳為是。」肅從其言，遂同周瑜來見孫權。[125]

第二十九回又記載：「肅又薦一人見孫權，此人博學多才，事母至孝。覆姓諸葛，名瑾，字子瑜，瑯琊南陽人也。權拜之為上賓。瑾勸權勿通袁紹，且順曹操，然後乘便圖之。權依言，乃遣陳震回，以書絕袁紹。」[126]

幸好孫策重臣張昭、周瑜願委身輔助孫權，加上孫權以誠意化解群臣疑慮，方使君臣關係趨於穩定。加上新攬魯肅、諸葛瑾等賢才相助，孫權集團慢慢形成。《三國志》記載此際亦發生從兄孫輔降曹及廬江太守李術之叛亂，幸好最後均能化解危機。在君臣關係鞏固及反叛勢力弭平後，已漸能掌握孫吳政權，並重用周瑜、程普、呂範等為將帥鎮討山越及其他境

123 羅貫中：《三國演義》，頁一八九。
124 羅貫中：《三國演義》，頁一八九—一九〇。
125 羅貫中：《三國演義》，頁一九〇。
126 羅貫中：《三國演義》，頁一九〇。

內其他反叛勢力。

外患部分則是曹操欲藉孫策身亡，江東動蕩之際，趁機興兵。第二十九回記載：「卻說曹操聞孫策已死，欲起兵下江南。侍御史張紘諫曰：『乘人之喪而伐之，既非義舉；若其不克，棄好成仇，不如因而善遇之。』操然其說，乃即奏封孫權爲將軍，兼領會稽太守；既令張紘爲會稽都尉，齎印往江東。」[127]張紘於建安四年奉孫策之命至許都當侍御史，在曹操欲趁危興兵之際，張紘認爲此時出兵非義舉，且提出宜與東吳建立友好關係的建議，爲曹操採納。

對孫權而言，不僅江東外患危機解除，又得賢士張紘輔佐，且新獲會稽太守的名位，袁紹對孫權也不敢小覷。「且說陳震回見袁紹，具說『孫策已亡，孫權繼立。曹操封之爲將軍，結爲外應矣。』袁紹大怒，遂起冀、青、幽、并等處人馬七十餘萬，復來攻取許昌。」[128]孫權得以在北方群雄爭霸之際，立穩腳跟。

同時，張紘又向孫權推薦賢士顧雍。「又得張紘回吳，即命與張昭同理政事。張紘又薦一人於孫權。此人姓顧，名雍，子元歎，乃中郎蔡邕之徒；其爲人少言語，不飲酒，嚴厲正大。權以爲丞，行太守事。」[129]在孫權及眾臣共同努力下，集團日益強大。「自是孫權威震江東，深得民心。」[130]第三十八回更記載孫權集團文才、武將人才濟濟的盛況：

廣納賢士，開賓館於吳會，命顧雍、張紘延接四方賓客。連年以來，你我相薦。時有會稽闞澤，字德潤；彭城嚴畯，字曼才；沛縣薛綜，字敬文；汝南程秉，字德樞；吳郡朱桓，字休穆；陸績，字公紀；吳人張溫，字惠恕；會稽凌統，字公績；烏程吳粲，字孔休：此數人皆至江東。孫權敬禮甚厚。又得良將數人，乃汝陽呂蒙，字子明，吳郡陸遜，字伯言，瑯琊徐盛，字文嚮，東郡潘璋，字文珪，盧江丁奉，字承淵。文武諸人，共相輔佐。由此江東稱得人之盛。[131]

就這點來看，孫權充分發揮知人善任的長才。

當內部局勢穩固，外患解除後，孫權便開始進兵荊州，先討伐江夏黃祖。表面看似報父仇，其實是著眼於東吳更長遠發展，正如魯肅「吳中策」所云：「今乘北方多務，剿

127 羅貫中：《三國演義》，頁一九〇。

128 羅貫中：《三國演義》，頁一九一。

129 羅貫中：《三國演義》，頁一九〇。

130 羅貫中：《三國演義》，頁一九〇。

131 羅貫中：《三國演義》，頁二四六。

除黃祖，進伐劉表，竟長江所極而據守之，然後建號帝王，以圖天下，此高祖之業也。」[132]即利用曹操忙於統一北方之際，討黃祖，奪荊州，控制長江天險。此乃孫權向外拓展東吳基業之始。

第三十八回記載：「建安八年十一月，孫權引兵伐黃祖，戰於大江之中。祖軍敗績。權部將凌操，輕舟當先，殺入夏口，被黃祖部將甘寧一箭射死。凌操子凌統，時年方十五歲，奮力往奪父屍而歸。權見風色不利，收軍還東吳。」[133]

此外，三十八回亦記載孫權平復山賊，積極發展水軍，任周瑜爲大都督。載道：「且說東吳各處山賊，盡皆平復。大江之中，有戰船七千餘隻。孫權拜周瑜爲大都督，總統江東水陸軍馬。」[134]

以上是孫權臨危受命後，種種積極作爲，先穩立江東情勢，奠立日後三強爭雄基礎。

至於曹操如何評價孫權，第六十一回提到曹、吳濡須交戰，曹操認爲孫權非等閒之輩，且有帝王之命。載道：

> 操還營自思：「孫權非等閒人物。紅日之應，久後必爲帝王。」於是心中有退兵之意。又恐東吳恥笑，進退未決。兩邊又相拒了月餘，戰了數場，互相勝負。直至來年正月，春雨連綿，水港皆滿，軍士多在泥水之中，困苦異常。操

心甚憂。當日正在寨中，與眾謀士商議。或勸操收兵；或云目今春暖，正好相持，不可退歸。操猶豫未決。忽報東吳有使齎書到。操啓視之。書略曰：「孤與丞相，彼此皆漢朝臣宰。丞相不思報國安民，乃妄動干戈，殘虐生靈，豈仁人之所爲哉？即日春水方生，公當速去。如其不然，復有赤壁之禍矣。公宜自思焉。」書背後又批兩行云：「足下不死，孤不得安。」曹操看畢，大笑曰：「孫仲謀不欺我也。」重賞來使，遂下令班師。[135]

關於孫權的多元形象，有六點值得留意：其一，孫權知人善任，在宰輔選任上有高明見識。孫權登基爲吳大帝後，主要施政放在安頓內政上，首要之務便是選擇適當的宰輔人才。當時群臣一致認定聲望最高之張昭當爲不二人選，但孫權卻選擇顧雍爲相。理由之一是孫權既然稱帝，所思當更遠大，張昭於國家重大決策常乏遠慮，如送質子及赤壁一役，均傾向於事魏，或許與其仍視魏爲正統有關，此與孫權及東吳之利益是互相扞格的。此外，張昭之性

132 第二十九回，羅貫中：《三國演義》，頁一九〇。
133 羅貫中：《三國演義》，頁二四六。
134 羅貫中：《三國演義》，頁二四七。
135 羅貫中：《三國演義》，頁三九四。

格過於嚴肅剛斷，無法有效協調上下關係，此二因素或爲孫權考量點所在。船山對孫權任顧雍爲相給予極高評價：「三代以下之才，求有如顧雍者鮮矣。寡言慎動，用人惟其能而無適莫，恤民之利病，密言於上而不衒其恩威，黜小利小功，罷邊將便宜之策，以圖其遠大。」[136] 可見顧雍自身不僅有治事之能，亦有知人任人之明，能妥善處理君臣關係，上下和諧。且在政策上所圖遠大，不務近利，與民生息，爲吳奠立國富民安之基礎。

顧雍之後，陸遜爲相，亦稟持寬仁之施政原則，船山於此作出總體評價：

> 雍既稟國，陸遜亦濟之以寬仁，自漢末以來，無屠掠之慘，抑無苛繁之政，生養休息，唯江東也。獨惜乎吳無漢之正，魏之強，而終於一隅耳。不然，以平定天下而有餘矣。[137]

正因孫權任用賢相，去除苛繁之政，生養休息，讓百姓得以安居樂業，相較於魏、蜀之民多陷於戰火之苦，東吳無疑成爲一片淨土。船山認爲此治國方式正是治天下之要法，只可惜在爭天下過程中，東吳無魏之強大及蜀之正統，只能偏安一方，正所謂爭天下不足，治天下有餘矣。

其二，孫權除「性度弘朗，仁而多斷」及知人善任外，其性格尚勇。《演義》刻劃孫權遺傳孫家好勇的基因。第五十三回記載，孫權與張遼肉搏戰的場景：

權折書觀畢，大怒曰：「張遼欺吾太甚！汝聞程普軍來，故意使人搦戰！來日吾不用新軍赴敵，看我大戰一場！」傳令當夜五更，三軍出寨，望合淝進發。辰時左右，軍馬行至半途，曹兵已到，兩邊布成陣勢。孫權金盔金甲，披挂出馬；左宋謙、右賈華，二將使方天畫戟，兩邊護衛。三通鼓罷，曹軍陣中，門旗兩開，三員將全裝貫帶，立於陣前：中央張遼，左邊李典，右邊樂進。張遼縱馬當先，專搦孫權決戰。權綽鎗欲自戰，陣門中一將挺鎗驟馬早出，乃太史慈也。張遼揮刀來迎，兩將戰有七八十合，不分勝負。曹陣上李典謂樂進曰：「對面金盔者，孫權也。若捉得孫權，足可與八十三萬大軍報讎。」……張遼乘勢掩殺過來，吳兵大亂，四散奔走。張遼望見孫權，驟馬趕來。看看趕上，刺斜裡撞出一軍，爲首大將，乃程普也；截殺一陣，救了孫權。張遼收軍自回合淝。程普保孫權歸大寨，敗軍陸續回營。孫權因見折了宋謙，放聲大哭。長史張紘曰：「主公恃盛壯之氣，輕視大敵，三軍之眾，莫不寒心。即使

136 王夫之：《讀通鑑論》，頁三八〇。

137 王夫之：《讀通鑑論》，頁三八一。

斬將搴旗，威振疆場，亦偏將之任，非主公所宜也。願抑賁育之勇，懷王霸之計。且今日宋謙死於鋒鏑之下，皆主公輕敵之故。今後切宜保重。」權曰：「是孤之過也。從今當改之。」[138]

張紘點出孫權忽略一方之主應有王霸之識，豈能如偏將般任氣尙勇。這一席話，字字中理，句句懇切，孫權亦有所省悟。

其三，孫權拒絕曹操遣子爲質之要求，爲吳國取得自主空間。第三十八回記載孫權未採張昭之見，而從周瑜之意：

建安七年，曹操破袁紹，遣使往江東，命孫權遣子入朝隨駕。權猶豫未決。吳太夫人命周瑜、張昭等面議。張昭曰：「操欲令我遣子入朝，是牽制諸侯之法也。然若不令去，恐其興兵下江東，勢必危矣。」周瑜曰：「將軍承父兄遺業，兼六郡之眾，兵精糧足，將士用命，有何逼迫而欲送質於人？質一入，不得不與曹氏連和；彼有命召，不得不往；如此則見制於人也。不如勿遣，徐觀其變，別以良策禦之。」吳太夫人曰：「公瑾之言是也。」權遂從其言，謝使者，不遣子。自此曹操有下江南之意。但正值北方未寧，無暇南征。[139]

其四，孫權領導集團以意氣相交為其特色。趙翼《廿二史札記》卷七有段名言：「人才莫盛於三國，亦惟三國之主各能用人，故得眾力相扶，以成鼎足之勢。而其用人亦各有不同者，大概曹操以權術相馭，劉備以性情相契，孫氏兄弟以意氣相投。後世尚可推見其心跡也。」此番論段極為中肯。

第五十三回記載孫權下馬立待魯肅，以榮顯魯肅一事：

> 聞程普兵到，孫權大喜，親自出營勞軍。人報魯子敬先至，權乃下馬立待之，肅急忙滾鞍下馬施禮。眾將見權如此待肅，皆大驚異。權請肅上馬，並轡而行，密謂曰：「孤下馬相迎，足顯公否？」肅曰：「未也。」權曰：「然則如何而後為顯耶？」肅曰：「願明公威德加於四海，總括九州，克成帝業，使肅名書竹帛，始為顯矣。」權撫掌大笑。140

此番孫權與魯肅君臣相待的情景，明顯異於曹、劉集團，多了朋友間輕鬆親暱。

138 羅貫中：《三國演義》，頁三三八—三三九。
139 羅貫中：《三國演義》，頁二四六。
140 羅貫中：《三國演義》，頁三三八。

孫權對於重臣身亡，對其親屬亦善加照顧。第五十三回記載：「孫權見太史慈身帶重傷，愈加傷感。……太史慈病重。權使張昭等問安。……孫權聞慈死，傷悼不已，命厚葬於南徐，北固山下，養其子太史享於府中。」[141]

面對情同兄弟的周瑜離世，孫權哀痛之情溢於言表。第五十七回記載：

> 權聞周瑜死，放聲大哭。折視其書，乃薦魯肅以自代也。……孫權覽畢，哭曰：「公瑾有王佐之才，今忽短命而死，孤何賴哉？既遺書特薦子敬，孤敢不從之？」既日便命魯肅為都督，總統兵馬；一面教發周瑜靈柩回葬。……卻說魯肅送周瑜靈柩至蕪湖，孫權接著，哭祭於前，命厚葬於本鄉。瑜有兩男一女，長男循，次男胤。權皆厚恤之。[142]

雖然孫權知人善任，但到晚年出現猜忌群臣的現象。《三國志》記載孫權設校事來查核群臣，呂壹事件後，仍設校事，使群臣如諸葛瑾、步騭等不掌民事，而執事的陸遜、潘濬常懷危怖而不自安。

其五，孫權另一特殊能力，便是外交手腕的運用，此方面勝於曹操（曹丕）、劉備。以孫吳所處局勢而言，最艱難處莫過於如何周旋於魏、蜀之間。故船山評曰：「權之狡也」。[143]

「狡」之相對於「正」，即機權善變之義。孫權在面對曹魏強大勢力，需極大智慧，例如前所言拒絕曹操遣子為質之要求，為吳國取得自主空間。此外孫權善於利用三方鼎立之情勢，識機結盟。如赤壁之戰選擇結劉抗曹，為自己取得荊州勢力。赤壁戰後，吳蜀交惡，為順利取回荊州，甚至屈身事魏，接受曹魏封王，避免兩面受敵之困境而擊敗關羽取回南郡。而吳蜀夷陵之戰，孫權為免曹魏之夾擊，更盡一切手腕爭取時間安撫曹魏，尤其是在送質子一事，一方面不欲送子為質，另方面又不欲曹丕起疑，孫權費了極大心神，為自己爭取有利時機，而於夷陵一地擊敗劉備。而夷陵戰後，孫權又與蜀重修舊好，但與魏亦維持表面友好關係。此種種行徑，足見出孫權多謀善斷之特質，善於掌握時機，作出恰當決策。

其六，雖說孫權大半生英明有為，但晚年卻出現昏瞶行為，《三國志》提到孫權處理公孫淵及呂壹事件、立嗣多所不足，尤其立嗣一事影響更鉅。前二事因孫權事後悔過彌補幸未釀成大禍，而後者則因孫權誤信長公主讒言而廢立太子，並因魯王與太子爭位而殺之，釀成日後宗室之禍。

141 羅貫中：《三國演義》，頁三四〇。
142 羅貫中：《三國演義》，頁三六〇—三六二。
143 王夫之：《讀通鑑論》，《船山全書》第十冊（長沙：嶽麓書社，一九九六年），頁三八〇。

綜論孫權一生功過，穩立孫策死後東吳局面，開拓江東勢力，內政斐然，此爲孫權之大功也。但晚年於立嗣問題上無法明智決斷，讓宗室問題成爲東吳禍源，此爲孫權之大過也。雖然船山稱吳之偏安乃客觀情勢所致，但仍有人謀因素，以孫權一生之睿智，對比晚年處理立嗣問題之不智，不免令人遺憾，人言「智者千慮必有一失」其斯之謂歟？不獨孫權，英智之曹操、劉備亦然矣。

第三章
三國德才兼備的國體及器能之才

本章分別就魏、蜀、吳三方舉出才德兼備的國體之才荀彧、諸葛亮及宰輔之才魯肅。關於國體之才，主要參考劉劭《人物志》的觀點，劉劭將人才分爲十二類，〈流業〉篇云：「蓋人流之業，十有二焉：有清節家，有法家，有術家，有國體，有器能，有臧否，有伎倆，有智意，有文章，有儒學，有口辨，有雄傑。」[1]無論國體或器能之材，皆屬劉劭所說的英才。前面論及領導人才曾論及英雄，但此處特別挑出英才部分來說。《人物志．英雄》云：「聰明秀出謂之英。」[2]又云：「夫聰明者，英之分也，不得雄之膽，則說不行。……是以，英以其聰謀始，以其明見機，待雄之膽行之。」[3]又云：

> 若聰能謀始，而明不見機，乃可以坐論，而不可以處事。聰能謀始，明能見機，而勇不能行，可以循常，而不可以慮變。……必聰能謀始，明能見機，膽能決之，然後可以爲英，張良是也。[4]

英才的特質便是聰明，這聰明不是一般所說的高智商，而是指謀始見機之長才，在事情開端便開始規劃，遇事能見出問題關鍵。但英才不只有聰明，還有過人膽識。同時兼備智與勇的人才適合擔任宰輔之職。《人物志．英雄》云：「故英可以爲相。」[5]

既明「國體」與「器能」所具備英才的特質，以下進一步論英才中的「國體」與「器能」之才，劉劭云：

若夫德行高妙，容止可法，是謂清節之家，延陵、晏嬰是也。建法立制，彊國富人，是謂法家，管仲、商鞅是也。思通道化，策謀奇妙，是謂術家，范蠡、張良是也。兼有三材，三材皆備，其德足以厲風俗，其法足以正天下，其術足以謀廟勝，是謂國體，伊尹、呂望是也。兼有三材，三材皆微，其德足以率一國，其法足以正鄉邑，其術足以權事宜，是謂器能，子產、西門豹是也。[6]

國體之材是劉劭所說十二材中最理想的，器能之才次之。又云：「三材純備，三公之任也。三材而微，冢宰之任也。」[7] 意即國體之材可居太師、太傅、太保三公之位；器能之材可爲

1 劉劭撰，蔡崇名校注：《人物志》，頁八十五。
2 劉劭撰，蔡崇名校注：《人物志》，頁二二九。
3 劉劭撰，蔡崇名校注：《人物志》，頁二三二。
4 劉劭撰，蔡崇名校注：《人物志》，頁二三五。
5 劉劭撰，蔡崇名校注：《人物志》，頁二三九。
6 劉劭撰，蔡崇名校注：《人物志》，頁八十八—九十二。
7 劉劭撰，蔡崇名校注：《人物志》，頁八十八—九十二。

百官之長，即現今部會一級首長。

國體之流兼備清節家、法家、術家之才，既能以自身德行端正風俗，又能為天下立法度，為天下訂出長治久安的政策方針。伊尹輔佐商湯建立商朝，呂望輔佐文王建立周朝，兩人均有經天緯地之高才，此類人才千古難得。荀彧與諸葛亮兼具教化、建制及社稷長才，堪與伊尹、呂望並列。

至於器能之材，雖不及國體之材三材兼備，但本身亦具三材，可以為一國之高才，言行為全國表率，所制訂法度可為地方行政的依歸，謀略足以解決國家難題，協助諸侯治理國家。魯肅亦具三材，雖略遜色些，但仍能與春秋時期鄭國執政子產及戰國時期魏國西門豹兩位大夫競美。

荀彧、諸葛亮及魯肅均為罕見德才兼備的大賢，德行足為天下楷模，敦行教化；為天下建立法制，強國富民；見識卓越，謀略超群，憑藉人謀解民疾苦，撥亂反正。可惜三子皆英年早逝，壯志未酬，如流星劃過夜空，徒留後人讚歎與唏噓。

第一節　荀彧的才德與委屈行道

三國有一位德才堪與諸葛亮媲美，卻爲後人忽略的賢才——荀彧。這樣一位世間罕見的大賢，竟含恨而終，死因成謎；更遺憾的是，因荀彧輔佐曹操，且其志向不易被後人瞭解，故死後未被平反，湮沒於歷史洪流中，讓人不勝感歎。本節將就荀彧的德與才、志向、死因加以探析，給予公允的評價。

羅貫中將荀彧定位在曹營謀士，特別著墨於十件事：一、曹操盛讚荀彧之才。初次見面便盛讚爲「此吾之子房也！」第十回記載：「舊事袁紹，今棄紹投操；操與語大悅，曰：『此吾之子房也！』遂以爲行軍司馬。」[8] 第二十三回亦回應禰衡，荀彧諸臣機智深遠：「荀彧，荀攸，郭嘉，程昱，機深智遠，雖蕭何，陳平不及也。」[9]

二、荀彧向曹操舉薦程昱。在荀彧舉薦程昱[10]後，在曹營產生連鎖效應，程昱推薦郭

8 羅貫中：《三國演義》，頁六十一。
9 羅貫中：《三國演義》，頁一四九。
10 羅貫中：《三國演義》，頁六十一。

嘉，郭嘉推薦劉曄，劉曄推薦滿寵、呂虔，滿寵、呂虔推薦毛玠。11這些人才成為曹操得力臂膀。

三、在曹操攻打徐州時，荀彧與程昱領軍三萬，成功守住鄄城、范縣、東阿三城。12

四、荀彧屢為曹操獻計。第十四回曾獻「二虎競食」之計，期讓劉備除呂布，13又於第十六回建議曹操除掉劉備：「劉備英雄也，今不早圖，後必為患。」14

五、官渡戰時，荀彧在許都調派兵將及準備糧草。第十七回記載：「操留荀彧在許都，調遣兵將，自統大軍進發。」15第三十回記載：「曹操起軍七萬，前往迎敵，留荀彧守許都。」16

六、當曹、袁在官渡僵持，曹操欲退兵之際，荀彧以書信安定曹操之心。第三十回載道：

卻說曹操守官渡，自八月起，至九月終，軍力漸乏，糧草不繼，意欲棄官渡退回許昌；遲疑未決，乃作書遣人赴許昌問荀彧。彧以書報之。書略曰：「承尊命使決進退之疑，愚以袁紹悉眾聚於官渡，欲與明公決勝負，公以至弱當至強，若不能制，必為所乘；是天下之大機也。紹軍雖眾，而不能用；以公之神武明哲，何向而不濟？今軍實雖少，未若楚、漢在滎陽、成皋也。公今畫地而守，扼其喉而使不能進，情見勢竭，必將有變。此用奇之時，斷不可失。惟明公裁察焉。」17

此番情勢分析，不僅產生安定軍心的作用，也讓曹操想到對付袁紹的良策。

七、當曹操官渡之戰擊敗袁紹，反回許都，欲興兵南下打劉表，眾臣多表支持，唯獨荀彧勸阻，主張宜屯田休養生息，累積實力。第三十四回記載：「復聚眾謀士商議，欲南征劉表。荀彧曰：『大軍方北征而回，未可復動。且待半年，養精蓄銳，劉表、孫權，可一鼓而下也。』操從之，遂分兵屯田，以候調用。」18

11 第十回，羅貫中：《三國演義》，頁六十一。

12 第十回記載：「遂留荀彧、程昱領軍三萬守鄄城，范縣，東阿三縣。」第十一回記載：「止有鄄城，東阿，范縣三處，被荀彧、程昱設計死守得全，其餘俱破。」羅貫中：《三國演義》，頁六十二、六十八。

13 羅貫中：《三國演義》，頁二八八。

14 羅貫中：《三國演義》，頁一〇五。

15 羅貫中：《三國演義》，頁一一四。

16 羅貫中：《三國演義》，頁一九二。

17 羅貫中：《三國演義》，頁一九三。

18 羅貫中：《三國演義》，頁二二〇。

八、荀彧勸阻曹操冬天南征，先做好訓練水軍的準備。第三十七回記載：「荀彧諫曰：『天寒未可用兵，姑待春暖，方可長驅大進。』操從之。乃引漳河之水作一池，名玄武池，於內教練水軍，準備南征。」[19]

九、荀彧勸曹操勿自己加封九錫。第六十一回記載，董昭勸進曹操加九錫，荀彧力阻道：「不可。丞相本興義兵，匡扶漢室，當秉忠貞之志，守謙退之節。君子愛人以德，不宜如此。」[20]其後，「曹操聞言，勃然變色。董昭曰：『豈可以一人而阻眾望？』遂上表請尊操爲魏公，加九錫。荀彧歎曰：『吾不想今日見此事！』操聞深恨之，以爲不助己也。」[21]

十、荀彧服毒而死。第六十一回記載：「曹操興兵下江南，就命荀彧同行。彧已知操有殺己之心，託病止於壽春。忽曹操使人送飲食一盒至。盒上有操親筆封記。開盒視之，並無一物。彧會其意，遂服毒而亡。年五十歲。」[22]

若依《演義》所載荀彧十事，則荀彧不過是依附曹操之謀士，無論推薦人才、守城、出謀劃策，及安頓後方，提供矢源、糧草，均盡心盡力。但最終卻因阻止曹操加封九錫，招致曹操不滿，暗示荀彧自我了斷，最後服毒而死。雖然曹操得知荀彧之死後悔不已，並厚葬之，但一代人才就此隕落。

表面看來，只因荀彧反對加封，引起曹操不悅而賜死，荀彧之死留下許多謎團。且這麼一位重要人物，死因令人起疑。雖然羅貫中記載荀彧明白曹操賜空盒之意而服毒，但正史卻有不同說法？此外，荀彧為何選擇曹操？既然選擇曹操，為何反對曹操加封？以下就《演義》未竟處加以增補。

首先，荀彧德性周備，為天下士人所敬重。《三國志》裴注引《魏氏春秋》：

> 彧德行周備，非正道不用心，名重天下，莫不以為儀表，海內英雋咸宗焉。司馬宣王常稱書傳遠事，吾自耳目所從聞見，逮百數十年間，賢才未有及荀令君者也。……鍾繇以為顏子既沒，能備九德，不貳其過，唯荀彧然。或問繇曰：「君雅重荀君，比之顏子，自以不及，可得聞乎？」曰：「夫明君師臣，其次友之。以太祖之聰明，每有大事，常先諮之荀君，是則古師友之義也。吾等受命而行，猶或不盡，相去顧不遠邪！」23

19 羅貫中：《三國演義》，頁二三六。

20 羅貫中：《三國演義》，頁三九五。

21 羅貫中：《三國演義》，頁三九五。

22 羅貫中：《三國演義》，頁三九五。

23 陳壽撰，裴松之注：《三國志（一）》，卷十，頁三一八。

從這段記載，荀彧德性周備，司馬懿、鍾繇都給予極高評價，司馬懿稱「逮百數十年間，賢才未有及荀令君者」，鍾繇讚「顏子既沒，能備九德，不貳其過，唯荀彧然」，足見荀彧德性高尚周備。德充於內，表現於外為「偉美」之姿。24

荀彧推薦人才甚眾，不只《演義》所提到的程昱。《三國志》記載：

太祖問彧：「誰能代卿為我謀者？」彧言「荀攸、鍾繇」。先是，彧言策謀士，進戲志才。志才卒，又進郭嘉。太祖以彧為知人，諸所進達皆稱職，唯嚴象為揚州，韋康為涼州，後敗亡。25

意即荀攸、鍾繇、戲志才、郭嘉均為荀彧所推薦。裴注引《魏氏春秋》又增補數位：

前後所舉者，命世大才，邦邑則荀攸、鍾繇、陳群，海內則司馬宣王，及引致當世知名郗慮、華歆、王朗、荀悅、杜襲、辛毗、趙儼之儔，終為卿相，以十數人。取士不以一揆，戲志才、郭嘉等有負俗之譏，杜畿簡傲少文，皆以智策舉之，終各顯名。26

這段文字，不僅說明荀推薦荀攸、鍾繇、陳群外，也推薦了司馬懿及諸多文士，更指出能用人唯才，不拘一格。

荀彧亦善於掌握時勢。曾認爲潁川遲早會受戰火波及，然父老不信，只得與族人往冀州避難。《三國志》云：「董卓之亂，……除亢父令，遂棄官歸，謂父老曰：『潁川，四戰之地也，天下有變，常爲兵衝，宜亟去之，無久留。』鄉人多懷土猶豫，會冀州牧同郡韓馥遣騎迎立，莫有隨者，彧獨將宗族至冀州。」[27]

何顒曾稱讚荀彧具備王佐才。《三國志》記載：「彧年少時，南陽何顒異之，曰：『王佐才也。』」[28]正因洞悉時局，對擇明主亦有其原則。當時的情勢，前已指出荀彧從潁川遷至較安定的冀州，亦期於冀州有所發展。冀州太守韓馥已被袁紹取代，袁紹在當時聲望頗高，深受士大夫支持，荀彧雖受袁紹禮遇，然觀袁紹才德不足，無法成就大事，故而轉向支持曹操。《三國志》記載：「袁紹已奪馥位，待彧以上賓之禮。彧弟諶及同郡辛評、郭圖，皆爲紹所任。彧度紹終不能成大事，時太祖爲奮武將軍，在東郡，初平二年，彧去紹從

24 裴注引《典略》語。陳壽撰，裴松之注：《三國志（一）》，卷十，頁三一一。
25 陳壽撰，裴松之注：《三國志（一）》，卷十，頁三一一。
26 陳壽撰，裴松之注：《三國志（一）》，卷十，頁三一八。
27 陳壽撰，裴松之注：《三國志（一）》，卷十，頁三〇七－三〇八。
28 陳壽撰，裴松之注：《三國志（一）》，卷十，頁三一八。

太祖。」[29]或許有人提問，爲何荀彧不似諸葛亮選擇劉備？就當時情勢而言，劉備尚未成爲政治舞臺的要角，當時舞臺要角是袁紹與曹操。

但選擇曹操，不單因爲曹操才識遠在袁紹之上，荀彧早有更長遠的規劃。可惜荀彧之志，時人、後人不易明白。以下兩件事可隱微見出荀彧之志。

首先，荀彧勸曹操迎獻帝，其用意在期待曹操以義兵輔佐漢室。《三國志》記載：

太祖議奉迎都許，或以山東未平，韓暹、楊奉新將天子到洛陽，北連張楊，未可卒制。彧勸太祖曰：「……自天子播越，將軍首唱義兵，徒以山東擾亂，未能遠赴關右，然猶分遣將帥，蒙險通使，雖禦難于外，乃心無不在王室，是將軍匡天下之素志也。今車駕旋軫，〔東京榛蕪〕，義士有存本之思，百姓感舊而增哀。誠因此時，奉主上以從民望，大順也；秉至公以服雄傑，大略也；扶弘義以致英俊，大德也。天下雖有逆節，必不能爲累，明矣。韓暹、楊奉其敢爲害！若不時定，四方生心，後雖慮之，無及。」太祖遂至洛陽，奉迎天子都許。[30]

雖然曹操打的算盤是挾天子以令諸侯，荀彧懷著興復漢室的理念，欲藉襄助曹操爲漢室除害。即便兩人動機不同，但行動卻可一致，故能彼此相安。

第二件大事，正史及《演義》六十一回均有記載。曹操欲接受董昭進爵國公，加封九錫的建議，此時荀彧也深刻意識曹操不忠之心，勇敢表達不同意的想法，這點惹怒曹操，但曹操按下不表。

荀彧輔佐曹操，自始至終均爲實現興復漢室的理想，張大可《三國史研究》稱荀彧「七出奇計」，[31]也都是基於興復漢室的目標。他用盡畢生心力，惜未能朝自己的理想發展，最後只得以身相殉。荀彧之死，羅貫中採用的是《後漢書》及《魏氏春秋》的版本，《三國志》的版本是：「太祖軍至濡須，彧疾留壽春，以憂薨。」[32]不管那個版本，荀彧是爲漢室而死，非爲曹操而死，此朗朗忠心，蒼天可鑑。

陳壽曾評荀彧：「荀彧清秀通雅，有王佐之風，然機鑒先識，未能充其志也。」[33]此論意指荀彧既知曹操有不臣之心，卻未能即早發現，致使壯志未酬。此番論斷有待商榷，荀彧

29 陳壽撰，裴松之注：《三國志（一）》，卷十，頁三〇八。
30 陳壽撰，裴松之注：《三國志（一）》，卷十，頁三一〇。
31 張大可：《三國史研究》（北京：華文出版社，二〇〇三年），頁二一三—二一五。
32 陳壽撰，裴松之注：《三國志（一）》，卷十，頁三一七。
33 陳壽撰，裴松之注：《三國志（一）》，卷十，頁三三二。

當時選擇有限，選定曹操，且盡力朝自己的目標發展，也有一定成效，因此陳壽的評論並不周備。

裴松之對陳壽的評論提出批評：「世之論者，多譏彧協規魏氏，以傾漢祚；君臣易位，實彧之由。雖晚節立異，無救運移；功既違義，識亦疚焉。陳氏此評，蓋亦同乎世識。臣松之以爲斯言之作，誠未得其遠大者也。」34

裴氏的看法近於《後漢書》的評論，但講得更深刻。言道：

> 彧豈不知魏武之志氣，非衰漢之貞臣哉？良以於時王道既微，橫流已極，雄豪虎視，人懷異心，不有撥亂之資，仗順之略，則漢室之亡忽諸，黔首之類殄矣。夫欲翼讚時英，一匡屯運，非斯人之與而誰與哉？是故經綸急病，若救身首，用能動于嶮中，至于大亨，蒼生蒙舟航之接，劉宗延二紀之祚，豈非荀生之本圖，仁恕之遠致乎？及至霸業既隆，翦漢跡著，然後亡身殉節，以申素情，全大正於當年，布誠心於百代，可謂任重道遠，志行義立。謂之未充，其殆誣歟！35

在裴氏看來，荀彧並非不明白曹操的心志，但面對漢室衰頹，群雄異心，曹操是當時最佳的人選。雖然隨著形勢發展，曹操野心日顯，到最後荀彧只得犧牲以明志。裴氏可謂荀彧的知音，讓荀彧偉大的人格不致完全被埋沒。

第二節　諸葛亮的賢德與全才

諸葛亮是三國歷史核心人物。若無諸葛亮，整段三國歷史便黯然失色。歷來有不少歌詠諸葛亮的詩作，杜甫〈蜀相〉一詩寫到諸葛亮的兩大事功及英雄餘恨，詩云：「丞相祠堂何處尋？錦官城外柏森森。映階碧草自春色，隔葉黃鸝空好音。三顧頻煩天下計，兩朝開濟老臣心。出師未捷身先死，長使英雄淚滿襟。」杜甫特別走訪諸葛祠堂，只見滿眼綠意，鳥囀盈耳的庭院，遙想一代人傑，令人驚歎的〈隆中對〉，忠心輔佐蜀漢二主，壯志未酬的遺恨，黯然神傷。

杜甫〈詠懷古跡五首之五〉寫到諸葛亮的經世長才及壯志未酬。詩云：「諸葛大名垂

34 陳壽撰，裴松之注：《三國志（一）》，卷十，頁三三二。

35 陳壽撰，裴松之注：《三國志（一）》，卷十，頁三三二。

宇宙，宗臣遺像肅清高。三分割據紆籌策，萬古雲霄一羽毛。伯仲之間見伊呂，指揮若定失蕭曹。福移漢祚難恢復，志決身殲軍務勞。」杜甫高度推崇諸葛亮，既有經天緯地的社稷長才，又能指揮政治運作及軍事行動，前者可與伊尹、呂望媲美，後者更遠勝過蕭何、曹參。可惜漢朝氣數已盡，孤臣無力可回天。

毛宗崗對三十七回的評點有兩段文字極好，其中一段，談到諸葛亮的極冷、極閒的人格特質。言道：

> 淡泊寧靜之語，是孔明一生本領。淡泊則其人之冷可知，寧靜則其人之閒可知。天下非極閒極冷之人，做不得極忙極熱之事。後來自博望燒屯以至六出祁山，無數極忙極熱文字，皆從極閒、極冷中積蓄得來。36

又寫道：

> 此回極寫孔明，而篇中卻無孔明。蓋善寫妙人者，不於有處寫，正於無處寫。寫其人如閒雲野鶴之不可定，而其人始遠；寫其人如威鳳祥麟之不易睹，而其人始尊。且孔明雖未得一遇，而見孔明之居則極其幽秀，見孔明之童則極其古

> 淡，見孔明之友則極其高超，見孔明之弟則極其曠逸，見孔明之丈人則極其清韻，見孔明之題詠則極其俊妙；不待接席言歡，而孔明之爲孔明，於此領略過半矣。玄德一訪再訪，已不覺入其玄中，又安能已於三顧耶！[37]

這段文字極力寫出劉備三顧茅廬的過程，透過劉備的雙眼及內心想法，感受與諸葛亮有關的人、事、物，主角雖未出場，但周遭一切足以說明此人之奇。爲劉備何以三度訪賢，提供許多美好想像。

這樣一位才德兼備，胸懷天下，忠心不貳的大賢，世間罕有。張大可曾探討諸葛亮的志向與擇主及三大事蹟，以下將就這些論點加以論述。關於諸葛亮的志向與擇主，張大可指出：

> 形勢是曹、孫勢力強大，而劉備尚無立錐之地，寄人籬下，爲荊州牧劉表看守

36 羅貫中撰，毛宗崗批：《三國演義的謀略觀與政治觀》（臺北：老古文化事業公司，一九九七年），頁八十九。

37 羅貫中撰，毛宗崗批：《三國演義的謀略觀與政治觀》，頁八十九－九十。

北方的大門，屯駐新野，兵微將寡。當時劉備已四十七歲，行將半百，除了曹操、孫權、魯肅等有識之士，一般人似已把他遺忘。劉備屯駐新野六、七年，卻沒有南來北往的士人去依附他，潁川士人杜襲、繁欽、趙儼、石廣元，汝南孟公威等人，當曹操挾天子以都許以後，都紛紛北還。石廣元和孟公威都是諸葛亮的好友，只有潁川徐庶一人依歸了劉備，徐庶向劉備推薦諸葛亮，劉備三顧草廬。此時孫權已提兵西上，行營柴桑，正在征討黃祖，眼看曹操也要大舉南下，荊州就要腹背受敵。……諸葛亮在此時毅然出山，輔佐劉備興復漢室，這本身就與眾不凡。[38]

曹操挾漢相之位，往南拓展；孫權據地利之便，聚集江東人才，欲北上擴張勢力，諸葛亮基於興復漢室的理想，選擇尙無固定地盤且無明確發展方向的劉備，足見他不凡的見識。張大可轉引裴松之語：

以諸葛亮之鑒識，豈不能自審其分乎？夫其高吟俟時，情見乎言，志氣所存，既已定於其始矣。若使游步中華，騁其龍光，豈夫多士所能沈翳哉！委質魏氏，展其器能，誠非陳長文、司馬仲達所能頡頏，而況於餘哉！苟不患功業不就，道之不行，雖志恢宇宙而終不北向者，蓋以權御已移，漢祚將傾，方將翊贊宗傑，以興微繼絕克復爲己任故也。39

張大可進一步申述己見：

曹氏篡逆之心已昭然若揭，裴松之的這個分析是正確的。諸葛亮自比管仲、樂毅就說明了這個問題。……諸葛亮要幹一番事業，不僅表明他兼有將相之才，而且表現他不苟且許身的抱負，他以興復漢室爲己任，這是他的志趣。……諸葛亮立志興復漢室，並不是要維護東漢的黑暗統治，而是要興高帝之業，重走光武中興之路。40

諸葛亮出仕並非僅爲施展個人長才，他重視領導者的理念，曹操已顯不臣之心，劉備則以興復漢室爲目標，基於相同理念，諸葛亮選擇輔佐劉備。張大可指出：「這本身就是一個非常

38 張大可：《三國史研究》，頁二三八—二三九。
39 陳壽撰，裴松之注：《三國志・諸葛亮傳》，卷三十五，頁九一二。
40 張大可：《三國史研究》，頁二三九—二四〇。

之舉，無論從個人的主觀願望，還是從當時的客觀情勢，諸葛亮的選擇，都是一條荊棘叢生的險途。」[41]雖然與劉備理念相同，但劉備當時條件卻落後於曹操、孫權，他必須做出許多努力，創造有利條件。

〈諸葛亮傳〉在諸葛亮眾多事功中，特別提出三大事蹟：〈隆中對〉、赤壁之戰、北伐中原。張大可認爲這三大事蹟各具意義：「〈隆中對策〉與出使江東是謀求三分鼎立，出師北伐是力爭統一。」[42]對於〈隆中對〉的重要性，張大可評道：

> 第一步，劉備要避實擊虛，不失時機地奪取荊、益建立根據地，在地利上造成三分天下的均勢。第二步，依靠「人和」與「人謀」的努力來等待天下之變，實現統一。諸葛亮把「人和」與「人謀」強調爲首位，可以說是〈隆中對策〉的主旋律。[43]

上述所論甚是，然有兩點值得商榷，取得荊、益之地建立根據地亦屬人謀，宜與第二步一起談。此外，宜將「人謀」、「人和」分別看，「人謀」是指作法，「人和」是結果。張氏又云：

所謂「人和」有三方面的內容。第一，是「賢能爲之用」，要總攬英雄，贏得天命攸歸，使眾士仰慕。……第二，是「國險而民附」，即內修政理，和撫夷越，使人民歸附。第三是「外結好孫權」，壯大力量，才能抗衡曹操，以待天下之變，兩路北伐。44

這三點頗有見地，若能加上人謀更好，由人謀而達至人和。

〈隆中對〉是諸葛亮爲蜀漢規劃的藍圖，讓劉備看到一條明確可行的發展方向。〈隆中對〉、出使江東、出師北伐，這三件大事都是諸葛亮出於人謀而成就的人和。

實現興復漢室大業的第一步，便是打贏赤壁之戰，與魏、吳分庭抗禮。但在劉備集團手上籌碼有限的情況下，諸葛亮憑一己長才，洞悉全局，與具有遠略的魯肅聯手，促成孫劉聯盟，共同抗曹。

對劉備而言，唯有與東吳聯手抗曹，方有翻身機會，但眼下剛大敗於曹軍，不具備合

41 張大可：《三國史研究》，頁二三八。
42 張大可：《三國史研究》，頁二四一。
43 張大可：《三國史研究》，頁二四一—二四二。
44 張大可：《三國史研究》，頁二四二。

作條件。幸得諸葛亮過人之見識，善用魯肅弔喪的機會，創造合作契機。〈孫權傳〉記載：「荊州牧劉表死，魯肅乞奉命弔表二子，且以觀變。肅未到，而曹公已臨其境，表子琮舉眾以降。劉備欲南濟江，肅與相見，因傳權旨，爲陳成敗。備進住夏口，使諸葛亮詣權。」[45]諸葛亮意識到魯肅與他有共同理念，欲促成吳蜀聯盟。〈魯肅傳〉記載：「劉表死。肅進說曰：『……肅請得奉命弔表二子，并慰勞其軍中用事者，及說備使撫表眾，同心一意，共治曹操，備必喜而從命。如其克諧，天下可定也。今不速往，恐爲操所先。』權即遣肅行。」[46]諸葛亮把握機會，將局面由原本有求於東吳，轉爲受魯肅之邀共議大事。《演義》亦就這部分增補許多情節想像。

後世不少周瑜的支持者主張赤壁之戰完全由周瑜主導，諸葛亮沒什麼貢獻。他們的論點多半如是：

> 歷史上有名的以少勝多的赤壁大戰，將周瑜的軍事才能推上了一個新的大舞臺，也使其名字流芳百世。這是因爲赤壁之戰，是導致三國鼎立態勢形成的決定性戰役。沒有周瑜，赤壁之戰不會勝利，甚至不會有赤壁之戰。因爲彼時諸葛亮輔佐的劉備，根本沒有戰勝曹軍的實力。[47]

就水戰這部分，周瑜居功厥偉，但如果沒有諸葛亮與魯肅聯手促成孫劉聯盟，單靠周瑜所領導的三萬水師，實難擊退曹操十五萬大軍。不僅是雙方軍隊數量懸殊，周瑜所面對的不是袁紹之流，而是善於用兵的曹操。即使周瑜不畏懼曹軍，孫權及江東文臣武將及軍民的恐曹症恐難治癒。眞正讓東吳君臣吃下定心丸的是諸葛亮，憑藉自身長才，讓孫權、魯肅敬服，加上才與曹軍交戰，深知曹軍虛實，對未曾與曹軍作戰的江東君臣，諸葛亮的戰略分析極有助益。

究竟諸葛亮如何說服孫權。首先，諸葛亮留意到東吳充斥主和意見。關於東吳當時政治氛圍，〈孫權傳〉記載：「是時曹公新得表眾，形勢甚盛，諸議者皆望風畏懼，多勸權迎之。權得書以示群臣，莫不嚮震失色。惟瑜、肅執拒之議，意與權同。」[48]諸葛深知東吳是否參戰，決定權在孫權。他已看出孫權不願降曹的心理，唯不知如何打贏這場仗。諸葛亮不直接說破，間接採取激將法，逼孫權說出自己的想法。〈諸葛亮傳〉載：

45 陳壽撰，裴松之注：《三國志・吳主傳第二》，卷四十七，頁一一一七。

46 陳壽撰，裴松之注：《三國志・魯肅傳》，卷五十四，頁一二六九。

47 《大紀元》〈【文史】你不了解的周瑜　萬人之英器量廣大〉，二〇一九年三月二十八日。http://www.epochtimes.com/b5/16/4/7/n7531121.htm 二〇一九年十二月二十二日瀏覽。

48 陳壽撰，裴松之注：《三國志・吳主傳第二》，卷四十七，頁一一一七。

亮說權曰：「海內大亂，將軍起兵據有江東，劉豫州亦收眾漢南，與曹操並爭天下。今操芟夷大難，略已平矣，遂破荊州，威震四海。英雄無所用武，故豫州遁逃至此。將軍量力而處之：若能以吳、越之眾與中國抗衡，不如早與之絕；若不能當，何不案兵束甲，北面而事之！今將軍外託服從之名，而內懷猶豫之計，事急而不斷，禍至無日矣！」權曰：「苟如君言，劉豫州何不遂事之乎？」曰：「田橫，齊之壯士耳，猶守義不辱，況劉豫州王室之胄，英才蓋世，眾士慕仰，若水之歸海，若事之不濟，此乃天也，安能復爲之下乎！」權勃然曰：「吾不能舉全吳之地，十萬之眾，受制於人。吾計決矣！非劉豫州莫可以當曹操者，然豫州新敗之後，安能抗此難乎？」49

當諸葛亮引出孫權說出想法後，便進一步提出致勝方針。〈諸葛亮傳〉載：

亮曰：「豫州軍雖敗於長坂，今戰士還者及關羽水軍精甲萬人，劉琦合江夏戰士亦不下萬人。曹操之眾遠來疲弊，聞追豫州，輕騎一日一夜行三百餘里，此所謂彊弩之末，勢不能穿魯縞者也。故兵法忌之，曰必蹶上將軍。且北方之人，不習水戰；又荊州之民附操者，偪兵勢耳，非心服也。今將軍誠能命猛將統兵數萬，與豫州協規同力，破操軍必矣。操軍破，必北還，如此則荊、吳之勢彊，鼎足之形成矣。成敗之機，在於今日。」[50]

首先，諸葛亮順著孫權提問，提出吳蜀聯盟的必要，劉備雖然甫敗於曹軍，但與劉琦的兵力尚有兩萬人，加上東吳三萬水軍，便能共同抗曹。再者，諸葛亮分析曹軍實力，一來兵士遠來疲憊，加上曹軍不善水戰，雖然號稱十五萬大軍，但許多新附的荊州軍民並不服曹操，即此點出曹軍虛實。最後，諸葛亮分析戰後情勢，孫權不僅可保江東安危，且提升江東的地位，得與曹操抗衡。

經諸葛亮對整個戰局深入分析，尤其指出曹軍實際戰力，稍微化解東吳君臣對曹軍的畏懼。或有人質疑，周瑜對曹軍實力也有類似看法，恐怕周瑜的影響更大。據〈周瑜傳〉記載：

瑜曰：「不然。操雖託名漢相，其實漢賊也。將軍以神武雄才，兼仗父兄之

49 陳壽撰，裴松之注：《三國志・諸葛亮傳》，卷三十五，頁九一五。

50 陳壽撰，裴松之注：《三國志・諸葛亮傳》，卷三十五，頁九一五。

烈，割據江東，地方數千里，兵精足用，英雄樂業，尚當橫行天下，爲漢家除殘去穢。況操自送死，而可迎之邪？請爲將軍籌之：今使北土已安，操無內憂，能曠日持久來爭疆埸，又能與我校勝負於船楫可乎？今北土既未平安，加馬超、韓遂尚在關西，爲操後患。且舍鞌馬，杖舟楫，與吳越爭衡，本非中國所長。又今盛寒，馬無槀草，驅中國士眾遠涉江湖之閒，不習水土，必生疾病。此數四者，用兵之患也，而操皆冒行之。將軍禽操，宜在今日。瑜請得精兵三萬人，進住夏口，保爲將軍破之。」權曰：「老賊欲廢漢自立久矣，徒忌二袁、呂布、劉表與孤耳。今數雄已滅，惟孤尚存，孤與老賊，勢不兩立。君言當擊，甚與孤合，此天以君授孤也。」[51]

周瑜深受孫權倚重，且理念與孫權一致，自然有一定影響。周瑜的分析著重在曹軍遠到，且不善水戰，加上天寒，糧草不足，且易出現水土不服的問題。這四點分析極富洞見，與諸葛見解相同。

但不同的是，周瑜展現出不畏懼曹軍及對東吳水軍的信心，主張獨力抗曹；但諸葛亮與曹軍實際交戰的一手情資，憑藉自身見識與長才，提出透過外交結盟，以水、陸共同抗曹的戰略。若採周瑜獨力作戰的主張，不僅缺少對曹軍的實戰經驗，且存在腹背受敵的危險。

吳蜀聯盟無疑是上乘策略。有周瑜支持在先，加上諸葛亮深入分析，逐漸強化孫權的決戰意志，下令出兵。「即遣周瑜、程普、魯肅等水軍三萬，隨亮詣先主，并力拒曹公。」52諸葛亮透過吳蜀聯盟打贏赤壁之戰，爲劉備爭取三強鼎立的條件。張大可云：「諸葛亮運用他的智慧，巧妙地利用曹操東進，孫權不甘屈膝的情勢，因勢利導，爭得劉備立足荊州的地位。」53

至於出師北伐，歷來亦有不同評價，有人持正面態度，也有人提出批評。雖然北伐最後未能成功，但不可逕稱諸葛亮執意北伐拖垮蜀漢國力。理由有三：一、諸葛亮先平定南方，國力充足，方行北伐。〈諸葛亮傳〉載：「三年春，亮率眾南征，其秋悉平。軍資所出，國以富饒，乃治戎講武，以俟大舉。」54二、北出祁山，勝多敗少。三、雖然蜀漢國力衰微，但諸葛一方面用心治國，另方面行屯田制，充實軍糧。55在蜀漢國力衰微的情況下，諸葛亮

51 陳壽撰，裴松之注：《三國志．周瑜傳》，卷五十四，頁一二六一——一二六二。

52 陳壽撰，裴松之注：《三國志．諸葛亮傳》，卷三十五，頁九一五。

53 張大可：《三國史研究》，頁二四四。

54 陳壽撰，裴松之注：《三國志．諸葛亮傳》，卷三十五，頁九一九。

55 〈諸葛亮傳〉載：「亮每患糧不繼，使己志不申，是以分兵屯田，爲久駐之基。耕者雜於渭濱居民之間，而百姓安堵，軍無私焉。」陳壽撰，裴松之注：《三國志．諸葛亮傳》，卷三十五，頁九二五。

以一己之力撐起重擔。

關於北伐的目的，張大可指出一般論諸葛亮北伐目的有四類：以攻爲守、再造北伐條件、興復漢室、盡忠報國，他反對以攻爲守的說法。[56] 諸葛亮北伐當然是爲實現興復漢室的理念，也是爲報劉備知遇之恩。但就戰略而言，諸葛亮並非不知魏蜀實力懸殊，後主才德遠不及劉備，但他認爲自己有能力輔佐後主成就大業。從〈前出師表〉[57]、〈後出師表〉可得出爲何在蜀漢有限國力下，不斷興師北伐的理由。

首先，北伐是爲實現興復漢室的理念，也爲報劉備知遇之恩。〈前出師表〉云：

先帝創業未半而中道崩殂，今天下三分，益州疲弊，此誠危急存亡之秋也。……後值傾覆，受任於敗軍之際，奉命於危難之閒，爾來二十有一年矣。先帝知臣謹愼，故臨崩寄臣以大事也。受命以來，夙夜憂歎，恐託付不效，以傷先帝之明，故五月渡瀘，深入不毛。今南方已定，兵甲已足，當獎率三軍，北定中原，庶竭駑鈍，攘除姦凶，興復漢室，還于舊都。此臣所以報先帝，而忠陛下之職分也。……臣以討賊興復之效；不效，則治臣之罪，以告先帝之靈。[58]

至於戰略方面，他當然明白眼下情勢。君非賢君，謀臣、武將皆不足，貿然興師北伐，實屬不智，但蜀漢無法憑藉現有條件，以益州之地與曹魏僵持，更遑論平定天下。〈後出師表〉云：「高帝明并日月，謀臣淵深；人然陟險被創，危然後安。今陛下未及高帝，謀臣不如良、平；而欲以長策取勝，坐定天下。此臣之未解一也。」59又云：

……自臣到漢中，中間諅年耳；然喪趙雲、……及曲長、屯將七十餘人，突將無前，賨叟，青羌、散騎武騎一千餘人：此皆數十年之內所糾合四方之精銳，非一州之所有；若復數年，則損三分之二也，當何以圖敵？此臣之未解五也。今民窮兵疲，而事不可息：事不可息，則住與行，勞費正等；而不及早圖之，欲以一州之地，與賊持久。此臣之未解六也。60

56 張大可：《三國史研究》，頁三四六—三四七。

57 第九十一回亦收錄全文。羅貫中：《三國演義》，頁五九〇。

58 陳壽撰，裴松之注：《三國志·諸葛亮傳》，卷三十五，頁九一九—九二〇。

59 《諸葛亮文集譯註》，以張澍本爲底本。梁玉文、李兆成譯註：《諸葛亮文集譯註》（臺南：大行出版社，一九九九年），頁三〇八。

60 梁玉文、李兆成譯註：《諸葛亮文集譯註》，頁三〇八—三〇九。

在深知敵我情勢下，諸葛認爲與其坐以待斃，不如主動創造機會，這是保全蜀漢最好的方式。〈後出師表〉云：

先帝慮漢賊不兩立，王業不偏安，故託臣以討賊也。以先帝之明，量臣之才，固知臣伐賊，才弱敵彊也。然不伐賊，王業亦亡；惟坐而待亡，孰與伐之？是故託臣而弗疑也。……思惟北征，宜先入南，故五月渡瀘，深入不毛，并日而食。臣非不自惜也，顧王業不可偏安於蜀都，故冒危難，以奉先帝之遺意。而議者謂爲非計。今賊適疲於西，又務於東。兵法乘勞，此進趨之時也。61

最後，諸葛亮語重心長表示「盡人事，聽天命」的想法，他所能做的便是盡力推動北伐，結果如何，只得交由天意。〈後出師表〉云：

夫難平者，事也。昔先帝敗軍於楚，當此時，曹操拊手，謂天下已定。然後先帝東連吳越，西取巴蜀，舉兵北征，夏侯授首：此操之失計，而漢事將成也。然後吳更違盟，關羽毀敗，秭歸蹉跌，曹丕稱帝。凡事如是，難可逆料。臣鞠躬盡瘁，死而後已。至於成敗利鈍，非臣之明所能逆睹也。62

諸葛亮發動北伐，是藉由出兵找尋機會，並非以攻代守。與參與赤壁之戰，奪荊、益、漢中之地作法一致，透過力爭，確立蜀漢地位，符合〈隆中對〉以人謀創造人和的精神。不同的是，面對當時國內衰微的困境，及多年征戰的領悟，雖然仍堅持「知其不可而為之」，但對於「盡人事，聽天命」感受更深。「臣鞠躬盡瘁，死而後已。至於成敗利鈍，非臣之明所能逆睹也。」短短數語，道盡內心的堅持與無奈。

一般稱諸葛亮六出岐山，但查找〈後主傳〉、〈諸葛亮傳〉發現只有五次，分別於建興六年出兵兩次，建興七年、九年、十二年五次主動出擊。第一次北伐在建興六年春天，這次出擊聲勢浩大，南安、天水、安定三郡叛魏響應，魏明帝嚴陣以待。可惜因馬謖失街亭而撤軍。〈諸葛亮傳〉云：

> 揚聲由斜谷道取郿，使趙雲、鄧芝為疑軍，據箕谷，魏大將軍曹眞舉眾拒之。亮身率諸軍攻祁山，戎陣整齊，賞罰肅而號令明，南安、天水、安定三郡叛魏應亮，關中響震。魏明帝西鎮長安，命張郃拒亮，亮使馬謖督諸軍在前，與郃

61 梁玉文、李兆成譯註：《諸葛亮文集譯註》，頁三〇七—三〇八。

62 梁玉文、李兆成譯註：《諸葛亮文集譯註》，頁三〇九。

戰于街亭。謖違亮節度，舉動失宜，大爲郃所破。亮拔西縣千餘家，還于漢中。[63]

關於街亭失守，原本諸葛亮屬意持重的王平守街亭，然在馬謖執意承擔下應允。就當道下寨，阻擋司馬懿的大軍，這任務不難，若馬謖依令行事便能完成，可惜馬謖自作主張擅改策略，致使街亭大敗。就責任歸屬而言，馬謖違背軍令，罪過最大，作爲統帥，諸葛亮盡可能補救，降低損害，並於事後沉痛反省，自我懲處，若非出於至公、至誠之心，焉能如此。

第二次是同年冬天，「亮復出散關，圍陳倉，曹眞拒之，亮糧盡而還。魏將王雙率騎追亮，亮與戰，破之，斬雙。」[64]此次雖因糧盡而還，但卻斬了魏將王雙。第三次是建興七年，「亮遣陳戒攻武都、陰平。魏雍州刺史郭淮率眾欲擊戒，亮自出至建威，淮退還，遂平二郡。」[65]諸葛親征，郭淮退兵，平武都、陰平二城。第四次是建興九年，「亮復出祁山，以木牛運，糧盡退軍。與魏將張郃交戰，射殺郃。」[66]此次運用木牛流馬搬運糧草，但仍因糧盡撤兵。然此次戰役射殺魏大將張郃。第五次也是最後一次，在建興十二年春天，「亮悉大眾由斜谷出，以流馬運，據武功五丈原，與司馬宣王對於渭南。……相持百餘日。其年八月，亮疾病，卒于軍。」[67]這次北伐，在五丈原和司馬懿對峙，雖屢次激對方出戰，但對方按兵不動，而諸葛亦於八月病逝。

綜觀這五次北伐，除第一次因馬謖違背軍令，致使由勝轉敗，最後在諸葛亮審慎用兵下，幸未大敗，五次出兵皆小有得。幾次北伐失利，最大原因多因糧草不足所致。此外，雖然時常興兵，但建興十年休兵勸農，「亮休士勸農於黃沙，作流馬木牛畢，教兵講武。」68 十一年亦未出兵北伐。「十一年冬，亮使諸軍運米，集於斜谷口，治斜谷邸閣。」69 大抵諸葛亮的北伐是有節度的。

至於北伐不能成功的原因，陳壽曾指出：

> 然亮才，於治戎為長，奇謀為短，理民之幹，優於將略。而所與對敵，或值人傑，加眾寡不侔，攻守異體，故雖連年動眾，未能有克。昔蕭何薦韓信，管仲

63 陳壽撰，裴松之注：《三國志》，卷三十五，頁九二二。
64 陳壽撰，裴松之注：《三國志》，卷三十五，頁九二四。
65 陳壽撰，裴松之注：《三國志》，卷三十五，頁九二四。
66 陳壽撰，裴松之注：《三國志》，卷三十五，頁九二四。
67 陳壽撰，裴松之注：《三國志》，卷三十五，頁九二五。
68 陳壽撰，裴松之注：《三國志．後主傳》，卷三十三，頁八九六。
69 陳壽撰，裴松之注：《三國志．後主傳》，卷三十五，頁八九六。

> 舉王子城父，皆忖己之長，未能兼有故也。亮之器能政理，抑亦管、蕭之亞匹也，而時之名將無城父、韓信，故使功業陵遲，大義不及邪？蓋天命有歸，不可以智力爭也。[70]

張大可將上述內容歸成五點：「其一，將略爲短，非其所長；其二，攻戰對手，時值人傑；其三，眾寡懸殊，蜀弱魏強；其四，缺少輔佐，蜀無名將；其五，天命有歸不可以智力爭。」並評論：「陳壽論評，條條中肯。」[71]

關於上述詮解，除第一點外，其他四點皆具說服力。稱諸葛亮將略爲短，恐需更多說明。首先，陳壽並非認爲諸葛亮不善用兵，缺少兵謀，而是就全才型的諸葛亮來說，治軍、治民是諸葛亮的強項，相較下奇謀顯得略遜些。這點可由對手司馬懿的評價見出。《晉書·帝紀》曾載道：

> 與之對壘百餘日，會亮病卒，諸將燒營遁走，百姓奔告，帝出兵追之。亮長史楊儀反旗鳴鼓，若將距帝者。帝以窮寇不之逼，於是楊儀結陣而去。經日，乃行其營壘，觀其遺事，獲其圖書、糧穀甚眾。帝審其必死，曰：「天下奇才也。」[72]

又載：「關中多蒺藜，帝使軍士二千人著軟材平底木屐前行，蒺藜悉著屐，然後馬步俱進。追到赤岸，乃知亮死審問。時百姓爲之諺曰：『死諸葛，走生仲達。』帝聞而笑曰：『吾便料生，不便料死故也。』」[73]這兩段正史記載，顯示司馬懿對諸葛亮的奇謀佩服不已。

欲北伐成功，需賴集體力量，若當時有韓信般的將帥協助，讓諸葛亮將心力放在治國、治軍上，也不致造成過度操勞，則北伐成功機率便提升許多。依陳壽的看法，在缺少將才的情況下，諸葛亮身兼數職，在整體成果上，用兵表現不若其他方面亮眼。

雖然蜀漢人才不及曹魏眾多，但諸葛亮善於知人、用人，維繫蜀漢政權正常運作。然張大可卻指出諸葛亮在用人方面有缺失，曾云：

> 他誤用馬謖，遷就李平，就失知人之明和用人之明。魏延、楊儀不相能，諸葛亮沒能和之。關羽驕恣，諸葛亮不能喻以大義。蜀國偏於西陲，人才本來就

70 陳壽撰，裴松之注：《三國志·諸葛亮傳》，卷三十五，頁九三〇—九三一。

71 張大可：《三國史研究》，頁三七〇。

72 房玄齡等撰：《晉書·帝紀第一》（臺北：鼎文書局，一九九二年），卷一，頁八。

73 房玄齡等撰：《晉書·帝紀第一》，卷一，頁九。

少，諸葛亮沒能竭力開發。〈前出師表〉推薦的賢才，惟張裔一人爲蜀中人士外，全皆爲追隨諸葛亮的荊土人士。諸葛亮斤斤於親己之二流賢才，不能不說氣度有些偏狹。諸葛亮立國於蜀而不能取用蜀地之才，李平、彭羕、廖立等一等人才均以過失廢錮，更是不能容忍的失誤。諸葛亮死後，蜀中發生魏、楊火併，自相摧殘，蜀中無大將，廖化作先鋒，諸葛亮是有責任的。[74]

上述說法，雖舉證歷歷，但有待商榷。一、批評諸葛亮失知人之明及不能容人，論者一方面批評諸葛亮誤用馬謖，遷就李嚴，失知人、用人之明，但又言諸葛亮廢李嚴、彭羕、廖立，是不能容人。身爲執政者，如何可能既不遷就，又不處置，這觀點本身就存在矛盾。

二、魏延、楊儀衝突一事，〈魏延傳〉載：「延既善養士卒，勇猛過人，又性矜高，當時皆避下之。唯楊儀不假借延，延以爲至忿，有如水火。」[75]〈楊儀傳〉載：「亮數出軍，儀常規劃分部，籌度糧穀，不稽思慮，斯須便了。軍戎節度，取辦於儀。亮深惜儀之才幹，憑魏延之驍勇，常恨二人之不平，不忍有所偏廢也。」[76]魏延驍勇，爲後期重要武將；楊儀善於處理軍務，調度糧草。可惜魏延驕矜，楊儀性情狷狹，兩人水火不容，諸葛憑藉其能力威望讓二人信服，並費心居中調解。論者批評諸葛生前無法使兩人相合，但人與人是否相投，勉強不得，諸葛在世讓魏延、楊儀各自發揮長才，已屬難得，去世後兩人火併，實非諸葛所能處理。

三、批評關羽驕恣，諸葛未能曉以大義，這點可連張飛一併討論。正史記載劉備嘗勸張飛改剛暴習氣，想必也曾規勸關羽。若劉備無法改變兩人性情，更遑論諸葛亮。在馬超來降，關羽不服氣，諸葛曾好言安撫，足見諸葛深知關羽性情，委婉撫平不平之氣。諸葛與關、張的關係不若劉備與關、張來得深，且諸葛加入劉營較二人為晚，因具有社稷長才受劉備倚重。但諸葛對劉備謹守君臣之分，對關、張亦相當尊重，對關、張的缺點，受限親疏，不便直言，只能好言安撫。

四、關於對待及處置李嚴、彭羕、廖立，諸葛非常倚重李平、彭羕、廖立之長才，但因三子所為危害組織，故予以處置，否則如何帶領蜀漢集團。論者以三子為一流人才，但蔣琬、費禕、董允皆為出眾之士，豈能視為二流人物。且姜維亦非荊土人士，諸葛亮極為信任，甚至劉巴原本與孔明對立，經諸葛亮牽引，方入蜀營，為能稱孔明氣度不夠，用人偏狹。

74 張大可：《三國史研究》，頁二五〇。
75 陳壽撰，裴松之注：《三國志》，卷四十，頁一〇〇三。
76 陳壽撰，裴松之注：《三國志》，卷四十，頁一〇〇五。

若深究三子被處分，實因言行驕恣，影響集團運作。彭羕於蜀營行事囂張，故孔明認爲他「心大志廣，難可保安」，後遭貶官，情緒不平，遂往見馬超，建議他叛蜀自立。[77]廖立自恃才高而恥居李嚴等下，常與蔣琬等人恣意批評劉備及其他同僚，並任意質疑國家政策，故遭貶廢爲民。[78]李嚴重個人之榮利，不以國家爲重，且因他辦事不利，誤使孔明北伐之事中輟，影響甚鉅，故廢李嚴爲平民。因此，諸葛所以懲辦三子皆有實據，誠如上表給後主言廢廖立之文所言：「羊之亂群，猶能爲害，況立託在大位，中人以下識眞僞邪？」彭羕臨死前亦懺悔己失，「羕一朝狂悖，自求葅醢，爲不忠不義之鬼乎！……況僕頗別菽麥者哉！……自我墮之，將復誰怨！足下當世伊、呂也，宜善與主公計事，濟其大猷。」[79]且廖立、李嚴雖遭孔明懲處，然當孔明死後，廖立感歎「吾終爲左衽矣」[80]，而李嚴聞亮卒亦發病而死。[81]懲辦三子是爲維繫團體紀律，然因出於公心，使遭處分者皆能反省己過而無怨。史家習鑿齒讚歎曰：

> 昔管仲奪伯氏駢邑三百，沒齒而無怨言，聖人以爲難。諸葛亮之使廖立垂泣，李平致死，豈徒無怨言而已哉！夫水至平而邪者取法，鏡至明而醜者無怒，水鏡之所以能窮物而無怨者，以其無私也。水鏡無私，猶以免謗，況大人君子懷樂生之心，流矜恕之德，法行於不可不用，刑加乎自犯之罪，爵之而非私，誅

之而不怒，天下有不服者乎！諸葛亮於是可謂能用刑矣，自秦、漢以來未之有也。82

後人亦有與張大可一致看法，質疑諸葛亮的用人，甚至還有人質疑，既然劉備臨終已提醒馬謖不可大用，但仍因誤用馬謖而失街亭。這些批評忽略一重點，即諸葛亮在用人及調解人事，耗費許多心力。馬謖、李平、彭羕、廖立、楊儀，甚至驕矜的魏延，這些人雖然在行政或軍事有不錯能力，但性情、人品皆有些爭議。諸葛並非沒有知人之明，而是在蜀漢集團人才缺乏的情況下，只能盡力包容、調解。

後人論諸葛亮多著重治國謀略及政治長才，卻忽略他在維持蜀漢集團的行政運作所做的努力。在前期，當馬超加入陣營，曾以書信安撫關羽；並包容深富文彩，個性簡傲的簡

77 陳壽撰，裴松之注：《三國志・劉彭廖李劉魏楊傳》，卷四十，頁九九五。
78 陳壽撰，裴松之注：《三國志・劉彭廖李劉魏楊傳》，卷四十，頁九九七—九九八。
79 陳壽撰，裴松之注：《三國志・劉彭廖李劉魏楊傳》，卷四十，頁九九六。
80 陳壽撰，裴松之注：《三國志・劉彭廖李劉魏楊傳》，卷四十，頁九九八。
81 陳壽撰，裴松之注：《三國志・劉彭廖李劉魏楊傳》，卷四十，頁一〇〇〇。
82 陳壽撰，裴松之注：《三國志・劉彭廖李劉魏楊傳》，卷四十，頁一〇〇一。

雍。[83]此外，劉備雖爲仁德之主，但卻未必得到所有賢才支持，劉巴便是一例。劉備深知劉巴之長才，但初至荊州，劉巴卻投效曹操，取下三郡，劉巴卻南奔，之後經諸葛勸服，方由南方至蜀。〈劉巴傳〉載：

> 先主奔江南，荊、楚群士從之如雲，而巴北詣曹公。曹公辟爲掾，使招納長沙、零陵、桂陽。會先主略有三郡，巴不得反使，遂遠適交阯，先主深以爲恨。巴復從交阯至蜀。俄而先主定益州，巴辭謝罪負，先主不責。而諸葛孔明數稱薦之，先主辟爲左將軍西曹掾。[84]

由此可見，諸葛以其德性才學，爲劉備陣營招攬許多人才效力，壯大集團實力。後期雖有許多益州人才加入，這些人雖有長才，然性情多半孤傲自負。諸葛必須面對言行驕恣的法正、善於專對卻自視甚高的秦宓，[85]對於魏延、楊儀的衝突亦需盡力調解。

曹魏佔天時優勢，人才濟濟，若蜀漢強，人才自然多。在諸葛亮盡心操持國政下，讓蜀地出色人才得以發揮，如鄧芝的外交能力，蔣琬、費禕的治政長才，姜維的將才皆爲當時之選。雖然有蔣琬、費禕、鄧芝、楊儀、姜維、魏延等人在行政、外交、軍務、帶兵貢獻心力，但諸葛亮仍有許多事務要處理。北伐期間，公務繁忙之餘，曾感慨曹營人才眞多呀，否則兩位好友徐庶、石廣元何以未受重用呢？[86]足見雖有賢才協助，但仍賴諸葛亮一人獨撐大局，總攬蜀漢大小事務。當劉備去世後，諸葛亮任益州牧，國內政事及對外軍事、外交，均由諸葛亮作決策。據〈諸葛亮傳〉載：「建興元年，封亮武鄉侯，開府治事。頃之，又領益州牧。政事無巨細，咸決於亮。南中諸郡，並皆叛亂，亮以新遭大喪，故未便加兵，且遣使聘吳，因結和親，遂爲與國。」[87]〈司馬懿傳〉記載：「先是，亮使至，帝問曰：『諸葛公起居何如，食可幾米？』對曰：『三、四升。』次問政事，曰：『二十罰已上皆自省覽。』

83 〈簡雍傳〉：「先主拜雍爲昭德將軍。優游風儀，性簡傲跌宕，在先主坐席，猶箕踞傾倚，威儀不肅，自縱適；諸葛亮已下則獨擅一榻，項枕臥語，無所爲屈。」陳壽撰，裴松之注：《三國志》，卷三十八，頁九七一。

84 陳壽撰，裴松之注：《三國志》，卷三十九，頁九八〇—九八一。

85 〈秦宓傳〉：「吳遣使張溫來聘，百官皆往餞焉。眾人皆集而宓未往，亮累遣使促之。」陳壽評曰：「然專對有餘，文藻壯美。」陳壽撰，裴松之注：《三國志》，卷三十八，頁九七六、九七七。

86 裴注引《魏略》云：「逮大和中，諸葛亮出隴右，聞元直、廣元仕財如此，歎曰：『魏殊多士邪！何彼二人不見用乎？』」陳壽撰，裴松之注：《三國志・諸葛亮傳》，卷三十五，頁九一四。

87 陳壽撰，裴松之注：《三國志・諸葛亮傳》，卷三十五，頁九一八。

帝既而告人曰：『諸葛孔明其能久乎！』」[88]或有人因此批評諸葛不能充分授權，但若瞭解實情，實因蜀漢人才有限，且未有如諸葛般有高才且盡心盡力者，致使他為報答先主知遇之恩，完成興復漢室的理想，竭盡心力，燃盡生命。

諸葛亮是《演義》中的核心人物，書中增添許多歷史想像。赤壁之戰前後，增添舌戰群儒、智激周瑜、草船借箭、借東風的情節。赤壁戰後，孫劉在荊州方面出現衝突，增加三氣周瑜及臥龍弔孝的情節。夷陵戰敗後，增加巧布八陣圖、安居平五路、空城計的情節。在臨終之際，增加五丈原禳祭的情節。以下就幾個重要情節說明其重要性。

關於第四十三回舌戰群儒與第四十四回智激周瑜的情節安排，雖然東吳參與赤壁之戰的決定權在孫權，但周瑜及文臣、武將的態度會影響孫權決策，然對武將而言，需要發揮的舞臺，自然主戰，文臣多半為求安定而主和，文臣自然成為需說服的對象，但通常亦難使他們改變心意。因此舌戰群儒的情節，正可對顯同為讀書人，但諸葛的格局才能遠在張昭等文臣之上。至於智激周瑜，周瑜有勇有謀，對東吳水軍有信心，且受孫策所託，自然主戰，諸葛不過藉此激發周瑜的決心，逼他講出想法，進而影響孫權。這兩個情節的意義在指出諸葛亮協助東吳凝聚共識。至於草船借箭、借東風，並非為神化諸葛，而是為突顯諸葛博學多能，以一己長才促成吳蜀聯盟，代表劉備陣營為大戰作出貢獻。

至於第五十四至五十六回三氣周瑜與第五十七回臥龍弔喪，這幾段情節，並非為美化諸葛，醜化周瑜，而是突顯兩人的格局確有高下，但更重要的是兩人各爲其主。透過兩人交手，顯出兩人相知相惜，並非外人所見周瑜器量狹小，諸葛欺人太甚。

對於第八十四回巧布八陣圖與第八十五回安居平五路，《演義》所增加的想像情節是爲突顯諸葛能預料大事，事先防範。八十四回載道：「卻說陸遜大獲全功，引得勝之兵，往西追襲。」[89]又借諸葛亮岳父黃承彥之口，道出諸葛亮如何在入川時便布下此陣，並預知陸遜將迷失該陣中。黃承彥云：

老夫乃諸葛孔明之岳父黃承彥也。昔小婿入川之時，於此布下石陣，名「八陣圖」。反復八門，按遁甲休、生、傷、杜、景、死、驚、開。每日每時，變化無端，可比十萬精兵。臨去之時，曾分付老夫道：「後有東吳大將迷於陣中，莫要引他出來。」老夫適於山巖之上，見將軍從死門而入，料想不識此陣，必爲所迷。老夫平生好善，不忍將軍陷沒於此，故特自生門引出也。[90]

88 房玄齡等撰：《晉書．帝紀第一》，卷一，頁九。

89 羅貫中：《三國演義》，頁五四二。

90 羅貫中：《三國演義》，頁五四三。

《演義》又載道：「遜曰：『公曾學此陣法否？』黃承彥曰：『變化無窮，不能學也。』遜慌忙下馬拜謝而回。陸遜回寨歎曰：『孔明眞臥龍也，吾不能及！』於是下令班師。」91

表面看似《演義》藉此強調諸葛亮神機妙算，未卜先知，但實際是陸遜未再乘勝追擊劉備，實因擔心曹丕趁機從後偷襲。《演義》載道：

左右曰：「劉備兵敗勢窮，困守一城，正好乘勢擊之；今見石陣而退，何也？」遜曰：「吾非懼石陣而退？吾料魏主曹丕，其奸詐與父無異，今知吾追趕蜀兵，必乘虛來襲。吾若深入西川，急難退矣。」遂令一將斷後，遜率大軍而回。退兵未及二日，三處人來飛報：「魏兵曹仁出濡須，曹休出洞口，曹眞出南郡：三路兵馬數十萬，星夜至境，未知何意。」遜笑曰：「不出吾之所料。吾已令兵拒之矣。」92

至於「安居平五路」，則是基於史實，進一步思考，在劉備去世之際，何以曹魏、東吳皆未興兵。《演義》透過歷史想像構築諸葛亮如何運籌帷幄，不費一兵一卒，便智退司馬懿五路大軍五十萬人以及東吳聯合作戰的軍隊。

在蜀漢處國喪之際，面臨曹魏發動五十萬大軍攻蜀的大危機，君臣上下不安，此時諸葛卻在相府，稱病不出。《演義》載道：

> 後主轉慌；次日，又命黃門侍郎董允、諫議大夫杜瓊，去丞相臥榻前，告此大事。董、杜二人，到丞相府前，皆不得入。杜瓊曰：「先帝託孤於丞相，今主上初登寶位，被曹丕五路兵犯境，軍情至急，丞相何故推病不出？」良久，門吏傳丞相令，言：「病體稍可，明早出都堂議事。」董、杜二人歎息而回。次日，眾官又來丞相府前伺候。從早至晚，又不見出。多官惶惶，只得散去。杜瓊入奏後主曰：「請陛下聖駕，親往丞相府問計。」後主即引多官入宮，啓奏皇太后。太后大驚曰：「丞相何故如此？有負先帝委託之意也！我當自往。」董允奏曰：「娘娘未可輕往。臣料丞相必有高明之見。且待主上先往。如果怠慢，請娘娘於太廟中，召丞相問之未遲。」太后依奏。[93]

91 羅貫中：《三國演義》，頁五四三。

92 羅貫中：《三國演義》，頁五四三。

93 羅貫中：《三國演義》，頁五四八—五四九。

經過一步步鋪陳，進入核心。當帶著疑惑的後主與百官來到相府門口，百官皆被擋在門外，獨後主一人入內，隨著深入第三重門，眼前所見是安閒觀魚的相父，原本不安焦躁的心，頓時顯得從容安逸。《演義》載道：

> 次日，後主車駕親至相府。門吏見駕到，慌忙拜伏於地而迎。後主問曰：「丞相在何處？」門吏曰：「不知在何處。只有丞相鈞旨，教擋住百官，勿得輒入。」後主乃下車步行，獨進第三重門，見孔明獨倚竹杖，在小池邊觀魚。後主在後立久，乃徐徐而言曰：「丞相安樂否？」孔明回顧，見是後主，慌忙棄杖，拜伏於地曰：「臣該萬死！」後主扶起，問曰：「今曹丕分兵五路，犯境甚急，相父緣何不肯出府視事？」[94]

隨後進入清幽內室，諸葛從容回應後主退兵之策。《演義》載道：

> 孔明大笑，扶後主入內室坐定，奏曰：「五路兵至，臣安得不知？臣非觀魚，有所思也。」後主曰：「如之奈何？」孔明曰：「羌王軻比能，蠻王孟獲，反將孟達，魏將曹真：此四路兵，臣已皆退去了也。止有孫權這一路兵，臣已有退

之之計，但須一能言之人爲使。因未得其人，故熟思之。陛下何必憂乎？」95

又云：

後主聽罷，又驚又喜曰：「相父果有鬼神不測之機也！願聞退兵之策。」孔明曰：「先帝以陛下付託與臣，臣安敢旦夕怠慢？成都眾官皆不曉兵法之妙，貴在使人不測，豈可泄漏於人？老臣先知西番國王軻比能，引兵犯西平關；臣料馬超積祖西川人氏，素得羌人之心，羌人以超爲神威天將軍；臣已先遣一人，星夜馳檄，令馬超緊守西平關，伏四路奇兵，每日交換，以兵拒之：此一路不必憂矣。又南蠻孟獲，兵犯四郡，臣亦飛檄遣魏延領一軍左出右入，右出左入，爲疑兵之計；蠻兵惟憑勇力，其心多疑，若見疑兵，必不敢進：此一路又不足憂矣。又知孟達引兵出漢中；達與李嚴曾結生死之交；臣回成都時，留李嚴守永安宮；臣已作一書，只做李嚴親筆，令人送與孟達；達必然推病不出，以慢軍心：此一路又不足憂矣。又知曹眞引兵犯陽平關；此地險峻，可以

94 羅貫中：《三國演義》，頁五四九。
95 羅貫中：《三國演義》，頁五四九。

保守，臣已調趙雲引一軍守把關隘，並不出戰；曹眞若見我軍不出，不久自退矣。此四路兵俱不足憂，臣尚恐不能全保，又密調關興、張苞二將，各引兵三萬，屯於緊要之處，爲各路救應。此數處調遣之事，皆不曾經由成都，故無人知覺。只有東吳這一路兵，未必便動：如見四路兵勝，川中危急，必來相攻；若四路不濟，安肯動乎？臣料孫權想曹丕三路侵吳之怨，必不肯從其言。雖然如此，須用一舌辯之士，逕往東吳，以利害說之，則先退東吳，其四路之兵，何足憂乎？但未得說吳之人，臣故躊躇。何勞陛下聖駕來臨？」96

正史並未記載夷陵戰後，曹魏大舉發兵一事。《演義》這段情節的獨特處在於依常理提出一段合理的想像，當吳蜀交惡，劉備新亡，蜀漢舉國不安之際，確實是興兵伐蜀的好時機，朝中又有善於用兵的司馬懿，五路大軍伐蜀是極可能出現的情況。這段情節的重要性，一方面說明曹魏勢盛，朝中又有人傑；另方面藉此說明諸葛如何以高明的見識謀略，化解初掌大政的最大危機，以卓越能力，贏得君臣信任。

諸葛所以從容瓦解五路大軍的威脅，在於他不似其他朝臣陷入五十萬大軍來犯的恐懼，而能掌握整個情勢，如赤壁之戰深知十五萬曹軍虛實，深入瞭解五十萬大軍的組成，一一破解。不只如此，他不僅化解五路兵馬的威脅，就像下棋般，需預想下一步棋，他希望延續吳蜀聯盟的一貫主張。眼下吳蜀關係，因夷陵之戰完全崩解，當時蜀國又面臨劉備新亡，後主初即位的不安情境，著實無結盟的優勢。但諸葛又再次化危機爲轉機，在東吳接到曹丕要求舉十萬兵伐蜀之議，派機智且能言善道的鄧芝至東吳說服孫權。鄧芝以出色的口才，卓越的膽識，夾著諸葛已退四路大軍的優勢，說服孫權，再度與蜀聯盟。

此段情節，巧妙突顯諸葛之高明，不僅對外化解曹魏五十萬大軍來犯，對內又能安定君臣上下，又在外交上爲蜀漢未來奠定基礎。諸葛見識之高，格局之大，思慮之深遠，遠邁群倫。

至於第九十五回〈武侯彈琴退仲達〉透過歷史想像，虛構一段知名情節。首先交代諸葛亮在軍情緊急下，迅速提出奇計，安排敞開城門的情節。載道：

孔明分撥已定，先引五千兵去西城縣搬運糧草。忽然十餘次飛馬報到，說司馬懿引大軍十五萬，望西城蜂擁而來。時孔明身邊並無大將，只有一班文官，所引五千軍，已分一半先運糧草去了，只剩二千五百軍在城中。眾官聽得這個消息，盡皆失色。孔明登城望之，果然塵土沖天，魏兵分兩路望西城縣殺來。孔明傳令，教將旌旗盡皆藏匿；諸將各守城鋪，如有妄行出入，及高聲言語者，

96 羅貫中：《三國演義》，頁五四九—五五〇。

立斬；大開四門，每一門上用二十軍士，扮作百姓，洒掃街道，如魏兵到時，不可擅動，吾自有計。孔明乃披鶴氅，戴綸巾，引二小童攜琴一張，於城上敵樓前，憑欄而坐，焚香操琴。97

曹魏大軍前哨將所見回報司馬懿，司馬懿仔細觀察後，認爲此乃諸葛疑兵之計。載道：

卻說司馬懿前軍哨到城下，見了如此模樣，皆不敢進，急報與司馬懿，懿笑而不信，遂止住三軍，自飛馬遠遠望之。果見孔明坐於城樓之上，笑容可掬，傍若無人焚香操琴。左有一童子，手捧寶劍；右有一童子，手執麈尾。城門內外有二十餘名百姓，低頭洒掃，旁若無人。懿看畢大疑，便到中軍，教後軍作前軍，前軍作後軍，望北山路而退。次子司馬昭曰：「莫非諸葛亮無軍，故作此態？父親何便退兵？」懿曰：「亮平生謹慎，不曾弄險。今大開城門，必有埋伏。我兵若進，中其計也。汝輩豈知？宜速退。」於是兩路兵盡退去。98

此計之高明在於，雙方深諳對手謹慎，若換作他人，便起不了作用。或有人因此怪司馬懿過於多疑，但成大事者多志大行謹，司馬懿如此，諸葛亮、曹操皆然。曹操當年在長坂坡便曾因認定有疑兵而退兵，不願冒風險。至於後續發展：

孔明見魏軍遠去，撫掌而笑。眾官無不駭然。乃問孔明曰：「司馬懿乃魏之名將，今統十五萬精兵到此，見了丞相，便速退去，何也？」孔明曰：「此人料吾平生謹慎，必不弄險；見如此模樣，疑有伏兵，所以退去。吾非行險，蓋因不得已而用之。此人必引軍投山北小路去也。吾已令興、苞二人在彼等候。」眾皆驚服曰：「丞相之玄機，神鬼莫測。若某等之見，必棄城而走矣。」孔明曰：「吾兵止有二千五百，若棄城而走，必不能遠遁。得不爲司馬懿所擒乎？」言訖，拍手大笑曰：「吾若爲司馬懿，必不便退也。」遂下令，教西城百姓，隨軍入漢中；司馬懿必將復來。於是孔明離西城望漢中而走。天水、安定、南安三郡官吏軍，陸續而來。[99]

諸葛亮的高明在於他還預想了第二步、第三步，因此第二步是先派關興、張苞預先埋伏在司馬懿大軍將經過的山北小路，第三步已預知司馬懿將揮軍來到城下，遂趕緊率軍民撤離。整個過程完全在他掌握之中。

97 羅貫中：《三國演義》，頁六一七—六一八。
98 羅貫中：《三國演義》，頁六一八。
99 羅貫中：《三國演義》，頁六一七—六一八。

關於這段情節，充分展現諸葛亮善於危機處理、謹慎行事、知己知彼、全盤謀劃的種種特質。雖然是虛構，但卻合情合理，可補白街亭大敗，何以蜀漢卻未有重大損失，全因諸葛亮以智謀善後，方有此結果。

正因諸葛一人身繫蜀國命運，但血肉之軀扛天下重任，終有樑柱不支的一天。《演義》一〇三回在諸葛自知不久於人世時，安排一段禳星求壽的情節。在此之前先鋪陳一段情節：

主簿楊顒曰：「某見丞相常自校簿書，竊以爲不必。夫爲治有體，上下不可相侵。……今丞相親理細事，汗流終日，豈不勞乎？司馬懿之言，眞至言也。」孔明泣曰：「吾非不知，但受先帝託孤之重，惟恐他人不似我盡心也！」眾皆垂淚。自此孔明自覺神思不寧，諸將因此未敢進兵。[100]

此番「受先帝託孤之重，惟恐他人不似我盡心」足見其責任感之深重。

其後，司馬懿堅守不出，加上盟友東吳伐魏，無功而返。聽聞東吳失利，諸葛震驚：

遂長歎一聲，不覺昏倒於地：眾將急救，半晌方甦。孔明歎曰：「吾心昏亂，舊病復發，恐不能生矣！」是夜孔明扶病出帳，仰觀天文，十分驚慌；入帳謂姜維曰：「吾命在旦夕矣！」維曰：「丞相何出此言？」孔明曰：「吾見三台星中，客星倍明，主星幽隱，相輔列曜，其光昏暗：天象如此，吾命可知！」101

諸葛知命在旦夕，在姜維建議下期藉禳祭求壽。《演義》載道：

維曰：「天象雖則如此，丞相何不用祈禳之法挽回之？」孔明曰：「吾素諳祈禳之法，但未知天意如何。汝可引甲士四十九人，和執皂旗，穿皂衣，環繞帳外；我自於帳中祈禳北斗。若七日內主燈不滅，吾壽可增一紀；如燈滅，吾必死矣。閒雜人等，休令放入。凡一應需用之物，只令二小童搬運。」102

又載：

100 羅貫中：《三國演義》，頁六七五—六七六。
101 羅貫中：《三國演義》，頁六七六—六七七。
102 羅貫中：《三國演義》，頁六七七。

> 姜維領命，自去準備。……姜維在帳外引四十九人守護。孔明自於帳中設香花祭物。地上分布七盞大燈，外布四十九盞小燈，內安本命燈一盞。孔明拜祝曰：「亮生於亂世，甘老林泉；承昭烈皇帝三顧之恩，託孤之重，不敢不竭犬馬之勞，誓討國賊。不意將星欲墜，陽壽將終。謹書尺素，上告穹蒼。伏望天慈，俯垂鑒聽，曲延臣算，使得上報君恩，下救民命，克復舊物，永延漢祀。非敢妄祈，實由情切。」拜祝畢，就帳中俯伏待旦。次日，扶病理事，吐血不止；日則計議軍機，夜則布罡踏斗。[103]

其中，諸葛的禱詞極爲關鍵，表明此次禳星求壽非爲一己，而是爲蜀漢蒼生。此外，也讓後人瞭解禳星之舉非怪力亂神，而是藉由儀式，以誠心向上天祈禱，若以此認爲諸葛像七星壇求東風般裝神弄鬼，所見太浮淺。

在情節安排上，諸葛誠心祈禱，眼看上天將成全諸葛心意，卻來個大逆轉。《演義》載道：

> 卻說司馬懿在營中堅守，忽一夜仰觀天文，大喜，謂夏侯霸曰：「吾見將星失位，孔明必然有病，不久便死。你可引一千軍去五丈原哨探。若蜀人攘亂不出

接戰，孔明必然患病矣。吾當乘勢擊之。」霸引兵而去。104

又載：

孔明在帳中祈禳已及六夜，見主燈明亮，心中甚喜。姜維入帳，正見孔明披髮仗劍，踏罡步斗，壓鎮將星。忽聽得寨外吶喊，方欲令人出問，魏延飛步入告曰：「魏兵至矣！」延腳步急，竟將主燈撲滅。孔明棄劍而歎曰：「死生有命，不可得而禳也！」魏延惶恐，伏地請罪；姜維忿怒，拔劍欲殺魏延。105

第一〇四回又載道：「卻說姜維見魏延踏滅了燈，心中忿怒，拔劍欲殺之。孔明止之曰：『此吾命當絕，非文長之過也。』維乃收劍。」106

因諸葛禳星安排隱密，唯姜維知曉，不知情的魏延，爲請求授權出兵而壞了攘星大

103 羅貫中：《三國演義》，頁六七七。

104 羅貫中：《三國演義》，頁六七七。

105 羅貫中：《三國演義》，頁六七七。

106 羅貫中：《三國演義》，頁六七八。

事。表面看來是魏延破壞此事，但事實是天意。這段想像情節表現他「盡人事，聽天命」的態度，鞠躬盡瘁的不屈精神。

《演義》在正史的史實基礎上，加入歷史想像，將諸葛亮所以爲後人懷念不已的節操，充分展現。諸葛之可貴，不僅在具備卓越的社稷長才，更在於他盡己爲國的節操，可惜壯志未酬，讓後人懷念不已。

整體觀之，諸葛亮從一開始便深知他選擇一條艱辛的道路，從劉備未有根據地，到夷陵戰敗幾盡一無所有，仍堅持到底，維繫蜀漢命運，甚至還由北伐創造契機。諸葛亮由人謀實現人和，開創蜀漢基業。內政上，「撫百姓，示儀軌，約官職，從權制，開誠心，布公道。」軍事上，促成赤壁之戰得勝、取益州、漢中、平南蠻，五出岐山；外交上，致力維繫吳蜀聯盟，保持外交均衡，爲蜀漢貢獻一生心血。誠如陳壽評價道：

諸葛亮之爲相國也，撫百姓，示儀軌，約官職，從權制，開誠心，布公道。盡忠益時者雖讎必賞，犯法怠慢者雖親必罰，服罪輸情者雖重必釋，游辭巧飾者雖輕必戮；善無微而不賞，惡無纖而不貶；庶事精練，物理其本，循名責實，虛僞不齒；終於邦域之內，咸畏而愛之，刑政雖峻而無怨者，以其用心平而勸戒明也。可謂識治之良才，管、蕭之亞匹矣。107

時至今日，諸葛精神仍為後世稱頌。張大可曾指出諸葛亮治蜀有五大歷史貢獻，分別是和吳、和夷、明法、治軍、正身。其中正身有二，虛心納諫、不增殖財產。[108]周殿富云：

那種忠誠不貳的政治品德、不畏艱難困苦的奮鬥精神，嚴於律己的人格底色，積極進取的人生態度，死而後已的獻身精神，長於協調的領導能力，以法為治的管理思想，無論對於今人治軍治政治業，人生價值取向都有著現實的借鑑意義。[109]

諸葛亮身處亂世，志在濟亂安民，惜未遇商湯、周文之聖王，劉備雖亦仁德之主，但只能稱得上英雄。劉備三顧茅廬，成就君臣遇合之佳話。諸葛縱使為國體大才，竭盡人謀，創造人和，創造鼎立之局。可惜未能如願，無法完成興復漢室之志，留下千古遺恨，讓後人低迴不已，沉吟至今。

107 陳壽撰，裴松之注：《三國志‧諸葛亮傳》，卷三十五，頁九三四。

108 張大可：《三國史研究》，頁二四八—二五〇。

109 周殿富：《諸葛孔明》（臺北：沛來出版社，一九九九年），頁十一。

後人質疑，當時傳言臥龍、鳳雛得一而安天下，爲何憑諸葛亮卓越才智，卻無法助劉備完成大業。有一重要原因，諸葛亮未遇眞正明主。雖然劉備的仁德及理念與諸葛亮一致，但他的才德不及高祖劉邦，更遑論不及商湯、文王。諸葛亮若像伊尹、呂望遇商湯、文王這樣的賢君，自然能以王道興邦立業。諸葛亮在有限的條件下，傾畢生心力創造出最好局面，已成千古佳話，留名青史。

第三節　魯肅的才智與遠識

《三國演義》中，魯肅給人的印象，常費心周旋於周瑜、諸葛亮間，誤以爲是位文弱書生，容易輕信他人的好好先生。但正史中的魯肅，多了幾分英氣。《三國志》裴注引《吳書》記載：「肅體貌魁奇，少有壯節，好爲奇計。天下將亂，乃學擊劍騎射，招聚少年，給其衣食，往來南山中射獵，陰相部勒，講武習兵。父老咸曰：『魯氏世衰，乃生此狂兒！』」110

外形壯實高大的魯肅，智勇兼備。《吳書》記載：

> 中州擾亂，肅乃命其屬曰：「中國失綱，寇賊橫暴，淮、泗間非遺種之地，吾聞江東沃野萬里，民富兵彊，可以避害，寧肯相隨俱至樂土，以觀時變乎？」其屬皆從命。乃使細弱在前，彊壯在後，男女三百餘人行。州追騎至，肅等徐行，勒兵持滿，謂之曰：「卿等丈夫，當解大數。今日天下兵亂，有功弗賞，不追無罰，何爲相偪乎？」又自植盾，引弓射之，矢皆洞貫。騎既嘉肅言，且度不能制，乃相率還。[111]

不僅如此，魯肅爲人謹嚴廉正，治軍嚴明，好學善論，長於文辭，思慮深遠。《吳書》云：「肅爲人方嚴，寡於玩飾，內外節儉，不務俗好。治軍整頓，禁令必行，雖在軍陣，手不釋卷。又善談論，能屬文辭，思度弘遠，有過人之明。周瑜之後，肅爲之冠。」[112]

魯肅加入東吳，是在孫權剛臨危受命，周瑜向孫權推薦。第二十九回周瑜如是推薦魯肅：

110 陳壽撰，裴松之注：《三國志（二）》，卷五十四，頁一二六七。

111 陳壽撰，裴松之注：《三國志（二）》，卷五十四，頁一二六七—一二六八。

112 陳壽撰，裴松之注：《三國志（二）》，卷五十四，頁一二七三。

此人胸懷韜略，腹隱機謀。早年喪父，事母至孝。其家極富，嘗散財以濟貧乏。瑜為居巢長之時，將數百人過臨淮，因乏糧，聞魯肅家有兩囷米，各三千斛，因往求助。肅即指一囷相贈。其慷慨如此。平生好擊劍騎射，寓居曲阿。祖母亡，還葬東城。其友劉子揚欲約彼往巢湖投鄭寶，肅尚躊躇未往。今主公可速召之。[113]

這段文字點出魯肅具有「胸懷韜略，腹隱機謀」的經世長才，也點出魯肅是孝子，且扶弱濟貧。周瑜並以自身有難，魯肅慷慨解囊為例，說明魯肅輕財好施，重義氣的性格。

張大可曾指出魯肅的三大功績：「一論帝王之業，二定聯劉抗曹之策，三建言以土地資劉備，樹操之敵。魯肅的三策，奠定了孫吳的立國基石。」[114] 第一點「論帝王之業」便是著名的「吳中對」，魯肅在「吳中對」充分展現他過人見識。第二十九回記載「吳中對」全文：

昔漢高祖欲尊事義帝而不獲者，以項羽為害也。今之曹操可比項羽，將軍何由得為桓文乎？肅竊料漢室不可復興，曹操不可卒除。為將軍計，惟有鼎足江東以觀天下之釁。今乘北方多務，剿除黃祖，進伐劉表，竟長江所極而據守之。

然後建號帝王，以圖天下，此高祖之業也。115

魯肅先分析天下大勢，進而提出具體策略。漢室已不能復興，群雄逐鹿已成事實，戰場即是天下，最大對手是曹操。近程目標，先鼎足江東，趁曹操忙於統一北方，討黃祖，奪荊州，控制長江之險；遠程目標是以江東為根據地，問鼎天下。

魯肅的〈吳中對〉與諸葛亮〈隆中對〉相較，就「吳中對」的意義來看孫權懷抱「有桓文之功」，眼光僅有諸侯之志的層次，但魯肅從更高格局指出漢室不可復興，希望協助孫權成就「高帝之業」，一統天下。諸葛亮〈隆中對〉志在輔佐劉備興復漢室。二子最終目標略有不同。

在具體策略上，兩人亦有不同規劃。魯肅建議孫權以江東為根據地，諸葛亮見出曹操控制漢室佔天時，孫氏已有江東地利，只能另闢荊、益二州之地，以荊、益二州為根據。欲問鼎天下，魯肅建議觀天下之變，諸葛亮則較具體指出先修內政，外結孫權，進而進攻曹操勢

113 羅貫中：《三國演義》，頁一九〇。
114 張大可：《三國史研究》，頁二五四。
115 羅貫中：《三國演義》，頁一九〇。

力，恢復漢室。

此外，魯肅善於知人、用人，曾推薦諸葛亮兄長諸葛瑾輔佐孫權。第二十九回記載：「肅又薦一人見孫權，此人博學多才，事母至孝。覆姓諸葛，名瑾，字子瑜，瑯琊南陽人也。權拜之爲上賓。瑾勸權勿通袁紹，且順曹操，然後乘便圖之。」[116]魯肅亦深知龐統爲奇才，曾推薦給孫權，可惜未獲孫權重用，基於吳蜀爲盟友，只得爲龐統向劉備寫了推薦函，避免龐統之才爲曹操所用。

魯肅對東吳的一大貢獻便是協助孫權打贏赤壁之戰。面對曹操揮軍南下，唯賴吳、蜀共同抗曹，故積極透過外交方式，建立吳蜀聯盟。第四十二回魯肅欲藉弔喪至荊州名義，與劉備聯繫。載道：

> 「荊州與國鄰接，江山險固，士民殷富。吾若據而有之，此帝王之資也。今劉表新亡，劉備新敗，肅請奉命往江夏弔喪，因說劉備使撫劉表，眾將同心一意，共破曹操；備若喜而從命，則大事可成矣。」權喜從其言，即遣魯肅齎禮往江夏弔喪。[117]

《演義》見出魯肅過人的毅力及包容力，細緻刻劃魯肅如何爲吳蜀聯盟盡力，一方面禮遇諸葛亮，另方面又得細心照應孫權、周瑜及東吳諸臣的感受，居中斡旋。當時東吳上下，多數文臣建議降曹，主戰的武將，則是為建立戰功。格局略高的孫權、周瑜就東吳長遠發展，自不願降曹，身為統帥的周瑜，卻只堅信端賴東吳便能得勝。此時唯有魯肅看清全局，認為唯有透過吳蜀聯盟，東吳方有勝算。魯肅之所以主張吳蜀聯盟，實因見出諸葛亮志大才高，定有破曹良策；再者，劉備陣營可在陸戰牽制曹軍，且吳蜀聯盟將雙方視為命運共同體，可免江東腹背受敵。

《演義》見出魯肅高瞻遠矚外，更有過人的執行力，故自第四十三回至四十六回，第五十二、五十四、五十六、五十七回細心描繪魯肅如何委屈求全，促成兩方合作，打贏赤壁之戰。可惜後世讀者未能體察《演義》深意，反誤認魯肅沒有主見，任憑諸葛亮擺布，這番解讀未免太低估魯肅。魯肅力主吳蜀聯盟，為東吳贏得赤壁之戰，赤壁戰後，魯肅不僅不居功，更勸勉孫權早日完成高帝大業，足見魯肅是位思慮深遠的謙謙君子。[118]

深謀遠慮的魯肅，在赤壁戰後，為固結吳蜀關係，不惜勸孫權借南郡予劉備。《三國

116 羅貫中：《三國演義》，頁一九〇。
117 羅貫中：《三國演義》，頁二七三。
118 論孫權已言及此。

志》記載：「後備詣京見權，求都督荊州，惟肅勸權借之，共拒曹公。曹公聞權以土地業備，方作書，落筆於地。」[119]原本周瑜在赤壁戰後任南郡太守，孫權聽從魯肅建議借予劉備。《三國志．先主傳》裴注引《江表傳》：「周瑜爲南郡太守，分南岸地以給備。備別立營於油江口，改名爲公安。劉表吏士見從北軍，多叛來投備。備以瑜所給地少，不足以安民，（後）〔復〕從權借荊州數郡。」[120]裴注又引《獻帝春秋》：「使關羽屯江陵，張飛屯秭歸，諸葛亮據南郡，備自住孱陵。權知備意，因召瑜還。」[121]這是對借荊州最清楚的記載。後人誤以爲孫權將整個荊州轉予劉備，事實是只將周瑜治理的南郡借予劉備。

魯肅爲維繫吳蜀聯盟，小心翼翼處理吳蜀外交關係，當吳蜀在荊州議題出現爭端，他挺身承擔。五十四回亦記載此事。其後，當劉備得益州後，仍未有歸還之意，《三國志》鮮活刻劃魯肅大義責備關羽的形象。載道：

> 後備西圖璋，留關羽守，權曰：「猾虜乃敢挾詐！」及羽與肅鄰界，數生狐疑，疆埸紛錯，肅常以歡好撫之。備既定益州，權求長沙、零、桂，備不承旨，權遣呂蒙率眾進取。備聞，自還公安，遣羽爭三郡。肅住益陽，與羽相拒。肅邀羽相見，各駐兵馬百步上，但請將軍單刀俱會。肅因責數羽曰：「國家區區本以土地借卿家者，卿家軍敗遠來，無以爲資故也。今已得益州，既無

奉還之意，但求三郡，又不從命。」語未究竟，坐有一人曰：「夫土地者，惟德所在耳，何常之有！」肅厲聲呵之，辭色甚切。羽操刀起謂曰：「此自國家事，是人何知！」目使之去。備遂割湘水爲界，於是罷軍。[122]

《吳書》更詳盡記載魯肅所言，載道：

肅欲與羽會語，諸將疑恐有變，議不可往。肅曰：「今日之事，宜相開譬。劉備負國，是非未決，羽亦何敢重欲干命！」乃趨就羽。羽曰：「烏林之役，左將軍身在行間，寢不脱介，戮力破魏，豈得徒勞，無一塊壤，而足下來欲收地邪？」肅曰：「不然。始與豫州觀於長坂，豫州之眾不當一校，計窮慮極，志勢摧弱，圖欲遠竄，望不及此。主上矜愍豫州之身，無有處所，不愛土地士人之力，使有所庇廕以濟其患，而豫州私獨飾情，愆德隳好。今已藉手於西州

119 陳壽撰，裴松之注：《三國志（二）》，卷五十四，頁一二七〇—一二七一。
120 陳壽撰，裴松之注：《三國志（二）》，卷三十二，頁八七九。
121 陳壽撰，裴松之注：《三國志（二）》，卷三十二，頁八八〇。
122 陳壽撰，裴松之注：《三國志（二）》，卷五十四，頁一二七二。

> 矣，又欲翦并荊州之土，斯蓋凡夫所不忍行，而況整領人物之主乎！肅聞貪而棄義，必為禍階。吾子屬當重任，曾不能明道處分，以義輔時，而負恃弱眾以圖力爭，師曲為老，將何獲濟？」羽無以答。[123]

《演義》雖然生動描寫這場會面，可惜焦點卻擺在關羽身上，未能有效彰顯魯肅正義的氣勢。相較下，正史記載，彰顯魯肅的大智與英勇，且明確指出魯肅於這場會面取得的成果。

魯肅對東吳另項重要貢獻，是繼周瑜接替大都督一職，魯肅文武兼備，足承大任。《三國志》記載周瑜臨終推薦魯肅自代，云：

> 周瑜病困，上疏曰：「當今天下，方有事役，是瑜乃心夙夜所憂，願至尊先慮未然，然後康樂。今既與曹操為敵，劉備近在公安，邊境密邇，百姓未附，宜得良將以鎮撫之。魯肅智略足任，乞以代瑜。瑜隕踣之日，所懷盡矣。」[124]

孫權從之。又載道：「即拜肅奮武校尉，代瑜領兵。瑜士眾四千餘人，奉邑四縣，皆屬焉。令程普領南郡太守。肅初住江陵，後下屯陸口，威恩大行，眾增萬餘人，拜漢昌太守、偏將軍。十九年，從權破皖城，轉橫江將軍。」125 魯肅不負所望，不僅屯軍陸口時，士眾由原本四千餘人增加至萬餘人；且善於帶兵，建立戰功。

正當魯肅盡力協助孫權成就高帝之業時，卻不幸離世。《三國志》記載：「肅年四十六，建安二十二年卒。權為舉哀，又臨其葬。諸葛亮亦為發哀。」126

綜觀魯肅短短四十六年的人生，將全副心力貢獻於東吳。很可惜，魯肅的高瞻遠矚並未得到孫權該有的肯定。孫權曾與陸遜評論周瑜、魯肅、呂蒙三人：

公瑾雄烈，膽略兼人，遂破孟德，開拓荊州，邈焉難繼，君今繼之。公瑾昔要子敬來東，致達於孤，孤與宴語，便及大略帝王之業，此一快也。後孟德因獲劉琮之勢，張言方率數十萬眾水步俱下。孤普請諸將，咨問所宜，無適先對，至子布、文表，俱言宜遣使脩檄迎之，子敬即駁言不可，勸孤急呼公瑾，付任以眾，逆而擊之，此二快也。且其決計策，意出張蘇遠矣；後雖勸吾借玄德

123 陳壽撰，裴松之注：《三國志（二）》，卷五十四，頁一二七二。

124 陳壽撰，裴松之注：《三國志（二）》，卷五十四，頁一二七一。

125 陳壽撰，裴松之注：《三國志（二）》，卷五十四，頁一二七一。

126 陳壽撰，裴松之注：《三國志（二）》，卷五十四，頁一二七二。

地，是其一短，不足以損其二長也。周公不求備於一人，故孤忘其短而貴其長，常以比方鄧禹也。又子明少時，孤謂不辭劇易，果敢有膽而已；及身長大，學問開益，籌略奇至，可以次於公瑾，但言議英發不及之耳。圖取關羽，勝於子敬。子敬答孤書云：「帝王之起，皆有驅除，羽不足忌。」此子敬內不能辦，外為大言耳，孤亦恕之，不苟責也。然其作軍，屯營不失，令行禁止，部界無廢負，路無拾遺，其法亦美也。127

從孫權對周瑜及魯肅的評價，正顯出孫權較信任周瑜，對魯肅聯蜀抗魏的遠見未能深悟，甚至視為汙點，對魯肅的評論並不公允。

孫權據後來吳蜀爭端來評論魯肅吳蜀聯盟策略。但就赤壁戰前局勢來看，魯肅深知曹操勢力強大，並非東吳所能獨力抗衡，必須仰賴吳蜀齊心，畢竟東吳主要敵人是曹操而非劉備。魯肅並非不知吳蜀間存在競爭關係，但聯蜀抗魏不失為一時良策，魯肅所慮者，若無劉備支持，難抵曹軍；再者，擔心魏蜀聯盟，則東吳亦危。魯肅所見既深且遠。

呂蒙反對吳蜀聯盟，實因當時見出關羽、劉備並非理想盟友，與其養虎遺患，不如斷絕聯繫。二子所見各有其時空背景，魯肅提議借荊州時，劉備羽翼未成，呂蒙建議奪回荊州時，劉備羽翼已豐，加上劉備失信不還荊州，關羽勢力又威脅到東吳，致使合作基礎瓦解。

吳蜀聯盟有賴吳蜀君臣上下齊心，端靠諸葛亮及魯肅維繫，非常艱辛。就吳蜀雙方長遠發展而言，吳蜀聯盟實為一長遠大計，但因孫權、周瑜並未全力支持魯肅，劉備、關羽亦不能深悟諸葛亮的用心，使雙方陷於爭亂，瓦解合作關係，給予曹魏坐收漁利的機會。

過去世人多將周瑜視為江東風流人物之冠冕，殊不知行事低調的魯肅，智勇兼備，其志向、見識都在周瑜之上。在江東，魯肅風采不及周瑜的原因，一是周瑜與孫策與孫權交情匪淺，魯肅經周瑜推薦給孫權，孫權以賓客禮遇之。二是因主張吳蜀聯盟未獲孫權及周瑜、眾臣的支持，遭致許多困難。

《演義》對江東豪傑的刻劃，未能充盡描寫魯肅的高志及遠謀及英勇氣概，先是在赤壁之戰前後，鋒芒被諸葛亮、周瑜所掩蓋；其後在荊州問題上，《演義》將魯肅描寫成毫無主見，屢中蜀漢算計，甚至與關羽交涉會面，亦顯得被動無主意。致使後人視魯肅為聯繫及調解吳蜀關係的人物，性情溫厚卻無能。就這點而論，《演義》對魯肅形象的掌握並不切實，實為敗筆。但細究個中原因，應該是《演義》為增補正史未觸及的部分，即魯肅維繫吳蜀聯盟的難處及過程中付出極大心力。魯肅在未得東吳君臣支持下，隻身維繫吳蜀聯盟，既要適度讓利於蜀，又要安撫東吳君臣，壓力之大，實難想像。此正陳壽所稱讚「建獨斷之名，出

127 陳壽撰，裴松之注：《三國志（二）》，卷五十四，頁一二八〇—一二八一。

眾人之表，實奇才也。」[128]正因《演義》將重心著墨在魯肅執行吳蜀聯盟的委曲求全，這般包容的形象，自不及周瑜激昂慷慨，意氣風發。但也正因魯肅以大局爲重，更顯得孤高，讓人敬重。

128 陳壽撰，裴松之注：《三國志（二）》，卷五十四，頁一二八一。

第四章
三國傑出的謀略家

本章聚焦三國出色的謀略家，以徐庶、龐統、司馬懿爲代表。這三位代表人物，都具備劉劭所稱術家的特質，《人物志・流業》云：「思通道化，策謀奇妙，是謂術家，范蠡、張良是也。」[1]又云：「術家之材，三孤之任也。」[2]術家之流具有出眾智謀，能明時知機，通達人事情理，高明的謀略成爲國家的大政方針，適合擔任輔佐太子的少師、少傅、少保之職。

劉劭所列舉代表人物，[3]范蠡爲越王勾踐提出復國長策，所提種種謀略都是在打消吳王夫差的疑慮，方能助勾踐默默完成復國大業。張良不僅在鴻門宴爲劉邦化解項羽威脅，在劉邦將入漢中時，又提出燒棧道之策，之後方有韓信暗渡陳倉之舉。當劉邦爲漢王擬分封諸侯，幸爲張良所阻。這些作法都是掌握劉邦與項羽爭天下的根本，即徹底打消項羽的疑慮。在天下初定後，劉邦面臨如何封賞的難題，張良馬上看到事情的關鍵，建議劉邦先封賞最討厭的雍齒，頓時安定部將不安情緒。另外，影響漢家基業更深遠的是立太子事件，當劉邦執意立趙王如意爲太子，張良以另種方式建議呂后請出商山四皓，讓劉邦最後改變心意，立劉盈爲太子。

因此，術家者流，所提出的謀略思慮深遠，非爲一己私利，而是考量集團整體利害。本章所選徐庶、龐統、司馬懿三人，就其才能、事功來看實屬術家之流，思慮深遠，智謀高妙。

至於徐庶、龐統、司馬懿三人的擇主，徐庶早先投效劉備，後不得已至曹營；龐統與諸葛亮齊名，惜未爲曹操、孫權所重視，最後見用於劉備；司馬懿有經天緯地之大才，惜不得已加入曹營，但卻建立自己的事業及宏圖。

雖然三子出身及擇主及出仕理想有所不同，但均可視爲英才。既能出謀劃策，又能帶兵。以卓越的見識、謀略爲人所讚歎。能洞燭機先，見微知著，具有果斷的決策及行動力，善於危機處理，亦善於防患未然，爲三國帶來充滿驚奇的智力火光。

第一節　智勇兼備卻未能全志的徐庶

有句歇後語——「徐庶入曹營：一言不發」，出自《三國演義》。徐庶在《三國志》並無專傳，相關事蹟附在〈諸葛亮傳〉。徐庶在正史、《演義》另有單福之名。裴注引《魏略》云：「庶先名福，本單家子。」[4]《演義》在第三十五回至三十六回程昱向曹操說明單

1 劉劭撰，蔡崇名校注：《人物志》，頁八十八—八十九。

2 劉劭撰，蔡崇名校注：《人物志》，頁一〇七。

3 參考蔡崇名的解釋。劉劭撰，蔡崇名校注：《人物志》，頁一〇九。

4 陳壽撰，裴松之注：《三國志（二）》，卷三十五，頁九一四。

福來歷前，以單福稱之，其後方稱爲徐庶。

關於徐庶的性情及人生轉折，《魏略》有段精彩介紹：

少好任俠擊劍。中平末，嘗爲人報讎，白堊突面，被髮而走，爲吏所得，問其姓字，閉口不言。吏乃於車上立柱維磔之，擊鼓以令於市鄽，莫敢識者，而其黨伍共篡解之，得脫。於是感激，棄其刀戟，更疎巾單衣，折節學問。始詣精舍，諸生聞其前作賊，不肯與共止。福乃卑躬早起，常獨掃除，動靜先意，聽習經業，義理精熟。遂與同郡石韜相親愛。初平中，中州兵起，乃與韜南客荊州，到，又與諸葛亮特相善。5

《演義》將這段文字以較白話方式，藉程昱之口，如是道出：

此非單福也。此人幼好學擊劍。中平末年，嘗爲人報讎殺人，披髮塗面而走，爲吏所獲。問其姓名不答，吏乃縛於車上，擊鼓行於市，令市人識之，雖有識者不敢言。而同伴竊解救之，乃更姓名而逃。折節向學，遍訪名師。嘗與司馬徽談論。此人乃潁川徐庶，字元直。單福乃其託名耳。6

上述文字鮮明展現徐庶早年任俠使氣的剛毅性格。因替人報仇觸法，變裝逃亡。後來被捕，但矢口不說名姓。吏卒問不出所以然，只好遊街示眾，讓人指認。即便有人認出，也不願出面揭發，足見徐庶的高義。幸得友人搭救，展開新生活。

上述事蹟有兩點值得留意，首先，徐庶被捕不肯道出姓名的原因，並非因爲怕死，而是因家中尙有老母在堂，不願牽連母親，這點與他孝子的形象相應。

其次，徐庶經歷這次大難，死裡逃生，他選擇不同的人生，立志折節讀書。由俠轉儒，充實學養，結交司馬徽、石廣元、諸葛亮爲友。但徐庶爲學，並非爲一己私利，或爲求知，或爲謀官職，而是希望將所學及才能貢獻社會。

這樣的轉變與張良相類，當張良博浪沙擊刺秦始皇失敗，流亡期間，幸得黃石老人指點並贈太公兵法，經過沉潛充實後，憑藉才智輔佐劉邦滅秦，完成爲韓復仇的理想。當徐庶立志消除社會不公不義之事，單憑行俠仗義之勇，遠不及輔佐明君解民疾苦影響深遠。表面看來徐庶的人生分成前後兩截，但細究正史所載，既見出徐庶一貫的行義信念，又見出徐庶自覺由豪俠身分轉換爲輔佐明君的謀臣。

5 陳壽撰，裴松之注：《三國志（二）》，卷三十五，頁九一四。

6 第三十六回，羅貫中：《三國演義》，頁二三二。

徐庶在潁川沉潛求學之際，便深知諸葛亮乃希世大才，故與之結爲莫逆。〈諸葛亮傳〉記載：「每自比於管仲、樂毅，時人莫之許也。惟博陵崔州平、潁川徐庶元直與亮友善，謂爲信然。」[7]裴注引《魏略》曰：「亮在荊州，以建安初與潁川石廣元、徐元直、汝南孟公威等俱游學，三人務於精熟，而亮獨觀其大略。每晨夜從容，常抱膝長嘯，而謂三人曰：『卿諸人仕進，可至郡守刺史也。』三人問其所志，亮但笑而不言。」[8]此段敘述說明徐庶爲諸葛亮好友，深知諸葛亮的大志與才智；然兩人作學問方式不同，徐庶重專精，諸葛亮識大要；兩人的行政能力也不同，徐庶之才可至郡守刺史，諸葛亮則遠在其上。

關於徐庶擇主，據〈諸葛亮傳〉記載，徐庶、諸葛亮共事劉備，當徐庶不得已北上，石韜（字廣元）亦一起至曹營發展。石韜歷任郡守、典農校尉，徐庶官至右中郎將、御史中丞。裴注引《魏略》曰：

及荊州內附，孔明與劉備相隨去，福與韜俱來北。至黃初中，韜仕歷郡守、典農校尉，福至右中郎將、御史中丞。逮大和中，諸葛亮出隴右，聞元直、廣元仕財如此，歎曰：「魏殊多士邪！何彼二人不見用乎？」[9]

另一位諸葛亮好友孟建（字公威）亦選擇仕魏，〈溫恢傳〉記載：「恢卒後，汝南孟建爲涼州刺史，有治名，官至征東將軍。」[10] 裴注引《魏略》曰：「建字公威，少與諸葛亮俱遊學。亮後出祁山，答司馬宣王書，使杜子緒宣意於公威也。」[11] 即此見出徐庶與諸葛亮在擇主方向是一致的，石廣元、孟公威則選擇在曹營效力。

《演義》略有改動，指出徐庶在劉備屯軍新野時，便輔佐劉備，並增加一段曲折情節，徐庶原本因劉表招賢欲往投，但發現劉表非能成大事之人，後經司馬徽提點，與劉備結識。第三十六回載道：

> 某本潁川徐庶，字元直；爲因逃難，更名單福。前聞劉景升招賢納士，特往見之。及與論事，方知是無用之人；作書別之，夤夜至司馬水鏡莊上，訴說其事。水鏡深責庶不識主，因說：「劉豫州在此，何不事之？」庶故作狂歌於

7 陳壽撰，裴松之注：《三國志（二）》，卷三十五，頁九一一。
8 陳壽撰，裴松之注：《三國志（二）》，卷三十五，頁九一一。
9 陳壽撰，裴松之注：《三國志（二）》，卷三十五，頁九一四。
10 陳壽撰，裴松之注：《三國志（一）》，卷十五，頁四七九。
11 陳壽撰，裴松之注：《三國志（一）》，卷十五，頁四七九。

> 市，以動使君。幸蒙不棄，即賜重用。[12]

至於徐庶推薦諸葛亮，及諸葛亮加入劉備陣營的時間，〈諸葛亮傳〉指出徐庶加入陣營後，便向劉備推薦諸葛亮，並告知得親自拜訪。陳壽載道：「時先主屯新野，徐庶見先主，先主器之，謂先主曰：『諸葛孔明者，臥龍也，將軍豈願見之乎？』先主曰：『君與俱來。』庶曰：『此人可就見，不可屈致也。將軍宜枉駕顧之。』由是先主遂詣亮，凡三往，乃見。」[13]

其後與諸葛亮在劉備陣營共事一短時間。〈諸葛亮傳〉記載：

> 先主在樊聞之，率其眾南行，亮與徐庶並從，爲曹公所追破，獲庶母。庶辭先主而指其心曰：「本欲與將軍共圖王霸之業者，以此方寸之地也。今已失老母，方寸亂矣，無益於事，請從此別。」遂詣曹公。[14]

因曹操以徐庶老母要脅，不得已只得北上事曹。

《演義》和正史略有出入。關於劉備與徐庶初見，《演義》沿襲〈諸葛亮傳〉指出二人在新野相會，唯添加些情節，在劉琦奉父之命至新野向劉備致歉，劉備出城外送別劉琦，回馬入城，「忽見市上一人，葛巾布袍，皂絛烏履，長歌而來。歌曰：『天地反覆兮，火欲殂；大廈將崩兮，一木難扶。山谷有賢兮，欲投明主；明主求賢兮，卻不知吾。』」[15]又載道：

玄德聞歌，暗思：「此人莫非水鏡所言伏龍、鳳雛乎？」遂下馬相見，邀入縣衙，問其姓名。答曰：「某乃潁上人也，姓單，名福。久聞使君納士招賢，欲來投託，未敢輒造；故行歌於市，以動尊聽耳。」[16]

此段文字，鮮活刻劃徐庶以歌聲明志吸引劉備注意，劉備是有心人，隨即聯想來者恐為臥龍、鳳雛。此番初見，表現二人求賢、覓明主之急切心境。

雖然初見，劉備便奉為上賓，且徐庶雖求明主之心甚切，但《演義》增加一段試探情

12 羅貫中：《三國演義》，頁二三三。
13 陳壽撰，裴松之注：《三國志（二）》，卷三十五，頁九一二。
14 陳壽撰，裴松之注：《三國志（二）》，卷三十五，頁九一四。
15 第三十五回，羅貫中：《三國演義》，頁二二八－二二九。
16 羅貫中：《三國演義》，頁二二九。

節。好比諸葛亮藉劉備三顧考驗其誠意，徐庶以劉備騎乘之的盧馬妨主，建議賜予仇家以避禍。劉備一聽，臉色驟變。《演義》記載：

玄德聞言變色曰：「公初至此，不教吾以正道，便教作利己妨人之事，備不敢聞教。」福笑謝曰：「向聞使君仁德，未敢便信，故以此言相試耳。」玄德亦改容起謝曰：「備安能有仁德及人，惟先生教之。」福曰：「吾自潁上來此，聞新野之人歌曰：『新野牧，劉皇叔，自到此，民豐足。』可見使君之仁德及人也。」玄德乃拜單福爲軍師，調練本部人馬。17

經過這番試煉，兩人堅信無間。徐庶印證劉備爲仁德之主，劉備亦以徐庶爲難得賢才，君臣相得。透過這段想像情節，爲徐庶擇主作了註腳，徐庶選擇輔佐劉備，是因認定劉備是仁德之主。

徐庶既蒙劉備重用，眼下得儘快建立功績。當曹仁與呂曠、呂翔領軍攻打新野，在徐庶完善規劃下，兩番擊退曹軍。18 曹操兩番戰敗，推斷有高人指點。聽了程昱對徐庶的介紹，又聽聞程昱認爲徐庶之才十倍於他，便和程昱商議如何使徐庶轉投曹營，便有後續以徐庶老母作爲要脅，並假徐庶母書信，騙取徐庶北上的情節。19

《演義》在曹操以老母要脅後，虛構一段徐庶與劉備長亭送別，回馬薦諸葛的感人情節。[20]這段想像情節的作用有三：一、彰顯劉備雖知眼下非常需要徐庶協助謀劃，但他不採納孫乾建議，強留徐庶。二、因劉備眞誠愛才，即便不忍徐庶離去，但仍尊重徐庶的決定，成全其孝心。此與高祖尊重張良復韓心志，不強留張良相似。曹操綁架徐庶老母作法與項羽相類，爲一己之私，殺了韓王成，最終無法獲得賢才眞心相助。三、劉備的眞情義，涕泣送別，感動徐庶。並以這段長亭送別，揭開三顧茅廬的序幕。相較正史記載，增加不少戲劇性。

其後又鋪陳徐庶特別至臥龍岡拜訪諸葛亮，告知向劉備推薦他出山相助，不日將親訪一事，卻引來諸葛亮不悅。諸葛亮不悅，實怪徐庶多事。這段情節，既顯徐庶急欲回報劉備知遇之恩，亦見出徐庶與諸葛亮間的君子之交。

《演義》三十七回也虛構一段曹操熱情迎接徐庶及徐庶與母親相見的情景。首先鋪陳曹操及一般謀士親迎的場景，之後便寫到徐庶急切見老母，及母子相見的場景。載道：

17 羅貫中：《三國演義》，頁二二九。

18 羅貫中：《三國演義》，頁二二九—二三二。

19 羅貫中：《三國演義》，頁二三二—二三三。

20 羅貫中：《三國演義》，頁二三四—二三五。

徐母勃然大怒，拍案罵曰：「辱子飄蕩江湖數年，吾以爲汝學業有進，何其反不如初也！汝既讀書，須知忠孝不能兩全。豈不識曹操欺君罔上之賊？劉玄德仁義布於四海，況又漢室之冑，汝既事之，得其主矣。今憑一紙僞書，更不詳察，遂棄明投暗，自取惡名，眞愚夫也！吾有何面目與汝相見！汝玷辱祖宗，空生於天地間耳！」21

徐母大怒、拍案，一番義正辭嚴的話語，夾雜徐庶的愧悔，令人震撼。情節一轉，徐母羞愧自縊、徐庶的自責傷痛，讓人哀歎。《演義》又透過司馬徽之口，道出徐庶這段遭遇，並指出若徐庶不北上，則徐母尚存，因徐母爲高義之人。22

正史對徐庶事蹟僅記載至徐庶北上，但《演義》對後續發展有所交代。第四十一回，有段徐庶奉曹操之命至樊城，與劉備、諸葛亮敘舊場景。載道：

徐庶受命而行，至樊城。玄德、孔明接見，共訴舊日之情。庶曰：「曹操使庶來招降使君，乃假買民心也。今彼分兵八路，塡白河而進，樊城恐不可守，宜速作行計。」玄德欲留徐庶。庶謝曰：「某若不還，恐惹人笑。今老母已喪，抱恨終天。身雖在彼，誓不爲設一謀。公有臥龍輔佐，何愁大業不成？庶請

> 辭。」玄德不敢強留。徐庶辭回，見了曹操，言玄德並無降意。操大怒，即日進兵。23

這段文字表現劉備與徐庶難得情誼。劉備表達希望徐庶回來，徐庶雖感念劉備情義，但受限現實因素，若不回去，恐遭閒話，加上認爲劉備已有諸葛亮輔佐，故婉謝劉備美意。但他應允劉備，即便身在曹營，也不會爲曹操獻任何計謀。劉備亦知徐庶難處，不強留。劉備與徐庶二人眞情至性，相互尊重，世間難得。

《演義》第四十八回又虛構一段徐庶離開曹營的情節。先寫龐統獻連環船計後巧遇徐庶，徐庶告知不會向曹操說破龐統計策，但也表示自己有難處，雖應允劉備不爲曹操獻計，但身在曹營又難免受威逼，遂請龐統幫忙想出不捲入赤壁戰局的脫身妙策。《演義》載道：

> 卻說龐統聞言，吃了一驚；急回視其人，原來卻是徐庶。統見是故人，心下方

21 羅貫中：《三國演義》，頁二三六。

22 羅貫中：《三國演義》，頁二三七。

23 羅貫中：《三國演義》，頁二六二。

> 定；回顧左右無人，乃曰：「你若說破我計，可惜江南八十一州百姓，皆是你送了也！」庶笑曰：「此間八十三萬人馬，性命如何？」統曰：「元直眞欲破我計耶？」庶曰：「吾感劉皇叔厚恩，未嘗忘報。曹操逼死吾母，吾已說過終身不設一謀，今安肯破兄良策？只是我亦隨軍在此，兵敗之後，玉石不分，豈能免難？君當教我脫身之術，我即緘口遠避矣。」統笑曰：「元直如此高見遠識，諒此有何難哉！」庶曰：「願先生賜教。」統去徐庶耳邊略說數句。庶大喜，拜謝。龐統別卻徐庶下船，自回江東。[24]

曹操南征，最顧慮北方韓遂、馬騰的進兵，造成腹背受敵，故龐統建議徐庶主動請纓守關，阻擋韓遂、馬騰進攻許都。載道：

> 且說徐庶當晚密使近人去各寨中暗布謠言。次日，寨中三三五五，交頭接耳而說。早有探事人報知曹操，說：「軍中傳言西涼州韓遂，馬騰謀反，殺奔許都來。」操大驚，急聚眾謀士商議曰：「吾引兵南征，心中所憂者，韓遂、馬騰耳。軍中謠言，雖未辨虛實，然不可不防。」言未畢，徐庶進曰：「庶蒙丞相收錄，恨無寸功報效。請得三千人馬，星夜往散關把住隘口。如有緊急，再行

告報。」操喜曰：「若得元直去，吾無憂矣。散關之上，亦有軍兵，公統領之。目下撥三千軍步軍，命臧霸爲先鋒，星夜前去，不可稽遲。」徐庶辭了曹操，與臧霸便行。……此便是龐統救徐庶之計。25

赤壁戰爭期間，曹操不可能不知徐庶熟悉南方情勢，但卻未見徐庶提供任何策略，這段情節正好解釋個中原因。

綜觀智勇兼備的徐庶，從早期行俠仗義，之後折節讀書，以智立身，開啓輔佐明君救世的人生。蟄居潁川，訪明師，結交賢士是他一生最愜意的時光，在新野爲劉備出謀劃策，得以一展鴻圖。唯獨因失察中曹操奸計，害了老母，此後無奈身居曹營，只得以智慧低調處世，既回報劉備，又報復曹操。雖然無法完成輔佐明主，經略天下的理想，但他的豪俠性情與卓越才智，在三國舞臺，留下動人身影，也空留後人無盡遺憾。

24 羅貫中：《三國演義》，頁三〇六。
25 羅貫中：《三國演義》，頁三〇六。

第二節　難得王佐才卻壯志未酬的龐統

龐統早年性格樸鈍，不為人知，幸得司馬徽及族叔龐德公肯定，年輕即負盛名。〈龐統傳〉載：

龐統字士元，襄陽人也。少時樸鈍，未有識者。潁川司馬徽清雅有知人鑒，統弱冠往見徽，徽採桑於樹上，坐統在樹下，共語自晝至夜。徽甚異之，稱統當為南州士之冠冕，由是漸顯。[26]

第三十五回亦有類似記載：

玄德曰：「龐德公乃龐統何人？」童子曰：「叔姪也。龐德公字山民，長俺師父十歲；龐統字士元，小俺師父五歲。一日，吾師父在樹上採桑，適龐統來相訪，坐於樹下，共相議論，終日不倦。吾師甚愛龐統，呼之為弟。」[27]

既然有這般賢才，何以未能與諸葛亮同光？江東英傑周瑜，也只感慨諸葛亮之才，不爲東吳所用，發出一聲「既生瑜，何生亮」的長歎，卻未特別關注龐統。龐統入仕，不僅未如諸葛亮般受到三顧茅廬高規格禮遇，在東吳甚久，卻沒有發光發熱，甚至以愛才聞名的曹操，亦未見招攬龐統。即便經魯肅推薦給孫權，亦未受到青睞。自行到荊州見劉備，雖獲接納，僅派任爲耒陽縣縣令。爲何連久聞龐統大名的劉備，對待龐統的方式不僅異於諸葛亮，甚至連徐庶都不如。對於種種疑點，《演義》加入想像解釋。

赤壁戰後，周瑜離世，前來東吳弔喪的諸葛亮，預知龐統必不爲孫權所用，爲龐統向劉備寫了一封推薦信。並言道：「吾料孫仲謀必不能重用足下。稍有不如意，可來荊州共扶玄德。此人寬仁厚德，必不負公平生之所學。」[28]

魯肅扶周瑜靈柩回蕪湖後，亦極力向孫權推薦龐統。孫權久聞龐統大名，遂欲見之，但這段會面並不融洽。第五十七回記載：

26 陳壽撰，裴松之注：《三國志（二）》，卷三十七，頁九五四。

27 羅貫中：《三國演義》，頁二二六。

28 第五十七回，羅貫中：《三國演義》，頁三六二。

於是魯肅邀請龐統入見孫權，施禮畢。權見其人濃眉掀鼻，黑面短髯，形容古怪，心中不喜。乃問曰：「公平生所學，以何爲主？」統曰：「不必拘執，隨機應變。」權曰：「公之才學，比公瑾何如？」統笑曰：「某之才學，與公瑾大不相同。」權平生最喜周瑜，見統輕之，心中愈不樂，乃謂統曰：「公且退；待有用公之時，卻來相請。」統長歎一聲而出。29

又載：

魯肅曰：「主公何不用龐士元？」權曰：「狂士也，用之何益？」肅曰：「赤壁鏖兵之時，此人曾獻連環策，成第一功。主公想必知之。」權曰：「此時乃曹操自欲釘船，未必此人之功也。吾誓不用之。」魯肅出，謂龐統曰：「非肅不薦足下，奈吳侯不肯用公。公且耐心。」統低頭長歎不語。30

龐統雖於赤壁建大功，卻不爲孫權所用，《演義》指出關鍵是龐統相貌不討喜，加上言語狂妄，孫權目爲狂士，不願任用。關於相貌不佳這點，依正史慣例，相貌出眾或有奇特相貌便會特別說明，〈龐統傳〉只強調龐統的才華，並未述及相貌，與諸葛亮、周瑜、魯肅相較，便顯得不起眼。至於性情古怪，可從龐統助劉備取下益州之慶功宴行止看出，確實顯得性情孤傲。東吳當時已有性情乖異的虞翻，實難容下龐統，且孫權非常喜歡周瑜，龐統竟然輕視之，加上當時已有魯肅接替周瑜大都督一職，故不認為有招攬龐統的必要。

魯肅見無法說服孫權重用龐統，遂詢問龐統的去留，龐統假意欲往投曹，在魯肅表示反對後，方吐實情。加上先前諸葛亮已寫推薦信，這回又得到魯肅的推薦函，龐統遂往投在荊州劉備處。第五十七回記載：

> 肅曰：「公莫非無意於吳中乎？」統不答。肅曰：「公抱匡濟之才，何往不利？可實對肅言，將欲何往？」統曰：「吾欲投曹操去也。」肅曰：「此明珠暗投矣。可往荊州投劉皇叔，必然重用。」統曰：「統意實欲如此，前言戲耳。」肅曰：「某當作書奉薦。公輔玄德，必令孫、劉兩家，無相攻擊，同力破曹。」統曰：「此某平生之素志也。」乃求肅書，逕往荊州來見玄德。[31]

29 羅貫中：《三國演義》，頁三六二—三六三。
30 羅貫中：《三國演義》，頁三六三。
31 羅貫中：《三國演義》，頁三六三。

當時東吳文臣多聞龐統大名，亦好與之交談、結交。《三國志．龐統傳》記載：

> 瑜卒，統送喪至吳，吳人多聞其名。及當西還，並會昌門，陸績、顧劭、全琮皆往。統曰：「陸子可謂駑馬有逸足之力，顧子可謂駑牛能負重致遠也。」謂全琮曰：「卿好施慕名，有似汝南樊子昭。雖智力不多，亦一時之佳也。」績、劭謂統曰：「使天下太平，當與卿共料四海之士。」深與統相結而還。[32]

裴注引張勃《吳錄》曰：

> 或問統曰：「如所目，陸子爲勝乎？」統曰：「駑馬雖精，所致一人耳。駑牛一日行三百里，所致豈一人之重哉！」劭就統宿，語。因問：「卿名知人，吾與卿孰愈？」統曰：「陶冶世俗，甄綜人物，吾不及卿；論帝王之秘策，攬倚伏之要最，吾似有一日之長。」劭安其言而親之。[33]

這段記載見出，龐統善於知人、論人，對於自己亦有清楚認識「論帝王之秘策，攬倚伏之要最」，此正是王佐之才。雖然龐統稱在端正教化、臧否人物上不及顧劭，但他本身亦善於此，喜好品評他人德行高下，但稱讚又每每過譽，目的爲鼓勵他人爲善，改善風俗。〈龐統傳〉記載：

後郡命爲功曹。性好人倫，勤於長養。每所稱述，多過其才，時人怪而問之，統答曰：「當今天下大亂，雅道陵遲，善人少而惡人多。方欲興風俗，長道業，不美其譚即聲名不足慕企，不足慕企而爲善者少矣。今拔十失五，猶得其半，而可以崇邁世教，使有志者自勵，不亦可乎？」34

可惜龐統往投劉備同樣不順利，第五十七回載道：

此時孔明按察四郡未回。門吏傳報江東名士龐統，特來相投。玄德久聞統名，便教請入相見。統見玄德，長揖不拜，玄德見統貌陋，心中亦不悅，乃問統

32 陳壽撰，裴松之注：《三國志（二）》，卷三十七，頁九五三。
33 陳壽撰，裴松之注：《三國志（二）》，卷三十七，頁九五四。
34 陳壽撰，裴松之注：《三國志（二）》，卷三十七，頁九五三。

曰：「足下遠來不易？」統不拿出魯肅、孔明書投呈，但答曰：「聞皇叔招賢納士，特來相投。」玄德曰：「荊楚稍定，苦無閒職。此去東南數百里，有一縣名耒陽縣，缺一縣宰，屈公任之。如後有缺，卻當重用。」35

既然劉備久聞其名，且眞誠愛才，爲何此番龐統自來相投，卻未受特別款待。若仔細留意這段文字，問題出在第一印象。一來見龐統相貌醜陋，二來龐統見劉備僅長揖不拜，顯得傲慢。龐統既未拿出魯肅和諸葛亮的推薦信，也未即席一展才學，僅憑一番簡單對話，未能讓劉備留下好印象。但劉備畢竟勝孫權一籌，孫權未予一官半職，劉備尚安排耒陽縣令一職安頓。兩相比較，龐統雖不免失望，但仍勉強留下。

但龐統在劉備陣營的第一份差事，表現不佳被免職。〈龐統傳〉記載：「統以從事守耒陽令，在縣不治，免官。」36後來劉備看了魯肅的推薦信，加上諸葛亮的推薦，遂依魯肅建議，逕予治中從事的官職，僅次於諸葛亮。其後又與諸葛亮並列軍師中郎將。37

《演義》在正史基礎上增加些曲折過程，描述龐統性情特異，非中規中矩之人。到耒陽縣上任，僅飲酒作樂，毫無作爲。劉備一聽極爲震怒，派孫乾、張飛瞭解實情。但並未寫龐統被免官，而是展現高明的行政能力，讓張飛大開眼界，在極短時間內，龐統極有效率且公正的將百餘日積壓的案件處理完畢。最後瀟灑的將批公文的筆擲於地，並說自己都對曹操、孫權瞭若指掌，治理小縣，何難之有。《演義》載道：

統曰：「量百里小縣，些許公事，何難決斷？將軍少坐，待我發落。」隨即喚公吏，將百餘日所積公務，都取來剖斷，吏皆紛然齎抱案卷，上廳訴詞。被告人等，環跪階下。統手中批判，口中發落，耳內聽詞，曲直分明，並無分毫差錯，民皆叩首拜伏。不到半日，將百餘日之事，盡斷畢了，投筆於地，而對張飛曰：「所廢之事何在？曹操，孫權，吾視之若掌上觀文，量此小縣，何足介意！」38

35 羅貫中：《三國演義》，頁三六三。

36 陳壽撰，裴松之注：《三國志（二）》，卷三十七，頁九五四。

37 〈龐統傳〉記載：「吳將魯肅遺先主書曰：『龐士元非百里才也，使處治中、別駕之任，始當展其驥足耳。』諸葛亮亦言之於先主，先主見與善譚，大器之，以為治中從事。親待亞於諸葛亮，遂與亮並為軍師中郎將。亮留鎮荊州，統隨從入蜀。」陳壽撰，裴松之注：《三國志（二）》，卷三十七，頁九五四。

38 羅貫中：《三國演義》，頁三六三—三六四。

隨後方拿出魯肅的推薦函。當張飛問為何不在初次見面便出示，龐統自信的回應，這樣豈不靠推薦書而獲重用。[39]《演義》於魯肅推薦函增加一段文字：「如以貌取之，恐負所學，終為他人所用，實可惜也。」[40]

至此，龐統得以一展長才，不僅得到劉備充分信任，且得與諸葛亮共事，君臣相得，共成大業。劉備也因同時得到諸葛亮、龐統輔佐，得到空前未有的大好契機。這也造成曹操壓力。《演義》載道：「早有人報到許昌，言劉備有諸葛亮，龐統為謀士，招軍買馬，積草屯糧，連結東吳，早晚必興兵北伐。曹操聞之，遂聚謀士商議南征。」[41]

有臥龍、鳳雛兩位大賢的協助，劉備安心將荊州交予諸葛亮，妥善與東吳交涉，固守地盤；攻打益州由龐統操持，進一步開疆拓土。《三國志・先主傳》云：「先主留諸葛亮、關羽等據荊州，將步卒數萬人入益州。至涪，璋自出迎，相見甚歡。張松令法正白先主，及謀臣龐統進說，便可於會所襲璋。」[42]

〈龐統傳〉簡要交代龐統助劉備取得益州的過程。最初龐統獻計，利用與劉璋於涪縣會面之際，除掉劉璋。〈龐統傳〉載：「益州牧劉璋與先主會涪，統進策曰：『今因此會，便可執之，則將軍無用兵之勞，而坐定一州也。』先主曰：『初入他國，恩信未著，此不可也。』」[43]

更詳盡的狀況見於裴注引《九州春秋》云：

統說備曰：「荊州荒殘，人物殫盡，東有吳孫，北有曹氏，鼎足之計，難以得志。今益州國富民彊，户口百萬，四部兵馬，所出必具，寶貨無求於外，今可權借以定大事。」備曰：「今指與吾爲水火者，曹操也，操以急，吾以寬；操以暴，吾以仁；操以譎，吾以忠；每與操反，事乃可成耳。今以小故而失信義於天下者，吾所不取也。」統曰：「權變之時，固非一道所能定也。兼弱攻昧，五伯之事。逆取順守，報之以義，事定之後，封以大國，何負於信？今日不取，終爲人利耳。」備遂行。44

《演義》六十回便參考這段記載，改寫道：

39 第五十七回載道：「飛曰：『先生初見吾兄，何不將出？』統曰：『若便將出，似乎專藉薦書來干謁矣。』」羅貫中：《三國演義》，頁三六四。
40 羅貫中：《三國演義》，頁三六四。
41 羅貫中：《三國演義》，頁三六四。
42 陳壽撰，裴松之注：《三國志（二）》，卷三十七，頁九五四。
43 陳壽撰，裴松之注：《三國志（二）》，卷三十七，頁九五五。
44 陳壽撰，裴松之注：《三國志（二）》，卷三十七，頁九五五。

當日席散，孔明親送法正歸館舍。玄德獨坐沈吟。龐統進曰：「事當決而不決者，愚人也。主公高明，何多疑耶？」玄德問曰：「以公之意，當復何如？」統曰：「荊州東有孫權，北有曹操難以得志。益州户口百萬，士廣財富，可資大業。今幸張松、法正爲內助，此天賜也。何必疑哉？」玄德曰：「今與吾水火相敵者，曹操也。操以急，吾以寬；操以暴，吾以仁；操以譎，吾以忠；每與操相反，事乃可成。若以小利而失大義於天下，吾不爲也。」龐統笑曰：「主公之言，雖合天理，奈離亂之時，用兵爭強，固非一道；若拘執常理，寸步不可行矣。宜從權變。且兼弱攻昧，逆取順守，湯、武之道也。若事定之後，報之以義，封爲大國，何負於信？今日不取，終被他人取耳。主公幸熟思焉。」玄德乃恍然曰：「金石之言，當銘肺腑。」45

增加的部分是「今幸張松、法正爲內助，此天賜也。何必疑哉？」及「主公之言，雖合天理」一大段，這些添加文字，有助說明劉備伐益州的勝算及守經行權的重要。

其後，龐統又獻三計，劉備選擇不過於極端的中計。〈龐統傳〉載：

璋既還成都，先主當爲璋北征漢中，統復說曰：「陰選精兵，晝夜兼道，徑襲成都；璋既不武，又素無預備，大軍卒至，一舉便定，此上計也。楊懷、高沛，璋之名將，各杖彊兵，據守關頭，聞數有牋諫璋，使發遣將軍還荊州。將軍未至，遣與相聞，說荊州有急，欲還救之，並使裝束，外作歸形；此二子既服將軍英名，又喜將軍之去，計必乘輕騎來見，將軍因此執之，進取其兵，乃向成都，此中計也。退還白帝，連引荊州，徐還圖之，此下計也。若沈吟不去，將致大困，不可久矣。」先主然其中計，即斬懷、沛，還向成都，所過輒克。46

龐統所提三計，最直捷有效的是暗選精兵，直接攻下成都。中計先攻下守關的楊懷、高沛二將，再徐進成都。下計則是退回白帝城，暫放棄取益州的計劃。對劉備而言，上計太直接，在恩信未立之際，直取同宗劉璋益州，下計無所作為，二計皆顯極端，故劉備選擇中計。

透過上述，可見出龐統極力謀劃取益州的最佳策略，當然他也深知劉備的為人，重情義，有仁德。當然劉備雖然尊重龐統的建議，但身為領導者也有他的考量，「初入他國，

45 羅貫中：《三國演義》，頁三八八。
46 陳壽撰，裴松之注：《三國志（二）》，卷三十七，頁九五五。

恩信未著」此實為有遠識的領導者當有的器識。因此，龐統身為謀臣，自應盡力提出最佳謀略；劉備身為人主，必須有高遠的格局。君臣立場不同，考量自然不同，不宜簡單視為劉備不參考龐統的建議。

擊敗楊懷、高沛二將後，進展順利，於涪城辦慶功宴，中間發生一段插曲，本書在劉備一節亦提到，但此處特別關注龐統部分。〈龐統傳〉載：

> 於涪大會，置酒作樂，謂統曰：「今日之會，可謂樂矣。」統曰：「伐人之國而以為歡，非仁者之兵也。」先主醉，怒曰：「武王伐紂，前歌後舞，非仁者邪？卿言不當，宜速起出！」於是統逡巡引退。先主尋悔，請還。統復故位，初不顧謝，飲食自若。先主謂曰：「向者之論，阿誰為失？」統對曰：「君臣俱失。」先主大笑，宴樂如初。47

裴松之對此亦有段評論：

> 臣松之以為謀襲劉璋，計雖出於統，然違義成功，本由詭道，心既內疚，則歡情自戢，故聞備稱樂之言，不覺率爾而對也。備宴酣失時，事同樂禍，自比武

王，曾無愧色，此備有非而統無失，其云「君臣俱失」，蓋分謗之言耳。48

裴氏的評論極爲中肯。從上述記載，可見出龐統能守經行權，所提謀策皆基於保民，而非僅協助劉備征伐他國。在龐統看來，劉璋闇弱，早晚爲曹操所擒，曹軍暴虐，恐爲益州百姓帶來災禍。劉備仁德勤政，定能將益州治理好，國泰民安。故宴會上，龐統不顧恐得罪劉備，提醒劉備毋忘仁者之師的初衷，而劉備也以武王事回應。可見劉備仍有分寸，只是當時酒醉，有些失禮。同時也看出龐統自尊自重，不阿權貴的性格，及劉備容人雅量，君臣以義合，成就千古佳話。證明君臣皆爲有道之士，非功利之徒。類似情形亦見於裴注引《江表傳》的記載，曰：

> 先主與統從容宴語，問曰：「卿爲周公瑾功曹，孤到吳，聞此人密有白事，勸仲謀相留，有之乎？在君爲君，卿其無隱。」統對曰：「有之。」備歎息曰：「孤時危急，當有所求，故不得不往，殆不免周瑜之手！天下智謀之士，所見

47 陳壽撰，裴松之注：《三國志（二）》，卷三十七，頁九五五—九五六。

48 陳壽撰，裴松之注：《三國志（二）》，卷三十七，頁九五五—九五六。

略同耳。時孔明諫孤莫行，其意獨篤，亦慮此也。孤以仲謀所防在北，當賴孤爲援，故決意不疑。此誠出於險塗，非萬全之計也。」[49]

眼見取益州大業將成，孰料龐統竟遇難於進攻雒縣途中，壯志未酬。〈龐統傳〉載：「進圍雒縣，統率眾攻城，爲流矢所中，卒，時年三十六。先主痛惜，言則流涕。」[50]正史僅簡要說明龐統遇難，但《演義》卻對龐統之死多所著墨，蓋以龐統這樣的奇才，豈能如此平淡離世？且諸葛亮既會觀星象，又懂奇門遁甲之術，豈未預料將有變故？因此對龐統之死，增添歷史想像，指出在龐統隨軍攻雒縣之前，已五次預示此行不祥。

第一次於六十二回藉紫虛上人之筆，預示龐統將遇險。其文曰：「左龍右鳳，飛入西川。雛鳳墜地，臥龍升天。一得一失，天數當然。見機而作，勿喪九泉。」[51]第六十三回又出現三次預示，先是彭羕勸諫道：「罡星在西方，太白臨於此地，當有不吉之事，切宜愼之。」[52]後是諸葛亮作了預示：「亮夜算太乙數，今年歲次癸亥，罡星在西方；又觀乾象，太白臨於雒城之分，主將帥身上多凶少吉。切宜謹愼。」[53]最後劉備亦道出夢示：「軍師不可。吾夜夢一神人，手執鐵棒擊吾右臂，覺來猶自臂痛。此行莫非不佳。」[54]尚有龐統爲平日溫馴坐騎掀下之事。[55]

其中尤以諸葛亮的預示最爲關鍵，使劉備對此行有所疑慮。六十三回載道：「玄德看了書，便教馬良先回。玄德曰：『吾將回荊州，去論此事。』」[56]「玄德曰：『吾所疑者，孔明之書也。軍師還守涪關，如何？』」[57]但龐統卻私心認爲是諸葛亮怕他立功，搶去風采。[58]統亦遂找理由回應劉備，「統亦算太乙數，已知罡星在西，應主公合得西川，別不主凶事。統亦占天文，見太白臨於雒城，先斬蜀將泠苞，已應凶兆矣。主公不可疑心，可急進兵。」[59]又「壯士臨陣，不死帶傷，理之自然也。何故以夢寐之事疑心乎？」[60]又云：「主公被孔明

49 陳壽撰，裴松之注：《三國志（二）》，卷三十七，頁九五四—九五五。
50 陳壽撰，裴松之注：《三國志（二）》，卷三十七，頁九五六。
51 羅貫中：《三國演義》，頁三八八。
52 羅貫中：《三國演義》，頁四〇五。
53 羅貫中：《三國演義》，頁四〇五。
54 羅貫中：《三國演義》，頁四〇六。
55 羅貫中：《三國演義》，頁四〇六。
56 羅貫中：《三國演義》，頁四〇五。
57 羅貫中：《三國演義》，頁四〇六。
58 龐統暗思：「孔明怕我取了西州成了功，故意將此書相阻耳。」羅貫中：《三國演義》，頁四〇五—四〇六。
59 羅貫中：《三國演義》，頁四〇六。
60 羅貫中：《三國演義》，頁四〇六。

所惑矣。彼不欲令統獨成大功，故作此言以疑主公之心。心疑則致夢，何凶之有？統肝腦塗地，方稱本心。主公再勿多言。來早准行。」61

龐統所以執意出兵，實因好不容易勸服劉備出兵，加上感念劉備知遇之恩，在急於立功下，忽視這些告誡。第六十三回載道：

玄德再與龐統約定，忽坐下馬眼生前失，把龐統掀將下來。玄德跳下馬，自來籠住那馬。玄德曰：「軍師何故乘此劣馬？」龐統曰：「此馬乘久，不曾如此。」玄德曰：「臨陣眼生，誤人性命。吾所騎白馬，性極馴熟。軍師可騎，萬無一失。劣馬吾自乘之。」遂與龐統更換所騎之馬。龐統謝曰：「深感主公厚恩。雖萬死亦不能報也。」遂各上馬取路而進。玄德見龐統去了，心中甚覺不快，怏怏而行。62

《演義》又特別設計一特殊地名「落鳳坡」，說明龐統之死實爲天意。

卻說龐統迤邐前進，抬頭見兩山狹窄，樹木叢雜；又值夏末秋初，枝葉茂盛。龐統心下甚疑，勒住馬問：「此處是何地名？」內有新降軍士，指道：「此處地名落鳳坡。」龐統驚曰：「吾道號鳳雛，此處名落鳳坡，不利於吾。」令後軍疾退。只聽山坡前一聲砲響，箭如飛蝗，只望騎白馬者射來。可憐龐統竟死於亂箭之下。63

龐統短暫在世三十六年，雖然正史記載他發光發熱是隨劉備入蜀，《演義》增加赤壁戰時為東吳向曹操獻連環船策略立大功。但龐統英名，早已響徹士林。在潁川便以鳳雛聞名，裴注引《襄陽記》曰：「諸葛孔明為臥龍，龐士元為鳳雛，司馬德操為水鏡，皆龐德公語也。」64又：「劉備訪世事於司馬德操。德操曰：『儒生俗士，豈識時務？識時務者在乎俊傑。此間自有伏龍、鳳雛。』備問為誰，曰：『諸葛孔明、龐士元也。』」65諸葛亮對龐統之才亦極力推崇，〈廖立傳〉記載：「先主入蜀，諸葛亮鎮荊土，孫權遣使通好於亮，因問士人皆誰相經緯者，亮答曰：『龐統、廖立，楚之良才，當贊興世業者也。』」66傅巽曾稱

61 羅貫中：《三國演義》，頁四〇六。
62 羅貫中：《三國演義》，頁四〇六。
63 羅貫中：《三國演義》，頁四〇六—四〇七。
64 陳壽撰，裴松之注：《三國志（二）》，卷三十七，頁九五三。
65 陳壽撰，裴松之注：《三國志（二）》，卷三十五，頁九一三。
66 陳壽撰，裴松之注：《三國志（二）》，卷四十，頁九九七。

贊龐統為「半英雄」，[67] 陳壽評論：「龐統雅好人流，經學思謀，於時荊、楚謂之高俊。」[68]

祿夢庵曾就龐統與諸葛亮相較：「龐統與諸葛亮二人不同處，即在龐統長於臨急應變，臨危決策，勇猛精進。諸葛亮的長處在於深謀遠慮，運籌幃幄，領導群倫。」[69]

龐統與諸葛亮齊名，雖未能如諸葛亮在三國呼風喚雨，但卻如流星般，留給世人無盡讚歎。

第三節　智謀過人且善於用兵的奸雄司馬懿

三國時期，才智、膽識堪與曹操、諸葛亮競美者，便數司馬懿。《晉書》曾描述司馬懿的性格與才學云：「少有奇節，聰朗多大略，博學洽聞，伏膺儒教。」[70] 足見司馬懿自幼便有不凡的節操，聰穎多謀略，博學多聞，並深受儒家思想影響。《晉書》又指出當時名人楊俊名、崔琰曾推崇司馬懿。云：「南陽太守同郡楊俊名知人，見帝，未弱冠，以為非常之器。」「尚書清河崔琰與帝兄朗善，亦謂朗曰：『君弟聰亮明允，剛斷英特，非子所及也。』」[71] 強調司馬懿才學出眾，重視儒家思想。

司馬懿出身官宦世家，高祖父司馬鈞曾任漢安帝征西將軍，曾祖父司馬量曾任豫章太守，祖父司馬儁為潁川太守，父親司馬防為京兆尹。司馬防有八子，號稱司馬八達，司馬懿是次子。司馬懿有良好家學，重視儒學，但即便對儒學非常熟悉，並不代表以成為聖賢、君子為職志。儒學在當時是東漢名士的社會地位標籤，聰明識時務的司馬懿，自然明白。考察司馬懿服膺儒學這點，年輕時的司馬懿懷有憂國憂民之心：「漢末大亂，常慨然有憂天下心。」72 觀其出仕所做所為，為曹魏貢獻謀略及協助天子處理內政、軍事，盡心盡力。但用意實則為贏得曹操父子信任及為自己建立聲望。司馬懿表面謙恭自持，盡忠國事，不居功，甚至長子司馬昭在母喪期間，還因孝受到肯定。《晉書》載「宣穆皇后崩，居喪以至孝

67 〈劉表傳〉裴注引《傅子》云：「巽字公悌，瓌偉博達，有知人鑒。辟公府，拜尚書郎，後客荊州，以說劉琮之功，賜爵關內侯。文帝時為侍中，太和中卒。巽在荊州，目龐統為半英雄，證裴潛終以清行顯；統遂附劉備，見待次於諸葛亮，潛位至尚書令，並有名德。」陳壽撰，裴松之注：《三國志（一）》，卷六，頁二一四。

68 陳壽撰，裴松之注：《三國志（二）》，卷三十七，頁九六二。

69 禚夢庵：《三國人物論集》，頁一三五。

70 房玄齡等撰：《晉書・帝紀第一》，卷一，頁一。

71 房玄齡等撰：《晉書・帝紀第一》，卷一，頁一。

72 房玄齡等撰：《晉書・帝紀第一》，卷一，頁一。

聞。」[73]服膺儒教在司馬懿父子只是表面做做樣子，不是眞正去道德實踐。

司馬懿與曹操多所相類，兩人均爲兼具英才、雄才的英雄，年輕時皆有憂天下之心。此外，兩人皆善於用人，司馬懿重用鄧艾。兩人皆善好學、善詩歌。《晉書》記載司馬懿將伐公孫淵，出發前與父老故舊燕飲，悵然有感，作詩云：「天地開闢，日月重光。遭遇際會，畢力遐方。將掃群穢，還過故鄉。肅清萬里，總齊八荒。告成歸老，待罪舞陽。」[74]從開天闢地到「肅清萬里，總齊八荒」，豪情壯志不下於曹操。

但兩人出身不同，曹操因父爲宦官養子，雖有權勢，但非出身名門，難免有些自卑，故欲藉名士品題，提升社會地位。早期司馬懿也看不起曹操，不願屈附。《晉書》記載兩人交手過程，云：

魏武帝爲司空，聞而辟之。帝知漢運方微，不欲屈節曹氏，辭以風痹，不能起居。魏武使人夜往密刺之，帝堅臥不動。及魏武爲丞相，又辟爲文學掾，敕行者曰：「若復盤桓，便收之。」帝懼而就職。[75]

這是兩人兩次交手過程，致使曹操猜忌司馬懿，司馬懿亦擔憂獲罪而不安。《演義》第三十九回第一次交代司馬懿出場，載道：

卻說曹操罷三公之職，自以丞相兼之，以毛玠爲東曹掾，崔琰爲西曹掾，司馬懿爲文學掾。懿字仲達，河內溫人也；潁川太守司馬儁之孫，京兆尹司馬防之子，主簿司馬朗之弟也。76

雖然司馬懿出於被迫，心懷著恐懼加入曹營，但畢竟他是聰明人，知道如何明哲保身。就其從政經歷來看，最艱難的是曹操時期，其後便高枕無憂。有一重要問題，值得關注，像曹操這般忌刻之人，對從一開始裝病，到後來親自印證司馬懿有狼顧相，甚至曾作「馬同食一槽」的惡夢，何以司馬懿能安然度過？《晉書》對此作出回答。曾云：

帝內忌而外寬，猜忌多權變。魏武察帝有雄豪志，聞有狼顧相，欲驗之。乃召使前行，令反顧，面正向後而身不動。又嘗夢三馬同食一槽，甚惡焉。因謂太

73 房玄齡等撰：《晉書．帝紀第二》，卷二，頁二十五。
74 房玄齡等撰：《晉書．帝紀第一》，卷一，頁十。
75 房玄齡等撰：《晉書．帝紀第一》，卷一，頁二。
76 羅貫中：《三國演義》，頁二五二。

子丕曰：「司馬懿非人臣也，必預汝家事。」[77]

《演義》將這段改寫，置於九十一回明帝時期。載道：

參軍馬謖曰：「今丞相平南方回，軍馬疲敝，只宜存恤，豈可復遠征？某有一計，使司馬懿自死於曹叡之手，未知丞相鈞意允否？」孔明問是何計。馬謖曰：「司馬懿雖是魏國大臣，曹叡素懷疑忌。何不密遣人往洛陽、鄴郡等處，布散流言，道此人欲反？更作司馬懿告示天下榜文，遍貼諸處，使曹叡心疑，必然殺此人也。」孔明從之，即遣人密行此計去了。[78]

又載：

卻說鄴城門上，忽一日見貼下告示一道。守門者揭了，來奏曹叡。叡觀之，……曹叡覽畢，大驚失色，急問群臣。太尉華歆奏曰：「司馬懿上表乞守雍、涼，正爲此也。先時太祖武皇帝嘗謂臣曰：『司馬懿鷹視狼顧，不可付以兵權；久必爲國家大禍。』今日反情已萌，可速誅之。」王朗奏曰：「司馬懿深明韜略，善曉兵機，素有大志；若不早除，久必爲禍。」[79]

這段想像情節，交代曹魏君主，除曹丕外，對司馬懿均是有所顧忌的，曹操當年那些提醒，不可能在明帝時期完全不發生影響，這段情節，可補白正史。

「太子素與帝善，每相全佑，故免。帝於是勤於吏職，夜以忘寢，至於芻牧之間，悉皆臨履，由是魏武意遂安。」[80]足見司馬懿在曹操時期，做二件要事，第一件是兢兢業業，勤於政事，一切以曹家天下爲重，減少曹操的疑慮。如，對內建議曹操務農積穀，增加實力。[81]對外勸曹操逕取漢中[82]，《演義》六十七回亦載道：

77 房玄齡等撰：《晉書・帝紀第一》，卷一，頁二十。

78 羅貫中：《三國演義》，頁五八八。

79 羅貫中：《三國演義》，頁五八八—五八九。

80 房玄齡等撰：《晉書・帝紀第一》，卷一，頁二十。

81 《晉書》：「遷爲軍司馬，言於魏武曰：『昔箕子陳謀，以食爲首。今天下不耕者蓋二十餘萬，非經國遠籌也。雖戎甲未卷，自宜且耕且守。』魏武納之，於是務農積穀，國用豐贍。」房玄齡等撰：《晉書・帝紀第一》，卷一，頁二。

82 《晉書》：「從討張魯，言於魏武曰：『劉備以詐力虜劉璋，蜀人未附而遠爭江陵，此機不可失也。今若曜威漢中，益州震動，進兵臨之，勢必瓦解。因此之勢，易爲功力。聖人不能違時，亦不失時矣。』魏武曰：『人苦無足，既得隴右，復欲得蜀！』言竟不從。」房玄齡等撰：《晉書・帝紀第一》，卷一，頁二。

> 曹操已得東川。主簿司馬懿進曰：「劉備以詐力取劉璋、蜀人尚未歸心。今主公已得漢中，益州震動。可速進兵攻之，勢必瓦解。知者貴於乘時，時不可失也。」曹操歎曰：「人苦不知足，既得隴，復望蜀耶？」[83]

《演義》第七十三回在劉備自立漢中王後，增加一段歷史想像，即曹操與群臣商議對策，司馬懿曾提出建言。載道：

> 操喜問曰：「仲達有何高見？」懿曰：「江東孫權以妹嫁劉備，而又乘間竊取回去，劉備又據占荊州不還，彼此俱有切齒之恨。今可差一舌辯之士，齎書往說孫權，使興兵取荊州，劉備必發兩川之兵來救荊州。那時大王興兵去取漢川，令劉備首尾不能相救，勢必危矣。」[84]

司馬懿認爲阻撓劉備在益州、漢中擴張勢力，最好的方式便是製造荊州問題，利用孫、劉在荊州問題的矛盾，只消派人遊說孫權奪南郡，劉備自會分兵守荊州，曹操便可伺機取漢中。《演義》藉此彰顯司馬懿善於謀略。此外，亦描述司馬懿勸曹操順孫權之意見篡漢。[85]

司馬懿曾對荊州問題獻策，勸曹操勿用胡修、傅方，可惜未獲採納，後果未如司馬懿所料。86當關羽水淹七軍，降于禁，斬龐德，包圍樊城之際，司馬懿勸曹操勿遷都。87《演義》七十五回亦載此事。88此外，司馬懿亦曾建議曹操勿遷徙荊州百姓。89當吳蜀因荊州問題交惡，孫權派人將關羽人頭送予曹操，《演義》增加一段想像情節，七十七回載道：

> 時操從摩陂班師回洛陽，聞東吳送關公首級至，喜曰：「雲長已死，吾夜眠貼席矣。」階下一人出曰：「此乃東吳移禍之計也。」操視之：乃主簿司馬懿

83 羅貫中：《三國演義》，頁四三七。

84 羅貫中：《三國演義》，頁四七四。

85 《晉書》：「權遣使乞降，上表稱臣，陳說天命。魏武帝曰：『此兒欲踞吾著爐炭上邪！』答曰：『漢運垂終，殿下十分天下而有其九，以服事之。權之稱臣，天人之意也。虞、夏、殷、周不以謙讓者，畏天知命也。』」房玄齡等撰：《晉書．帝紀第一》，卷一，頁二。

86 《晉書》：「帝又言荊州刺史胡修粗暴，南鄉太守傅方驕奢，並不可居邊。魏武不之察。及蜀將關羽圍曹仁於樊，于禁等七軍皆沒，修、方果降羽，而仁圍甚急焉。」房玄齡等撰：《晉書．帝紀第一》，卷一，頁二—三。

87 房玄齡等撰：《晉書．帝紀第一》，卷一，頁三。

88 羅貫中：《三國演義》，頁四八五。

89 房玄齡等撰：《晉書．帝紀第一》，卷一，頁三。

也。操問其故，懿曰：「昔劉、關、張三人桃園結義之時，誓同生死。今東吳害了關公，懼其復讎，故將首級獻與大王，使劉備遷怒大王，不攻吳而攻魏，他卻於中乘便而圖事耳。」[90]

足見司馬懿深諳孫權欲轉移難題，造成蜀魏衝突的詭計，請曹操防範之。

綜合上述，司馬懿對朝政積極建言，勤勞國事，降低曹操的猜忌。《晉書》云：「帝於是勤於吏職，夜以忘寢，至於芻牧之間，悉皆臨履，由是魏武意遂安。」[91]此外有一點也很重要，必須謹慎行事，避免被抓到把柄。

第二件則是交好太子曹丕，一旦受猜忌，曹丕可為他護航。《晉書》載：「魏國既建，遷太子中庶子。每與大謀，輒有奇策，為太子所信重，與陳群、吳質、朱鑠號曰四友。」[92]因司馬懿常為曹丕謀劃，深受倚重，故當曹操提醒曹丕留意時，「太子素與帝善，每相全佑，故免。」[93]

司馬懿處曹操當政時期，是他為官最大考驗，《演義》增加兩處歷史想像情節。《晉書》記載「魏武察帝有雄豪志，聞有狼顧相，欲驗之。乃召使前行，令反顧，面正向後而身不動。又嘗夢三馬同食一槽，甚惡焉。因謂太子丕曰：『司馬懿非人臣也，必預汝家司馬懿。

事。』」其中，對曹操夢三馬同食一槽，《晉書》寫道曹操「甚惡焉」，甚至請曹丕得防備

《演義》七十八回進一步加上後續情節。載道：

操病勢轉加。忽一夜夢三馬同槽而食，及曉，問賈詡曰：「孤向日曾夢三馬同槽，疑是馬騰父子為禍；今騰已死，昨宵復夢三馬同槽。主何吉凶？」詡曰：「祿馬吉兆也。祿馬歸於曹，主上何必疑乎？」操因此不疑。94

《晉書》僅寫道曹操對此夢的嫌惡，並請曹丕防備，但依曹操猜忌的性格，豈不於死前便除掉司馬懿，免生禍患。《演義》為此提出解答，因賈詡的解夢，讓曹操釋疑。

90 羅貫中：《三國演義》，頁四九八。
91 房玄齡等撰：《晉書‧帝紀第一》，卷一，頁二十。
92 房玄齡等撰：《晉書‧帝紀第一》，卷一，頁二。
93 房玄齡等撰：《晉書‧帝紀第一》，卷一，頁二十。
94 羅貫中：《三國演義》，頁五〇四。

既然惡夢已化解，加上司馬懿勤勉爲官，且無任何差池，曹操自然無理由懷疑，因此《演義》增加曹操臨終交代後事的情節，司馬懿亦在其列。七十八回載道：「操召曹洪、陳群、賈詡、司馬懿等，同至臥榻前，囑以後事。」[95]這兩段情節增補非常重要，既解釋爲何曹操生前未除掉司馬懿，又突顯司馬懿善於明哲保身。

曹丕即帝位，司馬懿安心不少，但仍盡心輔主。對內，在國喪期間，妥善處理武帝後事，安定人心。對外，當東吳擊敗關羽，朝臣認爲孫權恐趁此攻下襄、樊，此時二城糧食不足，難以禦敵，建議調回曹仁。然司馬懿衡量整個情勢，獨排眾議，認爲此時孫權得罪蜀漢，希望與曹魏友好，不會攻打二城。可惜曹丕不聽，曹仁回許都時燒毀二城，果如司馬懿所料，孫權並未前來。[96]此外，司馬懿深受曹丕信任，除肩負率軍重任，當曹丕出巡、出征時，司馬懿便留守許昌，安撫百姓，供給軍資。《晉書》載：「五年，天子南巡，觀兵吳疆。帝留鎮許昌。」[97]又：「六年，天子復大興舟師征吳，復命帝居守，內鎮百姓，外供軍資。臨行，詔曰：『吾深以後事爲念，故以委卿。曹參雖有戰功，而蕭何爲重。使吾無西顧之憂，不亦可乎！』天子……詔帝曰：『吾東，撫軍當總西事；吾西，撫軍當總東事。』」[98]當曹丕考察東吳軍情，留司馬懿守許都，可見出曹丕對司馬懿充分信任。

曹丕當政期間，劉備病逝白帝城，正史未有隻字片語言及曹魏動向。《演義》透過歷史想像虛構以下合理情節，曹丕欲趁蜀漢國喪發動攻擊，司馬懿無中生有，巧生五十萬大軍。

八十五回載道：

曹丕大喜曰：「劉備已亡，朕無憂矣。何不乘其國中無主，起兵伐之？」……忽一人從班部中奮然而出曰：「不乘此時進兵，更待何時？」眾視之，乃司馬懿也。丕大喜，遂問計於懿。懿曰：「若只起中國之兵，急難取勝。須用五路大兵，四面夾攻，令諸葛亮首尾不能救應，然後可圖。」丕問何五路。懿曰：「可修書一封，差使往遼東鮮卑國，見國王軻比能，賂以金帛，令起遼西羌兵十萬，先從旱路取西平關，此一路也。再修書遣使齎官誥賞賜，直入南蠻，見蠻王孟獲，令起兵十萬攻打益州、永昌、牂牁、越雋四郡，以擊西川之南，此

95 羅貫中：《三國演義》，頁五〇四。

96 《晉書》載：「會孫權帥兵西過，朝議以樊、襄陽無穀，不可以禦寇。時曹仁鎮襄陽，請召仁還宛。帝曰：『孫權新破關羽，此其欲自結之時也，必不敢為患。襄陽水陸之衝，禦寇要害，不可棄也。』言竟不從。仁遂焚棄二城，權果不為寇，魏文悔之。」房玄齡等撰：《晉書．帝紀第一》，卷一，頁三。

97 房玄齡等撰：《晉書．帝紀第一》，卷一，頁四。

98 房玄齡等撰：《晉書．帝紀第一》，卷一，頁四。

二路也。再遣使入吳修好，許以割地，令孫權起兵十萬，攻兩川峽口，徑取涪城，此三路也。又可差使至降將孟達處，起上庸兵十萬，西攻漢中，此四路也。然後命大將軍曹眞爲大都督，提兵十萬，由京兆徑出陽平關取西川，此五路也。共大兵五十萬，五路並進。諸葛亮便有呂望之才，安能當此乎？」丕大喜，隨即密遣能言官四員爲使前去；又命曹眞爲大都督，領兵十萬，徑取陽平關。[99]

司馬懿出人意表變出五路大軍，以曹魏兵力爲本，透過外交，結合鮮卑羌兵、孟獲、東吳、孟達共五十萬兵力伐蜀，此構想實在高明。雖然最終被技高一籌的諸葛亮破解，但仍不失爲高明謀略。

司馬懿雖受曹丕喜愛及信任，但仍謹愼行事且不居功。也因此更得曹丕寵信，獲任顧命大臣。《晉書》載：「及天子疾篤，帝與曹眞、陳群等見於崇華殿之南堂，並受顧命輔政。詔太子曰：『有間此三公者，愼勿疑之。』」[100]

在魏明帝曹叡時期，司馬懿仍受重用，主要負責軍事。對內曾平孟達叛亂。在孟達降魏初期，司馬懿便見出孟達反覆不可信。《晉書》載：「初，蜀將孟達之降也，魏朝遇之甚厚。帝以達言行傾巧不可任，驟諫不見聽。」[101]之後孟達果然造反。又載：「達於是連吳固蜀，潛圖中國。蜀相諸葛亮惡其反覆，又慮其為患。達與魏興太守申儀有隙，亮欲促其事，乃遣郭模詐降，過儀，因漏泄其謀。達聞其謀漏泄，將舉兵。」[102]司馬懿使緩兵之計，以書信麻痺孟達，使之鬆懈心防，再出奇不意討伐。《晉書》載：

帝恐達速發，以書喻之曰……達得書大喜，猶與不決。帝乃潛軍進討。諸將言達與二賊交構，宜觀望而後動。帝曰：「達無信義，此其相疑之時也，當及其未定促決之。」乃倍道兼行，八日到其城下。吳、蜀各遣其將向西城安橋、木闌塞以救達，帝分諸將以距之。[103]

司馬懿先以緩兵之計牽制孟達，並預派部將對付吳、蜀軍，再以速戰速決的方式，趁吳、蜀軍尚未到達之際，擊退孟達。《晉書》載：「帝渡水，破其柵，直造城下。八道攻之，旬有

99 羅貫中：《三國演義》，頁五四七—五四八。

100 房玄齡等撰：《晉書．帝紀第一》，卷一，頁四。

101 房玄齡等撰：《晉書．帝紀第一》，卷一，頁五。

102 房玄齡等撰：《晉書．帝紀第一》，卷一，頁五。

103 房玄齡等撰：《晉書．帝紀第一》，卷一，頁五。

六日，達甥鄧賢、將李輔等開門出降。斬達，傳首京師。俘獲萬餘人，振旅還於宛。」104至於對外戰役，司馬懿敗孫吳軍、抗禦蜀漢、平公孫淵，戰功彪炳。司馬懿受命擔綱抵禦諸葛亮北伐的重任，明帝曾對司馬懿說：「西方有事，非君莫可付者。」105足見對他的倚重。明帝太和四年，司馬懿任大將軍加大都督，與曹眞共同伐蜀，僅攻下新豐縣，後遇雨回朝。106太和五年，諸葛亮出兵祁山，《晉書》載：「乃使帝西屯長安，都督雍、梁二州諸軍事，統車騎將軍張郃、後將軍費曜、征蜀護軍戴淩、雍州刺史郭淮等討亮。」107關於司馬懿禦蜀戰略及過程，第一回合，諸葛聞魏軍將至，擬率眾將芟上邽之麥，但因司馬懿軍速至，諸葛遂退兵。《晉書》載：

> 張郃勸帝分軍住雍、郿爲後鎮，帝曰：「料前軍獨能當之者，將軍言是也。若不能當，而分爲前後，此楚之三軍所以爲黥布禽也。」遂進軍隃麋。亮聞大軍且至，乃自帥眾將芟上邽之麥。諸將皆懼，帝曰：「亮慮多決少，必安營自固，然後芟麥，吾得二日兼行足矣。」於是卷甲晨夜赴之，亮望塵而遁。帝曰：「吾倍道疲勞，此曉兵者之所貪也。亮不敢據渭水，此易與耳。」108

第二回合，雙方在漢陽交戰。「進次漢陽，與亮相遇，帝列陣以待之。使將牛金輕騎餌之，兵才接而亮退。」[109]第三回合雙方在祁山交戰，司馬懿大破蜀軍，俘斬一萬餘人。「追至祁山。亮屯鹵城，據南、北二山，斷水爲重圍。帝攻拔其圍，亮宵遁，追擊破之，俘斬萬計。」[110]

之後，杜襲、薛悌建議防備蜀軍出隴西奪麥，司馬懿判斷諸葛因前次出師不利，若再出兵必採隴東野戰；若不出兵，必三年積糧備戰，隴西不足憂。《晉書》載：

時軍師杜襲、督軍薛悌皆言明年麥熟，亮必爲寇，隴右無穀，宜及冬豫運。帝曰：「亮再出祁山，一攻陳倉，挫衄而反。縱其後出，不復攻城，當求野戰，必在隴東，不在西也。亮每以糧少爲恨，歸必積穀，以吾料之，非三稔不能動

104 房玄齡等撰：《晉書．帝紀第一》，卷一，頁五—六。
105 房玄齡等撰：《晉書．帝紀第一》，卷一，頁六。
106 房玄齡等撰：《晉書．帝紀第一》，卷一，頁六。
107 房玄齡等撰：《晉書．帝紀第一》，卷一，頁六—七。
108 房玄齡等撰：《晉書．帝紀第一》，卷一，頁七。
109 房玄齡等撰：《晉書．帝紀第一》，卷一，頁七。
110 房玄齡等撰：《晉書．帝紀第一》，卷一，頁七。

矣。」於是表徙冀州農夫佃上邽，興京兆、天水、南安監冶。111

既無需擔憂蜀軍來犯，便可安心耕種興利，厚實國本。司馬懿上奏遷徙冀州農民至上邽耕種，並於京兆、天水、南安三地設掌管冶鐵的官員。

明帝青龍二年，諸葛率十餘萬將士出斜谷，在郿之渭水南原駐紮。「天子憂之，遣征蜀護軍秦朗督步騎二萬，受帝節度。」112司馬懿獨排眾議於渭水南方紮營，並判斷諸葛若敢大膽用兵，則當出武功，駐軍山的東邊；若用兵保守，則當結營於五丈原。《晉書》載：

> 諸將欲住渭北以待之，帝曰：「百姓積聚皆在渭南，此必爭之地也。」遂引軍而濟，背水爲壘。因謂諸將曰：「亮若勇者，當出武功，依山而東。若西上五丈原，則諸軍無事矣。」亮果上原，將北渡渭，帝遣將軍周當屯陽遂以餌之。113

司馬懿又據諸葛不出兵陽遂，判斷諸葛用兵極保守。《晉書》又載：

> 數日，亮不動。帝曰：「亮欲爭原而不向陽遂，此意可知也。」遣將軍胡遵、雍州刺史郭淮共備陽遂，與亮會於積石。臨原而戰，亮不得進，還於五丈原。

> 會有長星墜亮之壘，帝知其必敗，遣奇兵掎亮之後，斬五百餘級，獲生口千餘，降者六百餘人。[114]

《晉書》又載道：「帝弟孚書問軍事，帝復書曰：『亮志大而不見機，多謀而少決，好兵而無權，雖提卒十萬，已墮吾畫中，破之必矣。』與之對壘百餘日，會亮病卒。」[115] 司馬懿認爲蜀軍遠到，糧草不足，利在速戰，而魏軍以逸代勞，糧食充足，利在緩守。司馬懿發揮忍耐功力，堅守不出，拖垮蜀軍，斬五百餘兵士。《晉書》載：

> 時朝廷以亮僑軍遠寇，利在急戰，每命帝持重，以候其變。亮數挑戰，帝不出，因遺帝巾幗婦人之飾。帝怒，表請決戰，天子不許，乃遣骨鯁臣衛尉辛毗杖節爲軍師以制之。後亮復來挑戰，帝將出兵以應之，毗杖節立軍門，帝乃

111 房玄齡等撰：《晉書．帝紀第一》，卷一，頁七。
112 房玄齡等撰：《晉書．帝紀第一》，卷一，頁七—八。
113 房玄齡等撰：《晉書．帝紀第一》，卷一，頁八。
114 房玄齡等撰：《晉書．帝紀第一》，卷一，頁八。
115 房玄齡等撰：《晉書．帝紀第一》，卷一，頁八。

止。[116]

綜觀兩人對決，除第二回合祁山之役，諸葛大敗外，其餘均爲僵持態式，足見司馬懿亦爲軍事奇才，阻擋諸葛北伐大業，但他對諸葛卻是衷心佩服。

至於平公孫淵一役，司馬懿胸有成竹，與明帝相約一年爲期。《晉書》載：

> 及遼東太守公孫文懿反，徵帝詣京師。天子曰：「此不足以勞君，事欲必克，故以相煩耳。君度其作何計？」對曰：「棄城預走，上計也。據遼水以距大軍，次計也。坐守襄平，此成擒耳。」天子曰：「其計將安出？」對曰：「惟明者能深度彼己，豫有所棄，此非其所及也。今懸軍遠征，將謂不能持久，必先距遼水而後守，此中下計也。」天子曰：「往還幾時？」對曰：「往百日，還百日，攻百日，以六十日爲休息，一年足矣。」[117]

也正因司馬懿詳細交代作戰計劃，當朝廷得知遼東遇雨，請天子召回軍隊，魏明帝表示充分信任司馬懿，並回應群臣道：「司馬公臨危制變，計日擒之矣。」[118]果然，等雨一停，司馬懿便採合圍之計，「文懿攻南圍突出，帝縱兵擊敗之，斬于梁水之上星墜之所。」[119]

相較平孟達內亂採速戰速決，遠征公孫淵卻採緩戰，司馬懿回應司馬陳珪的質疑指出：

孟達眾少而食支一年，吾將士四倍於達而糧不淹月，以一月圖一年，安可不速？以四擊一，正令半解，猶當為之。是以不計死傷，與糧競也。今賊眾我寡，賊飢我飽，水雨乃爾，功力不設，雖當促之，亦何所為。自發京師，不憂賊攻，但恐賊走。今賊糧垂盡，而圍落未合，掠其牛馬，抄其樵采，此故驅之走也。夫兵者詭道，善因事變。賊憑眾恃雨，故雖飢困，未肯束手，當示無能以安之。取小利以驚之。非計也。[120]

司馬懿用兵如神，深諳「兵者詭道，善因事變」之理。衡量敵我情勢，平孟達以兵多糧少宜

116 房玄齡等撰：《晉書・帝紀第一》，卷一，頁八。
117 房玄齡等撰：《晉書・帝紀第一》，卷一，頁四。
118 房玄齡等撰：《晉書・帝紀第一》，卷一，頁十一。
119 房玄齡等撰：《晉書・帝紀第一》，卷一，頁十一—十二。
120 房玄齡等撰：《晉書・帝紀第一》，卷一，頁十一。

速戰，打遼東以敵眾我寡，敵飢我飽，採示弱鬆懈敵軍，宜緩攻。

司馬懿亦重視內政，在青龍元年便建議興農田水利，「穿成國渠，築臨晉陂，溉田數千頃，國以充實焉。」[121]平孟達後，建議明帝重農禁奢。「乃勸農桑，禁浮費，南土悅附焉。」[122]此外，亦就邊境問題獻策。「時邊郡新附，多無戶名，魏朝欲加隱實。屬帝朝於京師，天子訪之於帝。帝對曰：『賊以密網束下，故下棄之。宜弘以大綱，則自然安樂。』」[123]此外，亦回應明帝徵詢國家大方向的軍事規劃，建議先伐東吳。《晉書》載：

> 又問二虜宜討，何者爲先？對曰：「吳以中國不習水戰，故敢散居東關。凡攻敵，必扼其喉而搗其心。夏口、東關，賊之心喉。若爲陸軍以向皖城，引權東下，爲水戰軍向夏口，乘其虛而擊之，此神兵從天而墮，破之必矣。」[124]

在公孫淵叛亂之際，明帝卻大修宮室，加上需支付大額軍費，百姓經濟負擔甚重。

> 是時大修宮室，加之以軍旅，百姓饑弊。帝將即戎，乃諫曰：「昔周公營洛邑，蕭何造未央，今宮室未備，臣之責也。然自河以北，百姓困窮，外內有役，勢不並興，宜假絕內務，以救時急。」[125]

又載：「初，魏明帝好修宮室，制度靡麗，百姓苦之。帝自遼東還，役者猶萬餘人，雕玩之物動以千計。至是皆奏罷之，節用務農，天下欣賴焉。」[126]雖然如此，正史仍記下司馬懿殘虐無道的一面。「男子年十五已上七千餘人皆殺之，以爲京觀。」[127]但另件事，不可視爲司馬懿不愛護士卒，而是他嚴守君臣之分，不僭越君權。在平公孫淵後，「時有兵士寒凍，乞襦，帝弗之與。或曰：『幸多故襦，可以賜之。』帝曰：『襦者官物，人臣無私施也。』」[128]足見其行事之謹慎。而在自己分位上，提出建言：「乃奏軍人年六十已上者罷遣千餘人，將吏從軍死亡者致喪還家。遂班師。」[129]

明帝病危時，司馬懿正率軍在外，明帝三日急下五詔書召回，再次任顧命大臣。

121 房玄齡等撰：《晉書・帝紀第一》，卷一，頁七。
122 房玄齡等撰：《晉書・帝紀第一》，卷一，頁十。
123 房玄齡等撰：《晉書・帝紀第一》，卷一，頁六。
124 房玄齡等撰：《晉書・帝紀第一》，卷一，頁六。
125 房玄齡等撰：《晉書・帝紀第一》，卷一，頁十。
126 房玄齡等撰：《晉書・帝紀第一》，卷一，頁十三—十四。
127 房玄齡等撰：《晉書・帝紀第一》，卷一，頁十二。
128 房玄齡等撰：《晉書・帝紀第一》，卷一，頁十二。
129 房玄齡等撰：《晉書・帝紀第一》，卷一，頁十二。

帝大遽，乃乘追鋒車晝夜兼行，自白屋四百餘里，一宿而至。引入嘉福殿臥內，升御床。帝流涕問疾，天子執帝手，目齊王曰：「以後事相託。死乃復可忍，吾忍死待君，得相見，無所復恨矣。」與大將軍曹爽並受遺詔輔少主。[130]

到了齊王曹芳時期，身爲四朝元老，司馬懿仍盡忠國事。對內，輔佐內政，興農田水利。分別於三年上奏「穿廣漕渠，引河入汴，溉東南諸陂，始大佃於淮北。」[131] 四年「帝以滅賊之要，在於積穀，乃大興屯守，廣開淮陽、百尺二渠，又修諸陂於潁之南北，萬餘頃。自是淮北倉庾相望，壽陽至於京師，農官屯兵連屬焉。」[132] 對外，屢破吳軍，曾連番退諸葛恪進兵。《晉書》載：

先是，吳遣將諸葛恪屯皖，邊鄙苦之，帝欲自擊恪。議者多以賊據堅城，積穀，欲引致官兵。今懸軍遠攻，其救必至，進退不易，未見其便。帝曰：「賊之所長者水也，今攻其城，以觀其變。若用其所長，棄城奔走，此爲廟勝也。若敢固守，湖水冬淺，船不得行，勢必棄水相救，由其所短，亦吾利也。」[133]

又：「四年秋九月，帝督諸軍擊諸葛恪，車駕送出津陽門。軍次於舒，恪焚燒積聚，棄城而遁。」[134]

齊王芳時，司馬懿與曹爽間發生激烈鬥爭。曹爽與司馬懿同為顧命大臣，曹爽為曹氏宗親，年紀較輕，智謀、膽識遠下於司馬懿，但卻為周圍何晏、鄧颺、丁謐等文士所蒙蔽。先架空司馬懿，其後在鄧颺、李勝等慫恿下，欲藉伐蜀建功，樹立國內威望，可惜數次出兵，皆無功而返。隨後又將太后遷於永寧宮，兄弟倆專擅朝政，掌握兵權。《晉書》載：「爽欲使尚書奏事先由己，……乃以帝為太傅。」[135]「尚書鄧颺、李勝等欲令曹爽建立功名，勸使伐蜀。帝止之，不可，爽果無功而還。」[136]「六年……曹爽毀中壘中堅營，以兵屬其弟中領軍羲。帝以先帝舊制禁之，不可。」[137]「七年春正月，吳寇柤中，夷夏萬餘家避寇北渡

130 房玄齡等撰：《晉書・帝紀第一》，卷一，頁十三。
131 房玄齡等撰：《晉書・帝紀第一》，卷一，頁十四。
132 房玄齡等撰：《晉書・帝紀第一》，卷一，頁十五。
133 房玄齡等撰：《晉書・帝紀第一》，卷一，頁十五。
134 房玄齡等撰：《晉書・帝紀第一》，卷一，頁十五。
135 房玄齡等撰：《晉書・帝紀第一》，卷一，頁十三。
136 房玄齡等撰：《晉書・帝紀第一》，卷一，頁十六。
137 房玄齡等撰：《晉書・帝紀第一》，卷一，頁十六。

沔。帝以沔南近賊，若百姓奔還，必復致寇，宜權留之。……爽不從，卒令還南。賊果襲破柤中，所失萬計。」[138]「曹爽用何晏、鄧颺、丁謐之謀，遷太后於永寧宮，專擅朝政，兄弟並典禁兵，多樹親黨，屢改制度。帝不能禁，於是與爽有隙。五月，帝稱疾不與政事。時人爲之謠曰：『何、鄧、丁，亂京城。』」[139]

面對曹爽集團爲所欲爲，司馬懿按兵不動。當時曹爽兄弟唯一忌憚司馬懿，但司馬懿稱病不出。《晉書》載：「爽、晏謂帝疾篤，遂有無君之心，與當密謀，圖危社稷，期有日矣。帝亦潛爲之備。」[140] 曹爽集團以司馬懿病重，遂起不臣之心，司馬懿亦私下布局。

曹爽徒眾仍不放心司馬懿，仍存戒心，遂派李勝至太傅府探查虛實，但卻被司馬懿精湛演技所蒙騙。《晉書》載：

> 爽之徒屬亦頗疑帝，會河南尹李勝將莅荊州，來候帝。帝詐疾篤，使兩婢侍，持衣衣落，指口言渴，婢進粥，帝不持杯飲，粥皆流出霑胸。勝曰：「眾情謂明公舊風發動，何意尊體乃爾！」帝使聲氣纔屬，說「年老枕疾，死在旦夕。君當屈并州，并州近胡，善爲之備。恐不復相見，以子師、昭兄弟爲託。」勝曰：「當還忝本州，非并州。」帝乃錯亂其辭曰：「君方到并州。」勝復曰：「當忝荊州。」帝曰：「年老意荒，不解君言。今還爲本州，盛德壯烈，好建

功勳！」勝退告爽曰：「司馬公屍居餘氣，形神已離，不足慮矣。」他日，又言曰：「太傅不可復濟，令人愴然。」故爽等不復設備。141

《演義》亦據此加上情節想像，編寫經典名劇「詐病騙曹爽」。

當曹爽完全卸下心防後，便策劃與齊王芳至高平陵田獵。《晉書》載：

> 天子謁高平陵，爽兄弟皆從。……帝於是奏永寧太后廢爽兄弟。……大司農桓範出赴爽，蔣濟言於帝曰：「智囊往矣。」帝曰：「爽與範內疏而智不及，駑馬戀短豆，必不能用也。」於是假司徒高柔節，行大將軍事，領爽營，謂柔曰：「君爲周勃矣。」命太僕王觀行中領軍，攝羲營。帝親帥太尉蔣濟等勒兵出迎天子，屯於洛水浮橋，上奏曰：……爽不通奏，留車駕宿伊水南，伐樹爲鹿角，發屯兵數千人以守。桓範果勸爽奉天子幸許昌，移檄徵天下兵。爽不

138 房玄齡等撰：《晉書．帝紀第一》，卷一，頁十六。
139 房玄齡等撰：《晉書．帝紀第一》，卷一，頁十六。
140 房玄齡等撰：《晉書．帝紀第一》，卷一，頁十六。
141 房玄齡等撰：《晉書．帝紀第一》，卷一，頁十六—十七。

> 能用，而夜遣侍中許允、尚書陳泰詣帝，觀望風旨。帝數其過失，事止免官。泰還以報爽，勸之通奏。帝又遣爽所信殿中校尉尹大目諭爽，指洛水爲誓，爽意信之。桓範等援引古今，諫說萬端。終不能從，乃曰：「司馬公正當欲奪吾權耳。吾得以侯還第，不失爲富家翁。」範拊膺曰：「坐卿，滅吾族矣！」遂通帝奏。既而有司劾黃門張當，並發爽與何晏等反事，乃收爽兄弟及其黨與何晏、丁謐、鄧颺、畢軌、李勝、桓範等誅之。蔣濟曰：「曹眞之勳，不可以不祀。」帝不聽。[142]

整個政變過程，驚心動魄。曹爽疏於防備在先，又不能聽智囊桓範建議奉天子至許都，選擇投降司馬懿，保護家業。無怪陳壽評曰：「爽德薄位尊，沈溺盈溢，此固《大易》所著，道家所忌也。」[143]

由司馬懿高平陵事件扳倒曹爽後，誅殺曹爽兄弟及黨羽的殘忍行徑，足見其忌刻無情。司馬懿與曹操皆善猜忌，均爲內忌外寬之人。《晉書》描述：「內忌而外寬，猜忌多權變。」[144] 曹操對付反對者不手軟，孔融、禰衡、崔琰、荀彧、楊修均因未完全支持曹操而遇害。另一件誅王淩事件再次印證司馬懿對政敵的殘忍。《晉書》載：

> 兗州刺史令狐愚、太尉王淩貳於帝，謀立楚王彪。三年春正月王淩詐言吳人塞涂水，請發兵以討之。帝潛知其計，不聽。帝自帥中軍，汎舟沿流，九日而到甘城。淩計無所出，乃迎於武丘，面縛水次，曰：「淩若有罪，公當折簡召淩，何苦自來邪！」帝曰：「以君非折簡之客故耳。」即以淩歸于京師。道經賈逵廟，淩呼曰：「賈梁道！王淩是大魏之忠臣，惟爾有神知之。」至項，仰鴆而死。收其餘黨，皆夷三族，并殺彪。悉錄魏諸王公置于鄴，命有司監察，不得交關。145

高平陵事件後，司馬懿獨掌大權，齊王芳完全爲司馬懿所操控。王淩反對司馬懿，爲對抗其專擅，遂謀擁立楚王彪。老謀深算的司馬懿，深知王淩出此策是爲對付自己，但他以王淩謀易君之舉，嚴治王淩不臣之心。即便王淩已自裁，但司馬懿仍不放過，夷誅三族。王淩忠魏之心可表，謀易君之舉不智，反爲司馬懿找到除掉政敵的借口。

142 房玄齡等撰：《晉書・帝紀第一》，卷一，頁十七—十八。
143 陳壽撰，裴松之注：《三國志・曹爽傳》，卷九，頁三〇五。
144 房玄齡等撰：《晉書・帝紀第一》，卷一，頁一。
145 房玄齡等撰：《晉書・帝紀第一》，卷一，頁十九。

司馬懿再怎樣呼風喚雨，也抵不過死神召喚。但他早已預作安排，「先是，預作終制，於首陽山爲土藏，不墳不樹。作〈顧命〉三篇，斂以時服，不設明器，後終者不得合葬。一如遺命。」146 遺命指示從儉，「土藏，不墳不樹……斂以時服，不設明器」，與曹操遺願相近。曹操遺令：「天下尚未安定，未得遵古也。葬畢，皆除服。其將兵屯戍者，皆不得離屯部。有司各率乃職。斂以時服，無藏金玉珍寶。」147 不同的是，司馬懿作〈顧命〉三篇，表示自己如周公輔政，未有不臣之心。

《演義》對司馬懿晚年，僅於第一〇六回、一〇七回著墨司馬懿詐病騙曹爽及除掉曹爽勢力，增加些想像情節。對司馬懿之死卻未多著墨，僅於一〇八回載道：

> 至嘉平三年秋八月，司馬懿染病，漸漸沈重，乃喚二子至榻前囑曰：「吾事魏歷年，官授太傅，人臣之位極矣。人皆疑吾有異志，吾嘗懷恐懼。吾死之後，汝二人善理國政。愼之！愼之！」言訖而亡。148

這段想像情節，司馬懿表達他一生忠心曹魏，並以此勉勵二子。後人所見便是司馬懿一生皆未有不臣之心。

司馬懿在世時，對朝廷封賞一概不受。當曹丕給予厚賞升遷，司馬懿堅辭不受。《晉書》載：「改封向鄉侯，轉撫軍、假節，領兵五千，加給事中、錄尙書事。帝固辭。天子曰：『吾於庶事，以夜繼晝，無須臾寧息。此非以爲榮，乃分憂耳。』」[149] 齊王芳初即位，朝廷加封司馬家子弟，但司馬懿固讓不受。齊王芳二年，因司馬懿伐東吳有功，給予司馬懿及子弟厚賞晉爵。《晉書》載：

增封食鄢、臨潁，并前四縣，邑萬户，子弟十一人皆爲列侯。帝勳德日盛，而謙恭愈甚。以太常常林鄉邑舊齒，見之每拜。恆戒子弟曰：「盛滿者道家之所忌，四時猶有推移，吾何德以堪之。損之又損之，庶可以免乎！」[150]

齊王芳於高平陵事件後，畏懼其勢力，厚賞司馬懿：

146 房玄齡等撰：《晉書・帝紀第一》，卷一，頁二十一。
147 陳壽撰，裴松之注：《三國志・武帝紀》，卷一，頁五十三。
148 羅貫中：《三國演義》，頁五〇四。
149 房玄齡等撰：《晉書・帝紀第一》，卷一，頁四。
150 房玄齡等撰：《晉書・帝紀第一》，卷一，頁十四。

天子以帝為丞相，……固讓丞相。加九錫之禮，朝會不拜。固讓九錫。天子又使兼大鴻臚、太僕庾嶷持節，策命帝為相國，封安平郡公，孫及兄子各一人為列侯，前後食邑五萬户，侯者十九人。固讓相國、郡公不受。151

多年來司馬懿一味固辭封賞，雖非出於眞心，但做做樣子，倒也得到表面好名聲，然而歷史會證明一切，司馬懿終究不同於諸葛亮忠心朗朗。但司馬懿能忍耐這麼長時間，足見其過人的自我克制力，甚至超過曹操。吾人可以賢人、君子稱諸葛亮，司馬懿忍人所不能忍，亦為一代雄豪。

綜觀司馬懿一生，他瞧不起曹操，唯一佩服奇才諸葛亮。身處亂世，他也在等待發揮長才的機會，然因曹操威逼，無奈加入曹魏集團。既然命運已定，他憑藉智謀及卓越長才，讓自己在黑暗政治中生存，躲過曹操的威脅，深受曹丕、曹睿、齊王芳倚重。除了有機會與曹魏集團優秀人才共事，更遇到當世奇才諸葛亮。他善於轉被動為主動，為自己創造機會，他善於演戲、包裝，能沉住氣，終其一生，維持忠君愛國、勤奮節儉、謙和不居功的完美形象，經過兩代長期耕耘，最終建立司馬氏的天下。

司馬懿這番忍功，實非一般人所能及，即便花了這麼大心力，仍難逃被揭穿的命運，曹操識破在前，王淩揭穿在後，更遭受後人嚴厲批評。尤其與諸葛相較，眞僞、高下立判。

張大可評論司馬懿道：「司馬懿善於審時度勢，他以擁護曹氏父子代漢而發跡於政治舞臺，又傾全力與太子曹丕為友，把目標放在長遠的未來。……司馬氏祖孫三代挾曹魏三少帝，經營了西晉基業。」[152]「漢、魏、晉的相繼禪代，恰似螳螂捕蟬，黃雀在後，這種以權詐取政權的世風影響了宋、齊、梁、陳，可謂深遠。」[153]此評論極中肯。

151 房玄齡等撰：《晉書・帝紀第一》，卷一，頁十八—十九。
152 張大可：《三國史研究》，頁三九五。
153 張大可：《三國史研究》，頁三九五—三九六。

第五章
三國智意家的理解與想像

本章關注三國時期「智意家」者流，以郭嘉、法正爲代表。「智意家」一詞出自劉劭《人物志》，〈流業〉云：「思通道化，策謀奇妙，是謂術家，范蠡、張良是也。……術家之流，不能創制垂則，而能遭變用權，權智有餘，公正不足，是謂智意，陳平、韓安國是也。」[1]又云：「凡此八業，皆以三材爲本。故雖波流分別，皆爲經事之材也。」[2]「智意之材，冢宰之佐也。」[3]

智意家層級略遜術家，但智意家與術家皆爲「經事之材」，即經邦治國的人才。術家通透人情事理，思慮深遠，謀略高妙，能創立法則，流傳後世。智意家本於功利而非正道，善於權變，善爲人主解決難題。智意家適合成爲行政單位的副首長，等同現今一級部會的次長。

以劉劭所舉代表人物來看，范蠡與張良，思慮合於大道，見識深遠，爲越國救亡圖存及劉邦爭天下、定天下提供可長可久的謀略。而陳平與韓安國（字長孺），善出奇計解危，韓安國於漢景帝時期爲梁孝王出謀劃策，解除危難。至於陳平，歷經高祖、呂后及文帝時期，除剛加入時遭受讒言，之後未曾再受猜忌，官位也逐步高升，從謀士到左丞相，再升至右丞相。就他的事功來看，曾以離間計離間項羽、范增君臣，再趁夜從滎陽東門放出二千身披鎧甲的女子，楚兵立刻從四面攻擊。並獻策於呂后於長樂宮鐘室擒韓信，並用奇計助高祖突破匈奴之圍。

智意家除善出奇計，行不軌於正義外，尚有一特點，非常世故，善察人主之意，並善於自保，在世時，深受人主寵愛、倚重，他們對人主也格外盡力，屢建功勞，故能常受封賞，終其一生，掌握權力，盡享富貴榮華。本章所探討的兩位人物郭嘉與法正，便屬此類人材，以下將進一步介紹。

第一節　受曹操寵信的郭嘉

郭嘉在謀士如雲的曹營，顯得格外耀眼。可惜在事業如日中天之際，卻於三十八歲因病離世。曹操不僅臨喪甚哀，甚至赤壁戰敗，仍想到郭嘉。〈郭嘉傳〉記載：「後太祖征荊州還，於巴丘遇疾疫，燒船，歎曰：『郭奉孝在，不使孤至此。』」[4]裴注引《傅子》曰：「太祖又云：『哀哉奉孝！痛哉奉孝！惜哉奉孝！』」[5]

1 劉劭撰，蔡崇名校注：《人物志》，頁八十八－八十九、九十六。

2 劉劭撰，蔡崇名校注：《人物志》，頁一〇一。

3 劉劭撰，蔡崇名校注：《人物志》，頁一〇七。

4 陳壽撰，裴松之注：《三國志（一）》，卷十四，頁四三五。

5 陳壽撰，裴松之注：《三國志（一）》，卷十四，頁四三六。

郭嘉爲潁川陽翟人。《演義》介紹郭嘉出場是在第十回，載道：「昱謂荀彧曰：『某孤陋寡聞，不足當公之薦。公之鄉人姓郭，名嘉，字奉孝，乃當今賢士，何不羅而致之？』彧猛省曰：『吾幾忘卻！』遂啓操徵聘郭嘉到兗州，共論天下之事。」6 依上述是程昱向荀彧推薦郭嘉，再由荀彧向曹操推薦。僅憑這段文字，易誤以爲郭嘉第一份差事是在曹營。

但〈郭嘉傳〉對郭嘉有更深入記載：

初，北見袁紹，謂紹謀臣辛評、郭圖曰：「夫智者審于量主，故百舉百全而功名可立也。袁公徒欲效周公之下士，而未知用人之機。多端寡要，好謀無決，欲與共濟天下大難，定霸王之業，難矣！」於是遂去之。先是時，潁川戲志才，籌畫士也，太祖甚器之。早卒。太祖與荀彧書曰：「自志才亡後，莫可與計事者。汝、潁固多奇士，誰可以繼之？」彧薦嘉。召見，論天下事。太祖曰：「使孤成大業者，必此人也。」嘉出，亦喜曰：「眞吾主也。」表爲司空軍祭酒。7

第十四回記載曹操封郭嘉爲司馬祭酒，載道：「操自封爲大將軍武平侯，以荀彧爲侍中尚書令，荀攸爲軍師，郭嘉爲司馬祭酒。……自此大權皆歸於曹操。朝廷大務，先稟曹操，然後方奏天子。」8

這對記載可補充《演義》未言的部分，其一，郭嘉和荀彧一樣，初投袁紹。其二，郭嘉較辛評、郭圖能擇明主而事。其三，郭嘉對袁紹有深入瞭解，發覺袁紹非能成事之明主，公允指出袁紹不能知人用人及多謀寡斷的限制。其四，荀彧是在曹操主動詢問誰可代替戲志才的情況下推薦郭嘉。其五，郭嘉與曹操一見如故，主臣相得。

關於郭嘉與曹操相契無間，有幾個關鍵：一、郭嘉性情與曹操相近。二、郭嘉全心全意輔佐曹操。三、郭嘉深知曹操，能貼合上意。四、郭嘉較其他謀士年輕，曹操冀望郭嘉能輔佐繼位者。

關於第一點，〈郭嘉傳〉指出：「陳群非嘉不治行檢，數廷訴嘉，嘉意自若，太祖愈益重之，然以群能持正，亦悅焉。」9「不治行檢」該如何理解？行檢是就品行上說，至於那些言行在陳群看來算「不治行檢」，陳壽並未說明，但可透過以下兩段文字說明。陳壽曾將

6 羅貫中：《三國演義》，頁六十一。
7 陳壽撰，裴松之注：《三國志（一）》，卷十四，頁四三一。
8 羅貫中：《三國演義》，頁八十八。
9 陳壽撰，裴松之注：《三國志（一）》，卷十四，頁四三五。

郭嘉及諸謀士與荀攸的品行相較，陳壽評：「程昱、郭嘉、董昭、劉曄、蔣濟才策謀略，世之奇士，雖清治德業，殊於荀攸，而籌畫所料，是其倫也。」[10]陳壽肯定郭嘉的長才，但認為德行不及荀攸。

裴注引《魏氏春秋》亦曾就曹營人才加以品評，載道：「《魏氏春秋》：『彧德行周備，非正道不用心，……取士不以一揆，戲志才、郭嘉等有負俗之譏，杜畿簡傲少文，皆以智策舉之，終各顯名。』」[11]荀彧德行周備，他推薦的人才極多元，戲志才、郭嘉、杜畿德行不及荀彧，但以出謀劃策見長。這三人，杜畿與戲志才、郭嘉不一類，杜畿「簡傲少文」是指性情質率孤傲，但郭嘉與戲志才皆有「負俗之譏」，則是指兩人的德行有些瑕疵。對於重視德行的陳群而言，便曾公開指責郭嘉德行有些偏差，但特別的是，郭嘉仍泰然自若。裴注引《傅子》記載：「嘉少有遠量。漢末天下將亂，自弱冠匿名跡，密交結英雋，不與俗接，故時人多莫知，惟識達者奇之。」[12]足見青年郭嘉有遠大器量，不太顧慮外界的眼光，特立獨行。這樣豁達灑脫的性情，即便遭到陳群公開指責，卻依然故我，不受影響，這樣的姿態，曹操極為欣賞，也意味著，郭嘉與曹操屬同類人，一樣豪放不羈。因此「不治行檢」、「負俗之譏」，顯然是指郭嘉疏狂不羈，不拘細謹。不宜任意詮解，羅織惡行，如好酒色或其他，既然正史未多說明，僅如此理解即可。

郭嘉全心全意輔佐曹操，這點與荀彧、孔融、崔琰這批心懷漢室的人臣不同，也不同於楊修，介入繼位者之爭。他謀略高明，又全心全力忠心輔佐曹操，故深得曹操喜愛。

郭嘉深知曹操，故能主臣相得。《韓非子．說難》便指出，人臣而言，即便能力再高，不能深知上意，得人主信任，則無法充分發揮長才。曹操曾云：「唯奉孝為能知孤意。」[13]足見二人心志相投。

更重要的是，曹操冀望郭嘉能輔佐繼位者。〈郭嘉傳〉記載曹操曾與荀攸等云：「諸君年皆孤輩也，唯奉孝最少。天下事竟，欲以後事屬之，而中年夭折，命也夫！」裴注引《傅子》曰：「太祖與荀彧書，追傷嘉曰：『郭奉孝年不滿四十，相與周旋十一年，阻險艱難，皆共罹之。又以其通達，見世事無所凝滯，欲以後事屬之，何意卒爾失之，悲痛傷心。』」[14]足見曹操以郭嘉忠心耿耿，智謀高明，年紀又輕，欲託付輔佐子孫之重任。

張大可曾言及曹操帳下謀士輩分，程昱最年長，次荀攸，再次為荀彧。又云：「程昱長

10 陳壽撰，裴松之注：《三國志（一）》，卷十四，頁四六二。
11 陳壽撰，裴松之注：《三國志（一）》，卷十，頁三一八。
12 陳壽撰，裴松之注：《三國志（一）》，卷十四，頁四三一—四三二。
13 陳壽撰，裴松之注：《三國志（一）》，卷十四，頁四三五。
14 陳壽撰，裴松之注：《三國志（一）》，卷十四，頁四三六。

操十三歲，荀攸小操兩歲，荀彧小操八歲，郭嘉小操二十五歲。」15 雖然曹操帳下，謀士如雲，但多年歲偏高，正因曹操將未來寄託在郭嘉身上，當郭嘉從柳城回許都後，病情加重，便常常探疾，特別關照郭嘉。〈郭嘉傳〉：「及薨，臨其喪，哀甚」。16

後人對郭嘉的才略非常佩服，陳壽特別強調郭嘉四出奇計。以下將正史與《演義》記載並觀，並增加一計，即十勝十敗說。

第一計，勸曹操急攻呂布：「征呂布，三戰破之，布退固守。時士卒疲倦，太祖欲引軍還，嘉說太祖急攻之，遂禽布。」17《演義》亦記載郭嘉勸曹操小心呂布有伏兵，載道：「曹操兵行至泰山險路，郭嘉曰：『且不可進，恐此處有伏兵。』曹操笑曰：『呂布無謀之輩，故教薛蘭守兗州，自往濮陽；安得此處有埋伏耶？』教曹仁領一軍圍兗州，吾進兵濮陽，速攻呂布。」18

第二計，預測孫策之死：

孫策轉鬥千里，盡有江東，聞太祖與袁紹相持於官渡，將渡江北襲許。眾聞皆懼，嘉料之曰：「策新并江東，所誅皆英豪雄傑，能得人死力者也。然策輕而無備，雖有百萬之眾，無異於獨行中原也。若刺客伏起，一人之敵耳。以吾觀之，必死於匹夫之手。」策臨江未濟，果爲許貢客所殺。19

時人、後人多讚郭嘉神算，然此實基於郭嘉對人性及情勢的深刻瞭解。

第三計，在官渡戰時，除荀彧向曹操分析袁、曹兩方的情勢外，郭嘉也提出著名的十勝十敗說。《演義》第十八回詳細記載，此實參考裴注引《傅子》的內容。[20]《演義》載郭嘉語：

> 劉項之不敵，公所知也。高祖惟智勝，項羽雖強，終為所擒。今紹有十敗，公有十勝；紹兵雖盛，不足懼也。紹繁禮多儀，公體任自然，此道勝也；紹以逆動，公以順率，此義勝也；桓、靈以來，政失於寬，紹以寬濟，公以猛糾，此治勝也；紹外寬內忌，所任多親戚，公外簡內明，用人惟才，此度勝也；紹多

15 張大可：《三國史研究》，頁二二二。

16 〈郭嘉傳〉記載：「自柳城還，疾篤，太祖問疾者交錯。」陳壽撰，裴松之注：《三國志（一）》，卷十四，頁四三五。

17 陳壽撰，裴松之注：《三國志（一）》，卷十四，頁四三一。

18 第十一回，羅貫中：《三國演義》，頁六十九。

19 陳壽撰，裴松之注：《三國志（一）》，卷十四，頁四三三。

20 陳壽撰，裴松之注：《三國志（一）》，卷十四，頁四三一。

謀少決，公得策輒行，此謀勝也；紹專收名譽，公以至誠待人，此德勝也；紹恤近忽遠，公慮無不周，此仁勝也；紹聽讒惑亂，公浸潤不行，此明勝也；紹是非混淆，公法度嚴明，此文勝也；紹好爲虛勢，不知兵要，公以少克眾，用兵如神，此武勝也。——公有此十勝，於以敗紹無難矣。[21]

第四計，官渡戰後，曹操面臨統一北方與出兵南方的抉擇。郭嘉勸曹操先南征，勿急攻袁譚、袁尚，此爲二虎競食之計。

> 從破袁紹，紹死，又從討譚、尚于黎陽，連戰數克。諸將欲乘勝遂攻之，嘉曰：「袁紹愛此二子，莫適立也。有郭圖、逄紀爲之謀臣，必交鬥其間，還相離也。急之則相持，緩之而後爭心生。不如南向荊州若征劉表者，以待其變；變成而後擊之，可一舉定也。」太祖曰：「善。」乃南征。軍至西平，譚、尚果爭冀州。[22]

第三十二回亦有相關記載：「郭嘉進曰：『袁氏廢長立幼，而兄弟之間，權力相併，各自樹黨，急之則相救，緩之則相爭，不如舉兵南向荊州，征討劉表，以候袁氏兄弟之變；變成而後擊之，可一舉而定也。』」[23]

第五計，官渡戰後，分析北方及荊州情勢，〈郭嘉傳〉載：

太祖將征袁尚及三郡烏丸，諸下多懼劉表使劉備襲許以討太祖，嘉曰：「公雖威震天下，胡恃其遠，必不設備。因其無備，卒然擊之，可破滅也。且袁紹有恩于民夷，而尚兄弟生存。今四州之民，徒以威附，德施未加，舍而南征，尚因烏丸之資，招其死主之臣，胡人一動，民夷俱應，……恐青、冀非己之有也。表，坐談客耳，自知才不足以御備，重任之則恐不能制，輕任之則備不爲用，雖虛國遠征，公無憂矣。」太祖遂行。至易，嘉言曰：「兵貴神速。今千里襲人，輜重多，難以趣利，且彼聞之，必爲備；不如留輜重，輕兵兼道以出，掩其不意。」太祖乃密出盧龍塞，直指單于庭。[24]

21 第十八回，羅貫中：《三國演義》，頁一一八。
22 陳壽撰，裴松之注：《三國志（一）》，卷十四，頁四三四。
23 羅貫中：《三國演義》，頁二〇七。
24 陳壽撰，裴松之注：《三國志（一）》，卷十四，頁四三四—四三五。

郭嘉分析，安定北方是重要且優先的大事，劉表器識不足，定不會派劉備襲許都；至於北方，因袁紹有恩澤於民，加上袁尚結合烏桓勢力，宜出其不意，一舉攻下北方。

第三十三回亦有相關記載：「問郭嘉，嘉曰：『可使袁氏降將焦觸、張南等自攻之。』操用其言，隨差焦觸、張南、呂曠、呂翔、馬延、張顗，各引本部兵，分三路進攻幽州；一面使李典、樂進會合張燕，打并州，攻高幹。」[25]

第三十三回又記載：

> 并州既定，操商議西擊烏桓。曹洪等曰：「袁熙、袁尚兵敗將亡，勢窮力盡。遠投沙漠。我今引兵西擊，倘劉備、劉表乘虛襲許都，我救應不及，爲禍不淺矣。請回師勿進爲上。」郭嘉曰：「諸公所言差矣：主公雖威震天下，沙漠之人，恃其邊遠，必不設備；乘其無備，卒然擊之，必可破也。且袁紹與烏桓有恩，而尚與熙兄弟猶存，不可不除。劉表坐談之客耳，自知才不足以御劉備，重任之，則恐不能制；輕任之，則備不爲用。雖虛國遠征，公無憂也。」操曰：「奉孝之言極是。」[26]

又載：

遂率大小三軍，車數千輛，望前進發。但見黃沙漠漠，狂風四起；道路崎嶇，人馬難行。操有回軍之心，問於郭嘉。嘉此時不服水土，臥病車中。操泣曰：「因我欲平沙漠，使公遠涉艱辛，以至染病，吾心何安？」嘉曰：「某感丞相大恩，雖死不能報萬一。」操曰：「吾見北地崎嶇，意欲回軍，若何？」嘉曰：「兵貴神速。今千里襲人，輜重多而難以趨利，不如輕兵兼道以出，掩其不備，但須得識徑路者爲引導耳。」[27]

上述描寫郭嘉抱病隨曹操北征烏桓，曹操的不忍及郭嘉的忠心，歷歷在目。

此外，《演義》在第十七回，特別記載郭嘉用智爲曹操犯軍法解套，且又樹立軍威。載道：

操乘馬正行，忽田中驚起一鳩，那馬眼生，竄入麥中，踐壞了一大塊麥田。操隨呼行軍主簿，擬議自己踐麥之罪。主簿曰：「丞相豈可議罪？」操曰：「吾

25 羅貫中：《三國演義》，頁二一五。
26 羅貫中：《三國演義》，頁二一六—二一七。
27 羅貫中：《三國演義》，頁二一七。

自制法，吾自犯之，何以服眾？」即掣所佩之劍欲自刎。眾急救住。郭嘉曰：「古者《春秋》之義，法不加於尊。丞相總統大軍，豈可自戕？」操沈吟良久，乃曰：「既《春秋》有法不加於尊之義，吾姑免死。」乃以劍割自己之髮，擲於地曰：「割髮權代首。」使人以髮傳示三軍曰：「丞相踐麥，本當斬首號令，今割髮以代。」於是三軍悚然，無不懍遵軍令。[28]

尚有一點值得關注，《演義》關注郭嘉就曹操對劉備該採取何方式對待，在不同時機有不同建議。剛開始，郭嘉建議好言回覆劉備並賣人情給劉備。第十一回，載道：

曹操看書，大罵：「劉備何人，敢以書來勸我！且中間有譏諷之意！」命斬來使，一面竭力攻城。郭嘉諫曰：「劉備遠來救援，先禮後兵，主公當用好言答之，以慢備心；然後進兵攻城，城可破也。」操從其言，款留來使，候發回書。[29]

又載：「操聞報大驚曰：『兗州有失，使吾無家可歸矣，不可不亟圖之！』郭嘉曰：『主公正好賣個人情與劉備，退軍去復兗州。』操然之，即時答書與劉備，拔寨退兵。」[30]

第二十一回載道：

時郭嘉，程昱，考較錢糧方回，知曹操已遣玄德進兵徐州，慌入諫曰：「丞相何故令劉備督軍？」操曰：「欲截袁術耳。」程昱曰：「昔劉備爲豫州牧時，某等請殺之，丞相不聽；今日又與之兵，此放龍入海，縱虎歸山也。後欲治之，其可得乎？」郭嘉曰：「丞相縱不殺備，亦不當使之去。古人云：『一日縱敵，萬世之患。』望丞相察之。」操然其言，遂令許褚將兵五百前往，務要追玄德轉來。[31]

當劉備爲呂布所逼，奔赴許都，曹操與帳下謀士亦就對待劉備的方式進行討論。《演義》載道：

28 羅貫中：《三國演義》，頁一一四。
29 羅貫中：《三國演義》，頁六十七—六十八。
30 第十一回，羅貫中：《三國演義》，頁六十八。
31 羅貫中：《三國演義》，頁一三八。

荀彧入見曰：「劉備英雄也，今不早圖，後必爲患。」操不答。彧出，郭嘉入。操曰：「荀彧勸我殺玄德，當如何？」嘉曰：「不可。主公興義兵，爲百姓除暴，惟仗信義以招俊傑，猶懼其不來也；今玄德素有英雄之名，以困窮而來投，若殺之，是害賢也。天下智謀之士，聞而自疑，將裹足不前，主公與誰定天下乎？夫除一人之患，以阻四海之望，安危之機，不可不察。」操大喜曰：「君言正合吾心。」次日，即表薦劉備領豫州牧。程昱諫曰：「劉備終不爲人之下，不如早圖之。」操曰：「方今正用英雄之時，不可殺一人而失天下之心，此郭奉孝與吾有同見也。」遂不聽昱言，以兵三千，糧萬斛，送與玄德，使往豫州到任，進兵屯小沛，招集原散之兵，攻呂布。玄德至豫州，令人約會曹操。32

當時荀彧、程昱皆建議除掉劉備，唯郭嘉認爲劉備遇難來投，應予禮遇，若害之，便無法使天下人才來依附。

其後，當曹操欲伐兵徐州打劉備，但又顧慮袁紹趁機打許都。此時郭嘉提供他的分析。第二十四回記載：

正議間，郭嘉自外而入。操問曰：「吾欲東征劉備，奈有袁紹之憂，如何？」嘉曰：「紹性遲而多疑，某謀士各相妒忌，不足憂也。劉備新整軍兵，眾心未服，丞相引兵東征，一戰可定矣。」操大喜曰：「正合吾意。」遂起二十萬大軍，分兵五路下徐州。33

歸結郭嘉策略的高妙處在於，一、深諳人性，二、善於分析情勢，三、深知曹操心理。故郭嘉所提謀略，幾為曹操所採納。

最後，《演義》承繼〈郭嘉傳〉記載曹操於郭嘉逝世後的哀痛之情。

操到易州時，郭嘉已死數日，停柩在公廨。操往祭之，大哭曰：「奉孝死，乃天喪吾也！」回顧眾官曰：「諸君年齒，皆孤等輩，惟奉孝最少。吾欲託以後事，不期中年夭折，使吾心腸崩裂矣！」34

32 羅貫中：《三國演義》，頁一〇六。
33 羅貫中：《三國演義》，頁一五六。
34 羅貫中：《三國演義》，頁二一七。

《演義》亦增加一段情節，先是描述郭嘉手下交了一封郭嘉臨命終時寫的書信，「嘉之左右，將嘉臨死封之書呈上曰：「郭公臨死，親筆書此，囑曰：『丞相若從書中所言，遼東事定矣。』」操拆書視之，點頭嗟歎。諸人皆不知其意。」[35]

當夏侯惇率眾人請命征討遼東，但曹操卻回覆不需發兵，兩日後公孫康自送二袁首級。當眾人不解、懷疑之際，果眞應驗。此時：

操大笑曰：「不出奉孝之料！」重賞來使，封公孫康為襄平侯、左將軍。眾官問曰：「何為不出奉孝之所料？」操遂出郭嘉書以示之。書略曰：「今聞袁熙、袁尚往投遼東，明公切不可加兵。公孫康久畏袁氏吞併，二袁往投必疑。若以兵擊之，必併力迎敵，急不可下；若緩之，公孫康、袁氏必自相圖，其勢然也。」眾皆踴躍稱善。[36]

這段歷史想像，爲郭嘉事蹟增加傳奇色彩，再次說明郭嘉料事如神。

綜觀上述，郭嘉是三國相當出色的謀士，所獻謀略多爲曹操所採納，而他獨得曹操寵信是基於以下四點，一是人與人相交，有相投不相投之別，郭嘉與曹操特別有緣，曹操甚至引爲知己。二是郭嘉爲人豪邁不羈，不拘格套，與曹操不顧細謹的氣質相類。三是郭嘉對曹操全心相待，忠心不貳。四是郭嘉在謀士中最年輕，曹操冀望他輔佐繼位者，第四點更是關鍵所在。裴注引《傅子》所載兩封曹操與荀彧的書信，說明曹操對郭嘉的肯定與倚重。曹操追傷嘉曰：

「郭奉孝年不滿四十，相與周旋十一年，阻險艱難，皆共罹之。又以其通達，見世事無所凝滯，欲以後事屬之，何意卒爾失之，悲痛傷心。今表增其子滿千户，然何益亡者，追念之感深。且奉孝乃知孤者也；天下人相知者少，又以此痛惜。奈何奈何！」又書曰：「其人見時事兵事，過絕於人。」37

此番君臣相得，爲曹操集團留下一段特殊風景。

在謀士如雲的曹營，郭嘉以獨特性情與過人的才智爲曹操寵信，言聽計從。郭嘉亦自認遇明主，盡心竭力爲曹操謀劃。曹操不僅非常倚重郭嘉，更期待他輔佐繼任子弟，可惜天不

35 羅貫中：《三國演義》，頁二一七。
36 羅貫中：《三國演義》，頁二一九。
37 陳壽撰，裴松之注：《三國志（一）》，卷十四，頁四三六。

假年，英年早逝。但郭嘉善於知人，善於分析、謀劃大局，提出許多出人意表的奇計，讓人充分見識到一代奇才過人的本事。

第二節　受劉備寵信的法正

除曹操、郭嘉君臣相知的佳話，蜀漢也有劉備與法正的君臣相得。法正與郭嘉多有類似處，其一，法正先在劉璋處任事，其後才至劉備陣營；其二，兩人德行皆有所不足；其三，兩人皆深知人主心意；其四，兩人皆深得人主寵信；其五，兩人皆善於出謀劃策；其六，兩人皆英年早逝。

法正因饑荒由陝至蜀避難，投效劉璋，可惜未獲劉璋重用，又遭僑居蜀地的同鄉誹謗他品行不端，與同事張松忖度劉璋闇弱，無所作爲，感歎無法施展長才。〈法正傳〉記載：

> 建安初，天下饑荒，正與同郡孟達俱入蜀依劉璋，久之爲新都令，後召署軍議校尉。既不任用，又爲其州邑俱僑客者所謗無行，志意不得。益州別駕張松與正相善，忖璋不足與有爲，常竊歎息。38

張松北見曹操，志意不得，回益州後勸劉璋絕曹結劉。劉璋命法正爲使，法正見劉備後，非常欣賞，欲與張松投靠劉備，然苦無機緣。其後劉璋得知曹操欲征漢中而憂慮蜀地安危，張松建議與劉備結盟抗曹，法正再次出使，且暗地爲劉備策劃攻取益州的戰略。[39]建議劉備乘劉璋能力不足，以張松作爲內應，憑藉益州豐富資源及天然屏障，成就大業。[40]協助劉備得益州後，便留在劉備陣營，貢獻長才。

關於兩人德行皆有不足這點，前一節已指出郭嘉「不治行檢」，有「負俗之譏」，法正亦不遑多讓。不僅僑居蜀地同鄉指出其品行不端，〈法正傳〉記載：「一餐之德，睚眦之怨，無不報復，擅殺毀傷己者數人。或謂諸葛亮曰：『法正於蜀郡太縱橫，將軍宜啓主公，

38 陳壽撰，裴松之注：《三國志（二）》，卷三十七，頁九五七。

39 〈法正傳〉記載：「松於荊州見曹公還，勸璋絕曹公而自結先主。璋曰：『誰可使者？』松乃舉正，正辭讓，不得已而往。正既還，爲松稱說先主有雄略，密謀協規，願共戴奉，而未有緣。後因璋聞曹公欲遣將征張魯之有懼心也，松遂說璋宜迎先主，使之討魯，復令正銜命。正既。」陳壽撰，裴松之注：《三國志（二）》，卷三十七，頁九五七。

40 法正云：「以明將軍之英才，乘劉牧之懦弱；張松，州之股肱，以響應於內；然後資益州之殷富，馮天府之險阻，以此成業，猶反掌也。」陳壽撰，裴松之注：《三國志（二）》，卷三十七，頁九五七。

抑其威福。』」41陳壽亦評曰：「不以德素稱也，……正其程、郭之儔儷邪？」42相較下，法正品行不端，與郭嘉相類，又恐在郭嘉之下。法正好惡分明，有恩報恩，有仇報仇，即便小恩、小仇皆報，實非寬厚、有雅量、能自律之人。

法正皆深知劉備心意，能讓劉備言聽計從。相較諸葛亮、趙雲以常道、常理勸諫劉備，法正知道如何用特殊方式制劉備。裴注云：

先主與曹公爭，勢有不便，宜退，而先主大怒不肯退，無敢諫者。矢下如雨，正乃往當先主前，先主云：「孝直避箭。」正曰：「明公親當矢石，況小人乎？」先主乃曰：「孝直，吾與汝俱去。」遂退。43

無怪當夷陵戰敗，諸葛亮感慨若法正在世，定能有效，阻止劉備。〈法正傳〉載：

先主既即尊號，將東征孫權以復關羽之恥，群臣多諫，一不從。章武二年，大軍敗績，還住白帝。亮歎曰：「法孝直若在，則能制主上，令不東行；就復東行，必不傾危矣。」44

此非諸葛亮卸責之詞，而是深知唯法正能制止劉備。

法正深得劉備寵信，諸葛亮曾言：「當斯之時，進退狼跋，法孝直爲之輔翼，令翻然翺翔，不可復制，如何禁止法正使不得行其意邪！」[45]陳壽云：「亮又知先主雅愛信正，故言如此。」[46]足見法正深得劉備寵信。當法正去世，「先主爲之流涕者累日。」[47]《演義》六十五回亦載此事：

> 法正爲蜀郡太守，凡平日一餐之德，睚眦之怨，無不報復。或告孔明曰；「孝直太橫，宜稍斥之。」孔明曰：「昔主公困守荊州，北畏曹操，東憚孫權，賴孝直爲之輔翼，遂翻然翺翔，不可復制。今奈何禁止孝直，使不得少行其意

41 陳壽撰，裴松之注：《三國志（二）》，卷三十七，頁九六〇。
42 陳壽撰，裴松之注：《三國志（二）》，卷三十七，頁九六二。
43 陳壽撰，裴松之注：《三國志（二）》，卷三十七，頁九六二。
44 陳壽撰，裴松之注：《三國志（二）》，卷三十七，頁九六一—九六二。
45 陳壽撰，裴松之注：《三國志（二）》，卷三十七，頁九六〇。
46 陳壽撰，裴松之注：《三國志（二）》，卷三十七，頁九六〇。
47 陳壽撰，裴松之注：《三國志（二）》，卷三十七，頁九六一。

耶？」因竟不問。法正聞之，亦自斂戢。48

值得留意的是，《演義》增加「法正聞之，亦自斂戢。」這段，說明法正受感化，而收斂行為。

法正善於出謀劃策，〈法正傳〉特舉法正善用奇計，為劉備規劃奪取漢中之策：

曹操一舉而降張魯，定漢中，不因此勢以圖巴、蜀，而留夏侯淵、張郃屯守，身遽北還，此非其智不逮而力不足也，必將內有憂偪故耳。今策淵、郃才略，不勝國之將帥，舉眾往討，則必可克之，克之日，廣農積穀，觀釁伺隙，上可以傾覆寇敵，尊獎王室，中可以蠶食雍、涼，廣拓境土，下可以固守要害，為持久之計。此蓋天以與我，時不可失也。49

又載道：

先主善其策，乃率諸將進兵漢中，正亦從行。二十四年，先主自陽平南渡沔水，緣山稍前，於定軍、興勢作營。淵將兵來爭其地。正曰：「可擊矣。」先主命黃忠乘高鼓譟攻之，大破淵軍，淵等授首。曹公西征，聞正之策，曰：「吾故知玄德不辨有此，必爲人所教也。」[50]

法正提醒劉備眼下正是攻取漢中、巴蜀大好時機。首先，曹操攻下漢中後未進一步進兵巴蜀，是因有後顧之憂，遂留夏侯淵、張郃二將守漢中。再者，此時留守漢中的夏侯淵、張郃實力有限，攻下漢中非難事。劉備接受此建議，率軍出征，法正隨軍，運用奇計，一舉拿下漢中。

最後，郭嘉、法正兩人在事業飛黃騰達之際，英年早逝。郭嘉享年三十八歲，法正則於劉備自立漢中王，時居尚書令，卻於隔年離世，享年四十五歲。[51]

《演義》有關法正的記載，第六十回記載法正與劉備初次見面：

48 羅貫中：《三國演義》，頁四二五。
49 陳壽撰，裴松之注：《三國志（二）》，卷三十七，頁九六一。
50 陳壽撰，裴松之注：《三國志（二）》，卷三十七，頁九六一。
51 陳壽撰，裴松之注：《三國志（二）》，卷三十七，頁九六一。

玄德看畢大喜，設宴相待法正。酒過數巡，玄德屏退左右，密謂正曰：「久仰孝直英明，張別駕多談盛德。今獲聽教，甚慰平生。」法正謝曰：「蜀中小吏，何足道哉？蓋聞馬逢伯樂而嘶，人遇知己而死。張別駕昔之言，將軍復有意乎？」玄德曰：「備一身寄客，未嘗不傷感而歎息。思鷦鷯尚存一枝，狡兔尚藏三窟，何況人乎？蜀中豐餘之地，非不欲取；奈劉季玉係備同宗，不忍相圖。」法正曰：「益州天府之國，非治亂之主，不可居也。今劉季玉不能用賢，此業不久必屬他人。今日自付與將軍，不可錯失。豈不聞逐兔先得之說乎？將軍欲取，某當效死。」玄德拱手謝曰：「尚容商議。」[52]

因張松特別推崇法正長才，劉備已留下特別印象，而法正亦仰慕劉備許久，明主遇良臣，自有相見恨晚之感。法正感念劉備誠意，便貢獻取益州策略，但劉備亦明言不忍取同宗之地，在龐統不斷勸說下，方決議起兵。[53]第六十一回則記載法正與龐統在劉備、劉璋涪城相會席間，勸劉備殺劉璋，然劉備不忍，兩人遂逕命魏延舞劍，伺機除掉劉璋，惜未能如願。[54]《演義》亦指出法正推薦彭羕，第六十二回末尾及六十三回開頭提到法正與老友彭羕意外會面，法正向劉備推薦彭羕，彭羕亦藉星象提醒劉備此次出兵得留意。[55]

法正的謀略，主要發揮在攻打成都及取漢中。法正深諳劉璋性格及為人，有助劉備用兵。《演義》第六十五回記載：

> 卻說玄德軍馬在雒城。法正所差下書人回報說：「鄭度勸劉璋盡燒野谷，並各處倉廩，率巴西之民，避於涪水西，深溝高壘而不戰。」玄德，孔明聞之，皆大驚曰：「若用此言，吾勢危矣！」法正笑曰：「主公勿憂，此計雖毒，劉璋必不能用也。」不一日，人傳劉璋不肯遷動百姓，不從鄭度之言。[56]

奪取漢中方面，則見於《演義》第七十、七十一回。但須留意的是，《演義》談及劉備取漢中，雖有法正隨軍出謀劃策，但卻多處出現諸葛亮下指導棋，但《三國志》卻記載諸葛亮與關羽守荊州，與《演義》所述不同。

52 羅貫中：《三國演義》，頁三八七—三八八。

53 羅貫中：《三國演義》，頁三八八。

54 羅貫中：《三國演義》，頁三九一。

55 羅貫中：《三國演義》，頁四〇四—四〇五。

56 羅貫中：《三國演義》，頁四一九。

法正在依附劉備後得以一展長才，劉備在取成都及漢中的戰役有法正協助如虎添翼。祥夢庵評龐統與法正云：

我們想，如果龐統、法正不早死，則先主征吳，法正為輔，不僅不致大敗，且有戰勝的可能。龐統若在，則諸葛亮六出祁山，有他參謀決斷，則不致辜負魏延子午谷出奇兵取勝之計，也不致有馬謖街亭之失。二人早喪，關係蜀漢的命運太大了。[57]

法正高明的謀略，也深得曹操歎服。《華陽國志》記載曹操語：「吾收奸雄略盡，獨不得正耶？」[58]對同樣為奸雄的曹操目為奸雄，說明法正才智卓絕，唯德行不足。對於才德兼備的諸葛亮而言，雖然格局、價值觀與法正不同，卻常讚揚法正的奇計。〈法正傳〉記載：「諸葛亮與正，雖好尚不同，以公義相取，亮每奇正智術。」[59]陳壽亦評曰：「法正著見成敗，有奇畫策筭，……儗之魏臣，……正其程、郭之儔儷邪？」[60]足見法正的格局不及諸葛亮，但才略過人。

郭嘉與法正屬同級人物，雖不及荀彧、諸葛亮才德兼備，言行略受爭議，但皆以智謀為人主所寵信。在人才輩出的三國，他們出眾的才智深略，留下精彩的一頁。

57 禚夢庵：《三國人物論集》，頁一三五。
58 常璩：《華陽國志》，《文淵閣四庫全書》，卷六，頁十二b。
59 陳壽撰，裴松之注：《三國志（二）》，卷三十七，頁九六一。
60 陳壽撰，裴松之注：《三國志（二）》，卷三十七，頁九六二。

第六章 三國武將的理解與想像

本章關注的是三國武將，即劉劭所說的雄才。《人物志．英雄》云：「膽力過人，謂之雄。」[1]又云：「膽力者，雄之分也，不得英之智，則事不立。是以，……雄以其力服眾，以其勇排難，待英之智成之，然後乃能各濟其所長也。」[2]又云：

若力能過人，而勇不能行，可以爲力人，未可以爲先登。力能過人，勇能行之，而智不能斷事，可以爲先登，未足以爲將帥。……氣力過人，勇能行之，智足斷事，乃可以爲雄，韓信是也。……[3]

雄才的特質是膽力過人，但不是一般所說的血氣之勇、匹夫之勇，不僅本身勇力過人，且具有智謀能決斷，不只是憑藉血氣之勇，而是兼具膽識與才智，這樣的人才適合擔任將帥之職。《人物志．英雄》云：「雄可以爲將。」[4]具雄才特質者往往是《人物志》十二材中的「驍雄」。《人物志．流業》云：「膽力絕眾，才略過人，是謂驍雄，白起、韓信是也。」[5]又云：「驍雄之材，將帥之任也。」[6]依劉劭的說明，「驍雄」並非恃血氣之勇的武夫，而是兼備高度的膽識與才智，善用兵法，謹愼用兵之將才。

劉劭所說的「驍雄」，強調智勇兼備，本章所論周瑜、關羽、張飛、趙雲皆符合此標準皆善於用智謀取勝。周瑜善於用兵，尤善水戰；關、張、趙善於陸戰，所向披靡。本書雖將四人並列，但周瑜境界高些，具儒將風範。

對於儒將，張大可解釋道：

儒將不同於驍將，不以馬背突擊爲長，而用謀略爭勝於疆場。風流儒雅，談笑間使敵虜敗陣。儒將也不同於智囊，不僅善於畫計，參謀帷幄，而且還善於馭將練兵，重威儀，令行禁止，膽略超群。儒將都具有大政治家的氣質，不僅懂得用兵之法，而且還懂得用兵之理，不窮兵黷武，深固根本，維護民生。儒將，大都具有高強度的理智，越是危急關頭，越能沈著冷靜，因而充分發揮其智謀，轉危爲安。儒將，多能重去就之節，扶危濟困，志存靖亂，性行忠純。7

1 劉劭撰，蔡崇名校注：《人物志》，頁二二九。

2 劉劭撰，蔡崇名校注：《人物志》，頁二三二。

3 劉劭撰，蔡崇名校注：《人物志》，頁二三五。

4 劉劭撰，蔡崇名校注：《人物志》，頁二三九。

5 劉劭撰，蔡崇名校注：《人物志》，頁一〇一。

6 劉劭撰，蔡崇名校注：《人物志》，頁一〇七。

7 張大可：《三國史研究》，頁二五二。

至於儒將的代表人物，張大可云：「三國時諸葛亮於治國，又善馭戎機，羽善綸巾，是最典型的儒將。此外數吳國多士，有五儒將：周瑜、魯肅、呂蒙、陸遜及其子陸抗。」[8]

據上述說法，儒將除了具備智與勇外，尚須具備風流儒雅，談笑用兵，以及高尚的品行與節操，甚至還身兼政治家的特質。就所舉的代表人物，蜀漢僅以諸葛亮爲代表，以諸葛善於治國、治軍，風流儒雅，談笑用兵來說。至於關、張、趙三人，尚不盡符儒將的標準，雖然三子皆有高尚的節操，忠君除暴，重去就之節。但關羽的自負、張飛的剛暴，實與風流儒雅，談笑用兵的境界不符。趙雲雖在清廉、自制較關、張二人爲高，亦能適時就國政提供建言，但離儒雅用兵及政治家的格局尚有些距離。

至於周瑜的儒將風采，則見於蘇軾〈赤壁懷古〉：「大江東去，浪淘盡，千古風流人物。故壘西邊，人道是，三國周郎赤壁。亂石穿空，驚濤拍岸，捲起千堆雪。江山如畫，一時多少豪傑。遙想公瑾當年，小喬初嫁了，雄姿英發。羽扇綸巾，談笑間，檣櫓灰飛煙滅。……」鮮活呈現周瑜風流儒雅，談笑用兵的儒將形象。

就本章所論四位武將，周瑜完全符合儒將形象，關、張、趙三人符合劉劭所稱的智勇兼備的「驍雄」。以下將進一步深入說明。

第一節　周瑜之志與瑜亮情節

風流儒雅的周瑜，羅貫中如是介紹出場，第十五回記載：

策拜謝，遂引軍馬，帶領朱治，呂範，舊將程普、黃蓋、韓當等，擇日起兵。行至歷陽，見一軍到，當先一人，姿質風流，儀容秀麗。見了孫策，下馬便拜。策視其人，乃廬江舒城人，姓周，名瑜，字公瑾。原來孫堅討董卓之時，移家舒城，瑜與孫策同年，交情甚密，因結爲昆仲。策長瑜兩月，瑜以兄事策。瑜叔周尚，爲丹陽太守，今往省親，到此與策相遇。[9]

正史未特別交代孫策與周瑜在什麼情況下見面，但《演義》特別安排在孫策將起兵，行經歷陽時與周瑜相會。《演義》承繼正史指出二人因同齡，交情甚密。此外，《三國志》描述

8 張大可：《三國史研究》，頁二五二。

9 羅貫中：《三國演義》，頁九十三—九十四。

「有姿貌」，[10]《演義》進一步描述「姿質風流，儀容秀麗」。一般正史不會特別描述一個人的長相，除非有異像，如重瞳子或手長過膝等，或對長相特別好看或奇醜無比也會略加描述。

《演義》又載道：

策見瑜大喜，訴以衷情。瑜曰：「某願施犬馬之力，共圖大事。」策喜曰：「吾得公瑾，大事諧矣。」便令與朱治、呂範等相見。瑜謂策曰：「吾兄欲濟大事，亦知江東有二張乎？」策曰：「何爲『二張』？」瑜曰：「一人乃彭城張昭，字子布；一人乃廣陵張紘，字子綱，二人皆有經天緯地之才，因避亂隱居於此。吾兄何不聘之？」[11]

足見周瑜與孫策關係匪淺，與劉、關、張結義相類，二人性情相投，欲共圖大事。正史並未記載周瑜向孫策推薦張昭、張紘，《演義》增添這部分。

周瑜如何在孫策亡後全力支持孫權，《三國志》僅記載：「策薨，權統事。瑜將兵赴喪，遂留吳，以中護軍與長史張昭共掌眾事。」[12]《演義》卻增添許多情節，第二十九回記載：

且說當時孫權承孫策遺命，掌江東之事。經理未定，人報周瑜自巴丘提兵回吳。權曰：「公瑾已回，吾無憂矣。」原來周瑜守禦巴丘，聞知孫策中箭被傷，因此回來問候；將至吳郡，聞策已亡，故星夜來奔喪。當下周瑜哭拜於孫策靈柩之前。吳太夫人出，以遺囑之語告瑜。瑜拜伏於地曰：「敢不效犬馬之力，繼之以死！」少頃，孫權入。周瑜拜見畢，權曰：「願公無忘先兄遺命。」瑜頓首曰：「願以肝腦塗地，報知己之恩。」權曰：「今承父兄之業，將何策以守之？」瑜曰：「自古『得人者昌，失人者亡』。爲今之計，須求高明遠見之人爲輔，然後江東可定也。」權曰：「先兄遺言，內事託子布，外事全賴公瑾。」瑜曰：「子布賢達之士，足當大任。瑜不才，恐負倚託之重，願薦一人以輔將軍。」[13]

不僅交代孫權如何與周瑜交心，及周瑜向孫權推薦魯肅。明白道出孫權與周瑜亦結下兄弟之

10 陳壽撰，裴松之注：《三國志（二）》，卷五十四，頁一二五九。
11 羅貫中：《三國演義》，頁九十四。
12 陳壽撰，裴松之注：《三國志（二）》，卷五十四，頁一二六〇。
13 羅貫中：《三國演義》，頁一八九—一九〇。

義，共圖大業。此外，《演義》亦依據《江表傳》[14]記載周瑜勸孫權勿順從曹操旨意，遣子弟爲人質。[15]

在周瑜短短三十六歲的一生，最精彩的一役莫過赤壁之戰。面對東吳群臣一片降曹聲浪，周瑜獨排眾議主戰，《三國志》記載周瑜對當時戰情的分析：

操雖託名漢相，其實漢賊也。將軍以神武雄才，兼仗父兄之烈，割據江東，地方數千里，兵精足用，英雄樂業，尚當橫行天下，爲漢家除殘去穢。況操自送死，而可迎之邪？請爲將軍籌之。今使北土已安，操無內憂，能曠日持久，來爭疆場，又能與我校勝負於船楫（可）〔閒〕乎？今北土既未平安，加馬超、韓遂尚在關西，爲操後患。且舍鞍馬，仗舟楫，與吳越爭衡，本非中國所長。又今盛寒，馬無藁草，驅中國士眾遠涉江湖之閒，不習水土，必生疾病。此數四者，用兵之患也，而操皆冒行之。將軍禽操，宜在今日。瑜請得精兵三萬人，進住夏口，保爲將軍破之。[16]

周瑜提出四點東吳勝曹的理由：一、曹操此番出兵，正提供江東爭天下的好機會。二、北方多事，又有馬超、韓遂的威脅。三、曹軍不善水戰。四、天候寒冷，曹軍遠到，糧草不足，且長途跋涉打水戰，水土不服，必生疾病。周瑜主戰的想法，與孫權契合，再經周瑜評估東吳有勝算，增加孫權抗曹決心。[17]

周瑜對赤壁戰局的分析，與諸葛亮相較，有兩點看法一致，一是「曹操之眾，遠來疲弊，聞追豫州，輕騎一日一夜行三百餘里，此所謂『彊弩之末，勢不能穿魯縞』者也。故兵法忌之，曰『必蹶上將軍』。」二是「北方之人，不習水戰。」不同處在於，諸葛亮指出曹操兵力虛實，曹軍一部分是「荊州之民附操者，偪兵勢耳，非心服也。」且又提出吳蜀聯合抗曹方能得勝，「豫州軍雖敗於長坂，今戰士還者及關羽水軍精甲萬人，劉琦合江夏戰士亦不下萬人。」[18]除這兩點外，二子所見相同。

《三國志》對整個赤壁之戰，如是描述：

14 陳壽撰，裴松之注：《三國志（二）》，卷五十四，頁一二六一。

15 第三十八回，羅貫中：《三國演義》，頁二四六。

16 陳壽撰，裴松之注：《三國志（二）》，卷五十四，頁一二六一—一二六二。

17 孫權曰：「老賊欲廢漢自立久矣，徒忌二袁、呂布、劉表與孤耳。今數雄已滅，惟孤尚存，孤與老賊，勢不兩立。君言當擊，甚與孤合，此天以君授孤也。」陳壽撰，裴松之注：《三國志（二）》，卷五十四，頁一二六一—一二六二。

18 諸葛亮的分析，參見陳壽撰，裴松之注：《三國志（二）》，卷三十五，頁九一五。

時劉備爲曹公所破，欲引南渡江，與魯肅遇於當陽，遂共圖計，因進住夏口，遣諸葛亮詣權，權遂遣瑜及程普等與備并力逆曹公，遇於赤壁。時曹公軍衆已有疾病，初一交戰，公軍敗退，引次江北，瑜等在南岸。瑜部將黃蓋曰：「今寇衆我寡，難與持久。然觀操軍船艦首尾相接，可燒而走也。」乃取蒙衝鬥艦數十艘，實以薪草，膏油灌其中，裹以帷幕，上建牙旗，先書報曹公，欺以欲降。又豫備走舸，各繫大船後，因引次俱前。曹公軍吏士皆延頸觀望，指言蓋降。蓋放諸船，同時發火。時風盛猛，悉延燒岸上營落。頃之，煙炎張天，人馬燒溺死者甚衆，軍遂敗退，還保南郡。備與瑜等復共追。曹公留曹仁等守江陵城，徑自北歸。[19]

據上所述，重點有五：一、魯肅在當陽與劉備商議對策，並延請諸葛亮至江東。二、孫權派周瑜、程普等與劉備合力抗曹。三、曹營已出現疾病流行，一交戰便敗退。四、黃蓋建議詐降，以火燒曹營船，在風速助威下，曹軍損失慘重，退守南郡。五、陸戰方面，在吳蜀聯手下，僅留曹仁等守江陵，曹操率軍北歸。

可以確定的是，吳蜀合力抗曹，但東吳是作戰主力，周瑜是主要功臣。羅貫中爲赤壁之戰增添許多血肉，包括吳蜀如何結盟，周瑜、諸葛亮如何合作？黃蓋詐降爲何成功？火功之計爲何得逞？單就正史所載，不易見出赤壁戰中諸葛亮扮演的角色及劉備陣營的貢獻，《演義》結合想像，作出合理的推斷，勾勒出赤壁之戰的虛實情景。以下將就《演義》增加的橋段加以檢視。

其一，在四十四回「智激周瑜」，言及諸葛亮與周瑜、魯肅商議破曹對策，周瑜故意試探諸葛亮，言道：「曹操以天子爲名，其師不可拒。且其勢大，未可輕敵。戰則必敗，降則易安。吾意已決。來日見主公，便當遣使納降。」[20]諸葛亮順勢附和道：

> 操極善用兵，天下莫敢當。向只有呂布、袁紹、袁術、劉表敢與對敵。今數人皆被操滅，天下無人矣。獨有劉豫州不識時務，強與爭衡。今孤身江夏，存亡未保。將軍決計降曹，可以保妻子，可以全富貴。國祚遷移，付之天命，何足惜哉！[21]

19 陳壽撰，裴松之注：《三國志（二）》，卷五十四，頁一二六二—一二六三。

20 羅貫中：《三國演義》，頁二八三。

21 羅貫中：《三國演義》，頁二八三。

諸葛亮故意獻美人計，云：「愚有一計。並不勞牽羊擔酒，納土獻印；亦不須親自渡江；只須遣一介之使，扁舟送兩個人到江上。操若得此兩人，百萬之眾，皆卸甲捲旗而退矣。」[22]並隨口吟誦曹操〈銅雀臺賦〉激怒周瑜，逼周瑜道出真心話。周瑜明白表達抗曹決心，破曹方式成竹在胸。羅貫中這段虛構文字，目的在呈現周瑜與諸葛亮間互相試探。

其二，《演義》寫到東吳君臣於朝堂商議對策，周瑜提出情勢分析及作戰策略，此段文字據《三國志》略加改寫爲：

操雖託名漢相，實爲漢賊。將軍以神武雄才，仗父兄餘業，據有江東，兵精糧足，正當橫行天下，爲國家除殘去暴，奈何降賊耶？且操今此來，多犯兵家之忌：北土未平，馬騰、韓遂爲其後患，而操久於南征，一忌也；北軍不諳水戰，操捨鞍馬，仗舟楫，與東吳爭衡，二忌也；又時值隆冬盛寒，馬無藁草，三忌也；驅中國士卒，遠涉江湖，不服水土，多生疾病，四忌也：操兵犯此數忌，雖多必敗。將軍擒操，正在今日。瑜請得精兵數千，進屯夏口，爲將軍破之！[23]

足見《演義》肯定周瑜對赤壁之戰的貢獻。

其三，孫權即便聽完周瑜的分析，宣示抗曹決心，但《演義》卻透過諸葛亮細膩捕捉孫權不安的心志，而周瑜聽從諸葛亮建議，再次說服吳主：

> 瑜正為此，特來開解主公。主公因見操檄文，言水陸大軍百萬，故懷疑懼，不復料其虛實。今以實較之：彼將中國之兵，不過十五六萬，且已久疲，所得袁氏之眾，亦止七八萬耳，尚多懷疑未服。夫以久疲之卒，狐疑之眾，其數雖多，不足畏也。瑜得五萬兵，自足破之。願主公勿以為慮。[24]

其四，《演義》又增加一段想像情節，當周瑜見識諸葛亮過人才智，便委請諸葛瑾勸諸葛亮改投東吳。[25]

其五，當周瑜收到諸葛瑾回覆不願投效東吳後，便「轉恨孔明，存心欲謀殺之。」[26]而

22 羅貫中：《三國演義》，頁二八四。
23 羅貫中：《三國演義》，頁二八五。
24 羅貫中：《三國演義》，頁二八六。
25 第四十四回，羅貫中：《三國演義》，頁二八七。
26 第四十五回，羅貫中：《三國演義》，頁二八七。

此正是爲何周瑜屢屢爲難諸葛亮的開端，因諸葛亮不願效力東吳之故。

其六，赤壁戰前，周瑜數度丟出難題爲難諸葛亮，諸葛亮皆以機智巧妙回應。

第一回合，周瑜派諸葛亮劫糧，諸葛亮先以周瑜善水戰，不善陸戰激之，最後勸周瑜採吳蜀分工，水、陸並進。[27]

第二回合，周瑜邀劉備至東吳欲除之，劉備依約至東吳，席間與周瑜會面，關羽遵諸葛亮之意立於背後護衛，使劉備免受周瑜所害。[28]

第三回合，周瑜用計騙蔣幹，巧施離間計，提供錯誤軍情讓曹操以毛玠、于禁撤換蔡瑁、張允爲水軍都督。[29]並遣魯肅試探諸葛亮是否知此高招，孰料早爲諸葛亮所識破。[30]

第四回合，周瑜命諸葛亮造箭，諸葛亮以草船借箭完成任務。[31]這次交手非常經典，後人多將焦點集在草船借箭的眞僞，認爲羅貫中誤植孫權借箭於此。但這橋段原本就是羅貫中虛構，用意在突顯諸葛亮善知天文，且深知曹操心理，點出高於周瑜處。

第五回合，周瑜試探諸葛亮是否預知他的作戰計劃，殊不知諸葛亮已知周瑜將用火攻。[32]

第六回合，周瑜利用蔡瑁之弟蔡和、蔡中詐降，放出黃蓋欲降曹的假情報，諸葛亮早已料得周瑜欲借黃蓋詐降，發動火攻。[33]爲了達成黃蓋詐降，周瑜命闞澤送黃蓋的降書，又由蔡和、蔡中傳遞東吳軍情，[34]藉蔣幹傳送錯誤情報，[35]又藉龐統獻連環船之策。[36]

第七回合，在即將發動火攻之際，周瑜發現風向有變，心急吐血。[37] 諸葛亮料知周瑜的擔憂，造七星壇祈東南風。[38] 事後，諸葛亮料周瑜必害己，早安排趙雲接己回江夏。[39] 關於這段諸葛亮借東風的情節安排，並非爲神化諸葛亮，實欲展現諸葛亮對天候瞭若指掌，高過曹操、周瑜。甚至亦指出諸葛亮懂術數之學——奇門遁甲之術，因周瑜不通此術數之學，故略遜一籌。

27 第四十五回，羅貫中：《三國演義》，頁二八七。
28 羅貫中：《三國演義》，頁二九〇。
29 羅貫中：《三國演義》，頁二九四。
30 第四十六回，羅貫中：《三國演義》，頁二九五。
31 羅貫中：《三國演義》，頁二九五—二九七。
32 羅貫中：《三國演義》，頁二九八。
33 羅貫中：《三國演義》，頁二九八—三〇〇。
34 第四十七回，羅貫中：《三國演義》，頁三〇一—三〇三。
35 羅貫中：《三國演義》，頁三〇三—三〇四。
36 羅貫中：《三國演義》，頁三〇四—三〇五。
37 羅貫中：《三國演義》，頁三一〇。
38 第四十八回，羅貫中：《三國演義》，頁三一一—三一三。
39 羅貫中：《三國演義》，頁三一四。

其七，周瑜爲討回借劉備的南郡，連出三策：第一策的結果據五十二回記載：「周瑜見諸葛亮襲了南郡，又聞他襲了荊襄，如何不氣？氣傷箭瘡，半晌方甦。眾將再三勸解。瑜曰：『若不殺諸葛村夫，怎息我心中怨氣？程德謀可助我攻打南郡，定要奪還東吳。』」[40] 第二策，周瑜趁劉備甘夫人離世，安排與孫權妹成親，引劉備至江東，藉機除掉。但結果卻是孫權妹接受劉備提議回荊州。第五十六回記載：

> 周瑜被諸葛亮預先埋伏關公，黃忠，魏延三枝軍馬，一擊大敗。黃蓋、韓當急救下船，折卻水軍無數。遙觀玄德，孫夫人車馬僕從，都停住於山頂之上，瑜如何不氣？箭瘡未癒，因怒氣沖激，瘡口迸裂，昏絕於地；眾將救醒，開船逃去。孔明教休追趕，自和玄德歸荊州慶喜，賞賜眾將。周瑜自回柴桑。蔣欽等一行人馬自歸南徐報孫權。權不勝忿怒，欲拜程普爲都督，起兵取荊州。[41]

第三策，周瑜見魯肅討回南郡未果，請魯肅再去見劉備，並如此說：「孫，劉兩家，既結爲親，便是一家；若劉氏不忍去取西川，我東吳起兵去取；取得西川時，以作嫁資，卻把荊州交還東吳。」[42] 諸葛亮以計回應，五十六回記載：

孔明曰：「此乃假途滅虢之計也。虛名收川，實取荊州。等主公出城勞軍，乘勢拏下，殺入城來，攻其無備，出其不意也。」……孔明曰：「……只顧準備窩弓以擒猛虎，安排香餌以釣鰲魚。等周瑜到來，他便不死，也九分無氣。」便喚趙雲聽計：「如此如此，其餘我自有擺布。」玄德大喜。[43]

結果如何？五十七回記載：

周瑜怒氣塡胸，墜於馬下，左右急救歸船。軍士傳說：「玄德、孔明在前山頂上飲酒取樂。」瑜大怒，咬牙切齒曰：「你道我取不得西川，吾誓取之！」……遂令催軍前行。行至巴丘，人報上流有劉封，關平二人領軍截住水路。周瑜愈怒。忽又報孔明遣人送書至。……周瑜覽畢，長歎一聲，喚左右取紙筆作書上吳侯，乃聚眾將曰：「吾不欲盡忠報國，奈天命已絕矣。汝等

40 羅貫中：《三國演義》，頁三二九。
41 羅貫中：《三國演義》，頁三五四。
42 羅貫中：《三國演義》，頁三五四。
43 羅貫中：《三國演義》，頁三五八。

善事吳侯，共成大業。」言訖，昏絕。徐徐又醒，仰天長歎曰：「既生瑜，何生亮？」連叫數聲而亡。壽三十又六歲。[44]

至此，東吳英傑周瑜含恨而亡。

從赤壁之戰的七次對決，到赤壁戰後討荊州三次對壘，周瑜屢居下風，難怪後人會認為諸葛亮欺瑜太過，讓人對諸葛亮觀感不佳。究竟《演義》用意為何？其立意有二：一是英傑與英傑比，差一截便相去甚遠。二是突顯周瑜、諸葛亮各為其主，不得不爭。

關於第一點，《演義》藉此展現周瑜、諸葛亮不同格局。周瑜善於治軍，尤其是水軍，自不在話下，但這只是一般人眼中出色的將領。但諸葛亮有更高格局。在草船借箭後，曾與魯肅談為將之道。諸葛亮云：「為將而不通天文，不識地利，不知奇門，不曉陰陽，不看陣圖，不明兵勢，是庸才也。」[45]在七星壇借東南風前，諸葛亮亦云：「亮雖不才，曾遇異人，傳授奇門遁甲天書，可以呼風喚雨。」[46]在諸葛亮看來，除了懂兵法，善於治軍、用兵外，尚需通曉天文、地理，及奇門遁甲之術、陰陽術數，亦需明白陣圖、兵勢。正因諸葛亮通曉並善用這些知識，對不懂的人來說，便認為他是奇人、神人，此正是周瑜不及諸葛亮之處。

第二點，《演義》點出周瑜預見諸葛亮高才，日久必成東吳禍害。在四十四回記載：

「諸葛亮早已料著吳侯之心。其計畫又高我一頭。久必爲江東之患，不如殺之。」又云：「此人助劉備，必爲江東之患。」[47]即此見出，周瑜並非因不如諸葛亮而忌害之，而是遺憾諸葛亮不爲東吳所用。但周瑜亦非短識之人，聽從魯肅建議，於赤壁戰後再對付諸葛亮。第四十五回記載：「『此人見識，勝吾十倍，今不除之，後必爲我國之禍！』肅曰：『今用人之際，望以國家爲重。且待破曹之後，圖之未晚。』瑜然其說。」[48]《演義》亦藉諸葛亮弔祭周瑜，彰顯周瑜的儒將風采，對東吳的貢獻，及二人各爲其主的心志。

> 弔君幼學，以交伯符；仗義疏財，讓舍以居。弔君弱冠，萬里鵬摶；定建霸業，割據江南。弔君壯力，遠鎮巴丘；景升懷慮，討逆無憂。弔君風度，佳配小喬；漢臣之婿，不愧當朝。弔君氣概，諫阻納質；始不垂翅，終能奮翼。弔

44 羅貫中：《三國演義》，頁三六〇。
45 第四十六回，羅貫中：《三國演義》，頁二九七。
46 第四十九回，羅貫中：《三國演義》，頁三一二。
47 羅貫中：《三國演義》，頁二八六。
48 羅貫中：《三國演義》，頁二八九。

君鄱陽蔣幹來說；揮灑自如，雅量高志。弔君弘才，文武籌略；火攻破敵，挽強為弱。想君當年，雄姿英發。哭君早逝，俯地流血。忠義之心，英靈之氣。命終三紀，名垂百世。哀君情切，愁腸千結。惟我肝膽，悲無斷絕。昊天昏暗，三軍愴然。主為哀泣，友為淚漣。[49]

並以「亮也不才，丐計求謀。助吳拒曹，輔漢安劉。」[50]說明二人之爭是因各為其主。正因深知周瑜，故能充分理解其心志，這番深知超越東吳君臣，藉由深刻的文字及真情哀婉的朗誦，讓東吳君臣認識周瑜的為人、長才與事功，大大的榮顯周瑜。這篇動人的祭文，也代表《演義》對周瑜完整的評價，道出一般人眼中的英傑形象。

綜觀周瑜一生，留予後人「姿質風流，儀容秀麗」，善音律的美好形象。當孫策新亡，毅然決定輔佐孫權，安定朝廷。面對曹操揮軍南下，他以智勇擊退曹軍。《三國志》評價周瑜「性度恢廓」、「大率為得人」，[51]即便曾與程普不睦，但在周瑜包容不與之計較下，得到程普的敬重。《三國志》裴注引《江表傳》：「普頗以年長，數陵侮瑜。瑜折節容下，終不與校。普後自敬服而親重之，乃告人曰：『與周公瑾交，若飲醇醪，不覺自醉。』時人以其謙讓服人如此。」[52]

甚至連曹操都曾希望納周瑜於帳下。《三國志》裴注引《江表傳》：「初曹公聞瑜年少有美才，謂可游說動也，乃密下揚州，遣九江蔣幹往見瑜。」53《演義》改易時間點，略加改寫為：

> 操問眾將曰：「昨日輸了一陣，挫動銳氣，今又被他深窺吾寨。吾當作何計破之？」言未畢，忽帳下一人出曰：「某自幼與周郎同窗交契，願憑三寸不爛之舌，往江東說此人來降。」曹操大喜，視之，乃九江人，姓蔣，名幹，字子翼，見為帳下幕賓。54

《演義》不只從周瑜本身，也不只從東吳群臣，甚至從孫權、魯肅眼中來看周瑜，而是以一個更高、更寬廣的視角，從整個三國情勢來看周瑜，讓我們看到不一樣的周瑜，也更能突顯周瑜在三國歷史的重要性。

49 第五十七回，羅貫中：《三國演義》，頁三六一。
50 第五十七回，羅貫中：《三國演義》，頁三六一。
51 陳壽撰，裴松之注：《三國志（二）》，卷五十四，頁一二六四。
52 陳壽撰，裴松之注：《三國志（二）》，卷五十四，頁一二六五。
53 陳壽撰，裴松之注：《三國志（二）》，卷五十四，頁一二六五。
54 第四十五回，羅貫中：《三國演義》，頁二九一—二九二。

第二節　關羽的驍勇與忠義

關羽義薄雲天，死後成爲神明，受歷代供奉，香火鼎盛。顏清洋《從關羽到關帝》曾指出：

關羽出生於東漢末，死於獻帝建安二十四年，下迄明神宗改封他爲「三界伏魔大帝神威遠震天尊」，上下一千六百年。他生前固是一員勇將，威風八面，身後歷史地位卻有浮有沉，褒貶參半，直到宋元之際，才集英雄、神靈爲一，至明清而成爲威靈顯赫的帝君，且至今仍廣受崇拜。[55]

關羽至今仍受景仰，與《演義》對關羽忠義形象的塑造密切關聯。正史對關羽本身的描述，僅提及部分相貌特徵、字及籍貫。〈關羽傳〉云：「羽美鬚髯」，[56]「字雲長，本字長生，河東解人也。」[57]裴注引《江表傳》指出關羽好《左傳》，並熟讀《左傳》，云：「羽好左氏傳，諷誦略皆上口。」[58]

《演義》則對關羽的相貌、聲音、身高，甚至常用兵器、座騎多所描述。第一回透過劉備之眼，介紹關羽出場：「玄德看其人，身長九尺，髯長二尺。面如重棗，脣若塗脂，丹鳳眼，臥蠶眉，相貌堂堂，威風凜凜。」[59]好一位紅面紅唇，鳳眼蠶眉，氣宇軒昂的彪形大漢。第五回又再次描述其風采，另加上聲如洪鐘的特色。「見其人身長九尺，髯長二尺，丹鳳眼，臥蠶眉，面如重棗，聲如巨鐘。」[60]這樣一位雄糾糾的好漢，自當有相配的兵器與坐騎。「玄德謝別二客，便命良匠打造……雲長造青龍偃月刀，又名冷豔鋸，重八十二斤。」[61]英雄配名刀，只見沉甸甸的青龍偃月刀，在健壯的關羽使來，全不費工夫，第一回記載：「雲長舞動大刀，縱馬飛迎。程遠志見了，早吃一驚，措手不及，被雲長刀起處，揮

55 顏清洋《從關羽到關帝・導言》（臺北：遠流出版社，二〇〇六年），頁六。
56 陳壽撰，裴松之注：《三國志（二）》，卷三十六，頁九四〇。
57 陳壽撰，裴松之注：《三國志（二）》，卷三十六，頁九三九。
58 陳壽撰，裴松之注：《三國志（二）》，卷三十六，頁九四二。
59 羅貫中：《三國演義》，頁三。
60 羅貫中：《三國演義》，頁三十一。
61 羅貫中：《三國演義》，頁四。

為兩段。」[62]

《演義》將〈關羽傳〉「亡命奔涿郡」，[63]改寫為「因本處勢豪，倚勢凌人，被吾殺了，逃難江湖，五、六年矣。今聞此處招軍破賊，特來應募。」[64]指出關羽是因見義勇為而成亡命之徒。至於關羽的出身背景及與劉備相遇前的其他事蹟，無論正史或《演義》，皆未加交代。

關羽勇武，天下皆知。曹營謀士屢稱關羽之勇。程昱曰：「關羽、張飛皆萬人敵也。」[65]董昭曰：「關羽、張飛為之羽翼。」[66]劉曄曰：「關羽、張飛勇冠三軍而為將。」[67]溫恢曰：「關羽驍銳」，[68]但這些都是側重關羽在戰場上驍勇善戰。但〈關羽傳〉又特別提到關羽中箭傷，在不使用麻藥下，讓醫生刮骨療毒，藉以刻劃關羽異於常人的忍耐力。載道：

> 羽嘗為流矢所中，貫其左臂，後創雖愈，每至陰雨，骨常疼痛，醫曰：「矢鏃有毒，毒入于骨，當破臂作創，刮骨去毒，然後此患乃除耳。」羽便伸臂令醫劈之。時羽適請諸將飲食相對，臂血流離，盈於盤器，而羽割炙引酒，言笑自若。[69]

關羽給人大義凜然，威武不屈的印象，《演義》也記載關羽不近女色，但正史卻記載關羽鐵漢柔情的一面。《三國志》裴注出現兩次，分別見於《魏氏春秋》及《蜀記》。第一次出現在〈明帝紀〉，介紹秦朗的出身，裴注引《魏氏春秋》：「朗字元明，新興人。《獻帝傳》曰：『朗父名宜祿，爲呂布使詣袁術，術妻以漢宗室女，其前妻杜氏留下邳。布之被圍，關羽屢請於太祖，求以杜氏爲妻，太祖疑其有色；及城陷，太祖見之，乃自納之。』」[70] 第二次見於〈關羽傳〉，裴注引《蜀記》：「曹公與劉備圍呂布於下邳，關羽啓公，布使秦宜祿行求救，乞娶其妻，公許之。臨破，又屢啓於公。公疑其有異色，先遣迎看，因自留之，羽心不自安。此與《魏氏春秋》所說無異也。」[71] 這兩段記載，以後者交代較詳盡。當

62 羅貫中：《三國演義》，頁四。
63 陳壽撰，裴松之注：《三國志（二）》，卷三十六，頁九三九。
64 羅貫中：《三國演義》，頁三。
65 陳壽撰，裴松之注：《三國志．程昱傳》，卷十四，頁四二八。
66 陳壽撰，裴松之注：《三國志．董昭傳》，卷十四，頁四三八。
67 陳壽撰，裴松之注：《三國志．劉曄傳》，卷十四，頁四四五。
68 陳壽撰，裴松之注：《三國志．溫恢傳》，卷十五，頁四七九。
69 陳壽撰，裴松之注：《三國志（二）》，卷三十八，頁九四一。
70 陳壽撰，裴松之注：《三國志．明帝紀》，卷三，頁一〇〇。
71 陳壽撰，裴松之注：《三國志（二）》，卷三十六，頁九三九。

劉備與曹操共同討伐呂布，關羽喜歡上被困在下邳城中秦宜祿的前妻杜氏，請曹操應允迎娶杜氏，曹操許之。在即將破城時，關羽更數次要求，致使曹操懷疑杜氏甚美，等破城後，曹操見杜氏亦喜愛之，將杜氏留在身邊，關羽得知，心中不是滋味。這段記載見出，關羽遇到愛情，勇敢表達，但因關羽是守禮之人，曹操時爲漢相，故禮貌上徵得曹操同意。孰料曹操好色，言而無信，關羽心中不樂。雖然未能如願娶杜氏，但關羽之後仍娶妻生子，〈關羽傳〉未載明關妻姓氏，只記載有三子關興、關統、關平，另有一女。[72]

《演義》對關羽的勇武多所著墨，並指出雖然關羽、張飛並稱，但關羽較張飛理性、冷靜，張飛稍顯魯莽、暴躁。第二十二回記載：

> 玄德聽知軍馬到來，請陳登商議曰：「袁本初雖屯兵黎陽，奈謀臣不和，尚未進取。曹操不知在何處。聞黎陽軍中，無操旗號，如何這裡卻反有他旗號？」登曰：「操詭計百出，必以河北爲重，親自監督，卻故意不建旗號，乃於此處虛張聲勢。吾意操必不在此。」玄德曰：「兩弟誰可探聽虛實？」張飛曰：「小弟願往。」玄德曰：「汝爲人躁暴，不可去。」飛曰：「便是有曹操也拏將來！」雲長曰：「待弟往觀其動靜。」玄德曰：「雲長若去，我卻放心。」[73]

若說張飛性格的致命傷是剛暴、魯莽，關羽的要害則是「驕」字。有自信固好，但過度自信便成傲氣，易流於在意他人吹捧，此見於與馬超競美一事。〈關羽傳〉載：

羽聞馬超來降，舊非故人，羽書與諸葛亮，問超人才，可誰比類。亮知羽護前，乃答之曰：「孟起兼資文武，雄烈過人，一世之傑，黥、彭之徒，當與益德並驅爭先，猶未及髯之絕倫逸群也。」羽美鬚髯，故亮謂之髯。羽省書大悅，以示賓客。74

諸葛亮深知關羽性情，故安慰關羽馬超只合與張飛爭高下，不及他遠甚。由關羽將諸葛亮書信示賓客，便看出其得意之情。

至於關羽荊襄之敗，更敗在「驕」字。當關羽水淹七軍，降于禁，斬龐德，威震華

72 陳壽撰，裴松之注：《三國志（二）》，卷三十六，頁九四二。關平與父同時遇害，關羽之女見孫權欲聯姻一事。

73 羅貫中：《三國演義》，頁一四五一一四六。

74 陳壽撰，裴松之注：《三國志（二）》，卷三十六，頁九四〇。

夏，正值事業頂峰。[75]此氣勢讓曹操受到威脅，甚至考慮遷都。經司馬懿、蔣濟分析情勢，認爲關羽聲勢壯大，爲孫權所不樂見，定有所作爲，故請曹操安心，只消從旁勸孫權趁關羽拓張勢力之際奪其後方之地，並許以割江南地予孫權，如此便可解樊城之圍。[76]

司馬懿與蔣濟點出吳、蜀間的矛盾。原本諸葛亮交代關羽與東吳維繫友好，但關羽心高氣傲，並未將東吳君臣看在眼裡，當孫權欲與關羽聯姻，卻傲慢拒絕，已埋下交惡因子；再者，東吳欲討回南郡卻一再被拒絕。致使諸葛亮與魯肅費心建立的吳蜀聯盟名存實亡。

另個危機是劉備陣營出現裂痕，麋芳、傅士仁素不和睦，當關羽出兵需要軍資，兩人並未相助，關羽極生氣，放話將予懲治。麋、傅二人心生畏懼，遂爲孫權所離間。[77]

當關羽欲攻下樊城，曹操派徐晃救援，關羽見不能勝遂退兵，此時因麋、傅投降孫權，江陵爲孫權所有，關羽部眾及妻小皆成俘虜。孫權亦遣將趁勢發動攻擊，最後處斬關羽父子。[78]裴注引《吳歷》：「權送羽首於曹公，以諸侯禮葬其屍骸。」[79]此段亦見於《演義》。

關羽的忠義，表現在對家國天下的忠義，及對人主的忠義。對漢室的忠義見第二十回記載：

圍場已罷，宴於許田。宴畢，駕回許都。眾人各自歸歇。雲長問玄德曰：「操賊欺君罔上，我欲殺之，爲國除害，兄何止我？」玄德曰：「投鼠忌器，操與帝相離只一馬頭，其心腹之人，週迴擁侍；吾弟若逞一時之怒，輕有舉動，倘事不成，有傷天子，罪反坐我等矣。」雲長曰：「今日不殺此賊，後必爲

75 〈關羽傳〉記載：「二十四年，先主爲漢中王，拜羽爲前將軍，假節鉞。是歲，羽率眾攻曹仁於樊。曹公遣于禁助仁。秋，大霖雨，漢水汎溢，禁所督七軍皆沒。禁降羽，羽又斬將軍龐德。梁郟、陸渾群盜或遙受羽印號，爲之支黨，羽威震華夏。」陳壽撰，裴松之注：《三國志（二）》，卷三十六，頁九四一。

76 〈關羽傳〉記載：「曹公議徙許都以避其鋭，司馬宣王、蔣濟以爲關羽得志，孫權必不願也。可遣人勸權躡其後，許割江南以封權，則樊圍自解。曹公從之。先是，權遣使爲子索羽女，羽罵辱其使，不許婚，權大怒。」陳壽撰，裴松之注：《三國志（二）》，卷三十六，頁九四一。

77 〈關羽傳〉載：「又南郡太守麋芳在江陵，將軍傅士仁屯公安，素皆嫌羽輕己。羽之出軍，芳、仁供給軍資不悉相救。羽言『還當治之』，芳、仁咸懷懼不安。於是權陰誘芳、仁，芳、仁使人迎權。」陳壽撰，裴松之注：《三國志（二）》，卷三十六，頁九四一。

78 〈關羽傳〉載：「而曹公遣徐晃救曹仁，羽不能克，引軍退還。權已據江陵，盡虜羽士眾妻子，羽軍遂散。權遣將逆擊羽，斬羽及子平于臨沮。」陳壽撰，裴松之注：《三國志（二）》，卷三十六，頁九四一。

79 陳壽撰，裴松之注：《三國志（二）》，卷三十六，頁九四二。

禍。」玄德曰：「且宜秘之，不可輕言。」[80]

關羽對曹操欺君罔上，極爲憤恨，欲除之而後快，幸得劉備勸阻，不致冒然行動。

關羽對劉備的忠義，歷歷可見。倒是與曹操間的情義，頗值得探討。曾簡述關羽投曹操的過程：

> 建安五年，曹公東征，先主奔袁紹。曹公禽羽以歸，拜爲偏將軍，禮之甚厚。紹遣大將（軍）顏良攻東郡太守劉延於白馬，曹公使張遼及羽爲先鋒擊之。羽望見良麾蓋，策馬刺良於萬眾之中，斬其首還，紹諸將莫能當者，遂解白馬圍。曹公即表封羽爲漢壽亭侯。……及羽殺顏良，曹公知其必去，重加賞賜。羽盡封其所賜，拜書告辭，而奔先主於袁軍。左右欲追之，曹公曰：「彼各爲其主，勿追也。」[81]

曹操攻打徐州，連帶攻打屯軍小沛的劉備，致使劉備北投袁紹，關羽爲曹操所俘。曹操禮遇關羽，並封予官職。其間，曹操曾請張遼試探關羽意向，但關羽心繫劉備，又感念曹操情義，決意立功回報。[82]當袁紹派郭圖、淳于瓊、顏良攻打劉延於白馬，曹操出兵助劉延，顏良迎戰張遼、關羽，[83]關羽於陣前當眾兵將面速斬顏良。當關羽立功後，曹操知關羽離去之意甚堅，但仍重加賞賜，關羽將這些封賞原封不動歸還，留信辭別。當左右勸曹操追回關羽，曹操大度，尊重其志，未讓手下追趕。

正史僅記載關羽與許晃有交情，未談到與張遼深交。裴注引《蜀記》：「羽與晃宿相愛，遙共語，但說平生，不及軍事。」[84]但《演義》特別著墨關羽與張遼的情誼。第十八回「張遼引兵攻打西門。雲長從城上謂之曰：『公儀表非俗，何故失身於賊？』張遼低頭不語。雲長知此人有忠義之氣，更不以惡言相加，亦不出戰。」[85]第二十回載道：

80 羅貫中：《三國演義》，頁一三一。
81 陳壽撰，裴松之注：《三國志（二）》，卷三十六，頁九三九—九四〇。
82 〈關羽傳〉：「初，曹公壯羽為人，而察其心神無久留之意，謂張遼曰：『卿試以情問之。』既而遼以問羽，羽歎曰：『吾極知曹公待我厚，然吾受劉將軍厚恩，誓以共死，不可背之。吾終不留，吾要當立效以報曹公乃去。』遼以羽言報曹公，曹公義之。」陳壽撰，裴松之注：《三國志（二）》，卷三十六，頁九四〇。
83 陳壽撰，裴松之注：《三國志・武帝紀》，卷一，頁十九。
84 陳壽撰，裴松之注：《三國志（二）》，卷三十六，頁九四二。
85 羅貫中：《三國演義》，頁一一九。

> 話説曹操舉劍欲殺張遼，玄德攀住臂膊，雲長跪於面前。玄德曰：「此等赤心之人，正當留用。」雲長曰：「關某素知文遠忠義之士，願以性命保之。」操擲劍笑曰：「我亦知文遠忠義，故戲之耳。」乃親釋其縛，解衣衣之，延之上坐。遼感其意，遂降。操拜遼爲中郎將，賜爵關內侯，使招安臧霸。[86]

這點在正史並未得見，恐爲鋪陳曹操與關羽的交情而設。

至於過五關斬六將的情節實有待商榷，曹操既知關羽與劉備交情深厚，且請張遼說服未果，若仍硬強留關羽，實爲不智，更何況已默許關羽離開，卻又設重重關卡，豈能服關羽之心？再者，曹操既知關羽勇猛善戰，如何輕易讓底下將領送死，此不合常情。合理情況，應是曹操明知既然留不住關羽，又知關羽重情義，不如禮遇之，或可得關羽立功回報。當關羽立功後離開，仍厚加賞賜，爲未來留些情分，《演義》據此想像出關羽華容道放走曹操，報答恩情。正史的陳述，無疑較合於情理，既顯曹操愛才之心及收服賢才的智慧，又說明爲何關羽會感念曹操的情義。《演義》想像過五關斬六將這段情節，應是強調關羽不避險難，歷經千辛萬苦都要與劉備相會，生動描繪關羽對劉備深厚的情誼，絕非曹操能比，後世據此發展出京劇名篇「千里走單騎」。

關於華容道捉放曹一段，並不盡合史實。《三國志》唯於〈武帝紀〉裴注引《山陽公載記》：

> 公船艦爲備所燒，引軍從華容道步歸，遇泥濘，道不通，天又大風，悉使羸兵負草塡之，騎乃得過。羸兵爲人馬所蹈藉，陷泥中，死者甚眾。軍既得出，公大喜，諸將問之，公曰：「劉備，吾儔也。但得計少晚；向使早放火，吾徒無類矣。」備尋亦放火而無所及。[87]

《演義》所載實據此改寫，然查無關羽釋放曹操一事。若依《演義》所載關羽違背軍令放走曹操，雖說報了曹操恩情，卻有違家國大義及背叛劉備，實非好讀《左傳》，明《春秋》大義的關羽所爲。就〈關羽傳〉所載，關羽既已立功回報，又將曹操的封賞完整封存，便已表示其心志，不欠曹操分文，實無需續貂，反顯貶抑關羽，此實《演義》之不足。

關於《演義》與正史的出入，尚有以下數處：其一，《演義》載關羽斬華雄，然《三國志》則載華雄爲孫堅所殺。〈孫破虜討逆傳〉載：「堅復相收兵，合戰於陽人，大破卓軍，

86 羅貫中：《三國演義》，頁一二九。

87 陳壽撰，裴松之注：《三國志·武帝紀》，卷一，頁三十一。

梟其都督華雄等。」88《演義》在描寫關羽斬華雄前，亦寫到孫堅率程普、黃蓋等四將對付華雄的軍隊，唯將斬華雄者寫成關羽。第五回載道：

紹曰：「可惜吾上將顏良、文醜未至，得一人在此，何懼華雄？」言未畢，階下一人大呼出曰：「小將軍願往斬華雄頭，獻於帳下！」眾視之，見其人身長九尺，髯長二尺；丹鳳眼，臥蠶眉；面如重棗，聲如巨鐘；立於帳前。紹問何人。公孫瓚曰：「此劉玄德之弟關羽也。」紹問見居何職。瓚曰：「跟隨劉玄德充馬弓手。」帳上袁術大喝曰：「汝欺吾眾諸侯無大將耶？量一弓手，安敢亂言！與我打出！」曹操急止之曰：「公路息怒。此人既出大言，必有勇略；試教出馬，如其不勝，責之未遲。」袁紹曰：「使一弓手出戰，必被華雄所笑。」操曰：「此人儀表不俗，華雄安知他是弓手？」關公曰：「如不勝，請斬某頭。」操教釃熱酒一盃，與關公飲了上馬。關公曰：「酒且斟下，某去便來。」出帳提刀，飛身上馬。眾諸侯聽得關外鼓聲大振，喊聲大舉，如天摧地塌，岳撼山崩，眾皆失驚。正欲探聽，鸞鈴響處，馬到中軍，雲長提華雄之頭，擲於地上，其酒當溫。89

此段文字展現尚未受關注的關羽：在政治場中初試啼聲，讓袁紹、袁術、曹操等檯面上人物見識其勇猛。其間曹操勸飲及溫酒一段，增添了劇情畫面，也突顯關羽如何在短時間便除掉猛將華雄。

其二，《演義》載關羽先約定三事再降曹，〈關羽傳〉僅記載「曹公禽羽以歸」，[90]但《演義》加入歷史想像，寫到關羽請張遼轉答三約，否則寧死不降。第二十五回載道：

> 公曰：「兄言三便，吾有三約。若丞相能從我，即當卸甲；如其不允，吾寧受三罪而死。」遼曰：「丞相寬洪大量，何所不容？願聞三事。」公曰：「一者，吾與皇叔設誓，共扶漢室，吾今只降漢帝，不降曹操；二者，二嫂處請給皇叔俸祿贍，一應上下人等，皆不許到門；三者，但知劉皇叔去向，不管千里萬里，便當辭去。三者缺一，斷不肯降。望文遠急急回報。」[91]

88 陳壽撰，裴松之注：《三國志（二）》，卷四十六，頁一〇九〇。
89 羅貫中：《三國演義》，頁三十一。
90 陳壽撰，裴松之注：《三國志（二）》，卷三十六，頁九三九。
91 羅貫中：《三國演義》，頁一六〇。

其三，《演義》載關羽斬文醜，實出於歷史想像。斬文醜一事，正史有三條記載，〈武帝紀〉記載：

紹騎將文醜與劉備將五六千騎前後至。諸將復白：「可上馬。」公曰：「未也。」有頃，騎至稍多，或分趣輜重。公曰：「可矣。」乃皆上馬。時騎不滿六百，遂縱兵擊，大破之，斬醜、良。醜、良皆紹名將也。92

〈袁紹傳〉記載：「太祖救延，與良戰，破斬良。……紹渡河，壁延津南，使劉備、文醜挑戰。太祖擊破之，斬醜。」93〈許晃傳〉記載：「從破劉備，又從破顏良，拔白馬，進至延津，破文醜，拜偏將軍。」94第一條文獻說明曹軍擊敗文醜與劉備的軍隊，並斬文醜、顏良，但未明言是誰斬文醜、顏良。第二條看似說明曹操斬文醜，但從上下文來看，上文指出曹操擊敗並斬顏良，但實際斬顏良的是關羽，故下文所言斬文醜者未必是曹操，只因曹操是統帥故如此稱之。更重要的是，作戰有規矩，既然顏良、文醜是大將，不需曹操出馬，交由手下對付即可，因此斬文醜者絕非曹操。第三條則交代許晃於延津擊敗文醜的軍隊，並未言及斬文醜。因此，文醜是爲曹操手下將領所斬殺，但確定不是關羽。

其四，《演義》載關羽單刀赴會，亦出於歷史想像，第六十六回載道：

雲長笑曰：「吾豈不知耶？此是諸葛瑾回報孫權，說吾不肯還三郡，故令魯肅屯兵陸口，邀我赴會，便索荊州。吾若不往，道吾怯矣。吾來日獨駕小舟，只用親隨十餘人，單刀赴會，看魯肅如何近我。」[95]

又載：

肅令人於岸口遙望。辰時後，見江面上一隻船來，梢公水手只數人，一面紅旗，風中招颭，顯出一個大「關」字來。船漸近岸，見雲長青巾綠袍，坐於船上；傍邊周倉捧著大刀；八九個關西大漢，各跨腰刀一口。魯肅驚疑，接入亭內。敘禮畢，入席飲酒，舉盃相勸，不敢仰視。雲長談笑自若。[96]

92 陳壽撰，裴松之注：《三國志．武帝紀》，卷一，頁十九。

93 陳壽撰，裴松之注：《三國志．武帝紀》，卷六，頁一九九。

94 陳壽撰，裴松之注：《三國志．武帝紀》，卷一，頁十九。

95 羅貫中：《三國演義》，頁四二九。

96 羅貫中：《三國演義》，頁四二九。

又載：

雲長未及回答，周倉在階下厲聲言曰：「天下土地，惟有德者居之。豈獨是汝東吳當有耶？」雲長變色而起，奪周倉所執大刀，立於庭中，目視周倉而叱曰：「此國家之事，汝何敢多言！可速去！」倉會意，先到岸口，把紅旗一招。關平船如箭發，奔過江東來。雲長右手提刀，左手挽住魯肅手，佯推醉曰：「公今請吾赴宴，莫提起荊州之事。吾今已醉，恐傷故舊之情。他日令人請公到荊州赴會，另作商議。」魯肅魂不附體，被雲長扯至江邊。97

這段文字，展現關羽的豪邁英勇，反觀魯肅成了被動的配角，震懾於關羽的氣勢。反觀《三國志》所載，這場會面，主角是魯肅而非關羽。〈魯肅傳〉載道：

肅邀羽相見，各駐兵馬百步上，但請將軍單刀俱會。肅因責數羽曰：「國家區區本以土地借卿家者，卿家軍敗遠來，無以爲資故也。今已得益州，既無奉還之意，但求三郡，又不從命。」語未究竟，坐有一人曰：「夫土地者，惟德所在耳，何常之有！」肅厲聲呵之，辭色甚切。羽操刀起謂曰：「此自國家事，是人何知！」目使之去。備遂割湘水爲界，於是罷軍。[98]

裴注引《吳書》：

肅欲與羽會語，諸將疑恐有變，議不可往。肅曰：「今日之事，宜相開譬。劉備負國，是非未決，羽亦何敢重欲干命！」乃趨就羽。羽曰：「烏林之役，左將軍身在行間，寢不脱介，戮力破魏，豈得徒勞，無一塊壤，而足下來欲收地邪？」肅曰：「不然。始與豫州覲於長坂，豫州之眾不當一校，計窮慮極，志勢摧弱，圖欲遠竄，望不及此。主上矜愍豫州之身，無有處所，不愛土地士人之力，使有所庇廕以濟其患，而豫州私獨飾情，愆德隳好。今已藉手於西州矣，又欲翦并荊州之土，斯蓋凡夫所不忍行，而況整領人物之主乎！肅聞貪而棄義，必爲禍階。吾子屬當重任，曾不能明道處分，以義輔時，而負恃弱眾以圖力爭，師曲爲老，將何獲濟？」羽無以答。[99]

97 羅貫中：《三國演義》，頁四二九—四三〇。
98 陳壽撰，裴松之注：《三國志（二）》，卷五十四，頁一二七二。
99 陳壽撰，裴松之注：《三國志（二）》，卷五十四，頁一二七二。

在在見出，此次會面由魯肅發起，會中魯肅責以大義，關羽無言以對，歸還部分土地並退兵。

《演義》深刻刻劃關羽的義氣、勇猛，第二十四回藉郭嘉之口道出：「雲長義氣深重。」[100]第二十五回描述關羽念舊，不忘劉備情義，載道：

一日，操見關公所穿綠錦戰袍已舊，即度其身品，取異錦作戰袍一領相贈。關公受之，穿於衣底，上仍用舊袍罩之。操笑曰：「雲長何如此之儉乎？」公曰：「某非儉也。舊袍乃劉皇叔所賜，某穿之如見兄面，不敢以丞相之新賜而忘兄長之舊賜，故穿於上。」操歎曰：「眞義士也！」[101]

此外，《演義》對關羽之死及死後發展，也增加許多歷史想像。既寫關羽坐騎赤兔馬因懷念主人不食而死。第七十七回載道：「關公既歿，坐下赤兔馬被馬忠所獲，獻與孫權。權即賜馬忠騎坐。其馬數日不食草料而死。」[102]又寫關羽死後，英靈未散，後得僧人超渡而得道。這段記載頗富深意，指出關羽死不瞑目，後因僧人曉以因果大義，遂放下仇恨，皈依而去，成爲玉泉山護民的神明。

第七十七回載道：

卻說關公英魂不散，蕩蕩悠悠，直至一處，乃荊門州當陽縣一座山，名爲玉泉山。山上有一老僧，法名普靜，原是汜水關鎮國寺中長老；後因雲遊天下，來到此處，見山明水秀，就此結草爲庵，每日坐禪參道；身邊只有一小行者，化飯度日。是夜日白風清，三更已後，普靜正在庵中默坐，忽聞空中有人大呼曰：「還我頭來！」普靜仰面諦觀，只見空中一人，騎赤兔馬，提青龍刀；左有一白面將軍、右有一黑臉虬髯之人相隨；一齊按落雲頭，至玉泉山頂。普靜認得是關公，遂以手中麈尾擊其户曰：「雲長安在？」關公英魂頓悟，即下馬乘風落於庵前，叉手問曰：「吾師何人？願求法號。」普靜曰：「老僧普靜，昔日汜水關前鎮國寺中，曾與君侯相會，今日豈遂忘之耶？」公曰：「向蒙相救，銘感不忘。今某已遇禍而死，願求清誨，指點迷途。」普靜曰：「昔非今是，一切休論，後果前因，彼此不爽。今將軍爲呂蒙所害，大呼『還我頭來』，然則顏良、文醜五關六將等眾人之頭，又將向誰索耶？」於是關公恍然大悟，稽首皈依而去。後往往於玉泉山顯聖護民。鄉人感其德，就於山頂上建

100 羅貫中：《三國演義》，頁一五八。

101 羅貫中：《三國演義》，頁一六一。

102 羅貫中：《三國演義》，頁四九七。

廟，四時致祭。[103]

但較荒誕的情節是呂蒙之死，正史記載呂蒙因病而逝，《演義》則載呂蒙因擊敗關羽，遭關羽靈魂附身，致使離奇身亡。第七十七回載道：

> 於是親酌酒賜呂蒙。呂蒙接酒欲飲，忽然擲盃於地，一手揪住孫權，厲聲大罵曰：「碧眼小兒，紫髯鼠輩，還識我否？」眾將大驚。急救時，蒙推倒孫權，大步前進，坐於孫權位上，兩眉倒豎，雙眼圓睜，大喝曰：「我自破黃巾以來，縱橫天下三十餘年，今被汝一旦以奸計圖我，我生不能啖汝之肉，死當追呂賊之魂！我乃漢壽亭侯關雲長也。」權大驚，慌忙率大小將士，皆下拜。只見呂蒙倒於地上，七竅流血而死。眾將見之，無不恐懼。權將呂蒙屍首，具棺安葬，贈南郡太守潺陵侯；命其子呂霸襲爵。孫權自此感關公之事，驚訝不已。[104]

此段想像情節，仙道色彩太濃，離史實太遠。

《演義》又虛構了一段關羽顯靈，嚇壞曹操之事。第七十七回載道：

操大喜，從其計，遂召吳使入。呈上木匣。操開匣視之，見關公面如平日。操笑曰：「雲長公別來無恙！」言未畢，只見關公口開目動，鬚髮皆張，操驚倒。眾官急救，良久方醒，顧謂眾官曰：「關將軍眞天神也！」吳使又將關公顯聖附體、罵孫權追呂蒙之事告操。操愈加恐懼，遂設牲醴祭祀，刻沈香木爲軀，以王侯之禮，葬於洛陽南門外。令大小官員送殯，操自拜祭，贈爲荊王，差官守墓，即遣吳使回江東去訖。105

這段文字，既寫曹操不覊之舉措，又顯關羽的神跡。

最後又虛構一段關羽向劉備顯靈，請劉備出兵報仇。第七十七回記載：

忽一日，玄德自覺渾身肉顫，行坐不安；至夜不能寧睡，起坐內室，秉燭看書，覺神思昏迷，伏几而臥；室中忽起一陣冷風，燈滅復明，抬頭見一人立於燈下。玄德問曰：「汝何人，夤夜至吾內室？」其人不答。玄德疑怪，自起視

103 羅貫中：《三國演義》，頁四九七。
104 羅貫中：《三國演義》，頁四九八。
105 羅貫中：《三國演義》，頁四九八—四九九。

之，乃是關公於燈影下，往來躲避。玄德曰：「賢弟別來無恙！夜深至此，必有大故。吾與汝情同骨肉，因何迴避？」關公泣告曰：「願兄起兵，以雪弟恨！」言訖，冷風驟起，關公不見。玄德忽然驚覺，乃是一夢：時正三鼓。玄德大疑，急出前殿，使人請諸葛亮來。諸葛亮入見。玄德細言夢警。[106]

關羽與劉備結拜，此番話別自在情理之中。細味其中深意，《演義》既藉此明劉、關二人情義深重，又藉以表達關羽心志，強化劉備爲何執意出兵復仇的理由。

這些關羽顯靈的記載，既反應關羽在明代民間信仰的重要地位，也藉此表現《演義》重視佛道因果輪迴、善惡果報的信仰。關羽爲孫吳所害，但因生平斬殺眾將及兵士無數，造了惡業，故有此果報。對於《演義》所載顯靈事件，在未獲僧人超渡前，關羽的英靈是有怨氣的，不願離開人間，故孫權、曹操、劉備所見神跡皆此也。直至僧人超渡，關羽英靈放下執念，方安心離開人間，成爲神明，護佑一方。成爲重要的民間信仰，影響深遠。

最後談談對關羽的整體評價，陳壽評道：「關羽、張飛皆稱萬人之敵，爲世虎臣。羽報效曹公，飛義釋嚴顏，並有國士之風。然羽剛而自矜，飛暴而無恩，以短取敗，理數之常也。」[107]這段評論，既指出關羽的勇猛，又評價關羽有國士風範，並指出有剛愎自負的不足，最後因此招致覆敗，所論極爲公允。更特別的是評價關羽爲國士，而非一般猛將，超越當時人及後人稱讚關羽對劉備的忠義，而以國士視之，重要事蹟是報效曹操。因曹操雖爲劉備的敵人，但關羽能超越敵我對立，以義回報。《演義》也提供關羽爲國士的好實例，關羽面對韓玄大將黃忠，見黃忠爲坐騎掀下，不乘人之危，此時國士之風也。第五十三回載道：

> 鼓聲正急時，雲長撥馬便走。黃忠趕來。雲長方欲用刀砍時，忽聽得腦後一聲響；急回頭看時，見黃忠被戰馬前失，掀在地下。雲長急回馬，雙手舉刀猛喝曰：「我且饒你性命！快換馬來廝殺！」黃忠急提起馬蹄，飛身上馬，奔入城中。……尋思：「難得雲長如此義氣！他不忍殺害我，我又安忍射他？……若不射，又恐違了軍令。」是夜躊躇未定。[108]

關羽生前是難得的國士，死後護佑四方，從雄才到神明，典範留芳，影響深遠。正史描述關羽的義與勇，亦點出關羽的自負。關羽的自負讓他展現自信光彩，但也讓他因驕矜而覆敗。關羽在世，憑藉雄才之姿，救渡天下蒼生；死爲鬼雄，護佑後世生靈。

106 羅貫中：《三國演義》，頁四九九。
107 陳壽撰，裴松之注：《三國志（二）》，卷三十六，頁九五一。
108 羅貫中：《三國演義》，頁三三七。

第三節　張飛的豪邁與用智

劉備集團豈能缺少直腸子張飛，少了熱情的張飛，定黯淡許多。〈張飛傳〉載：「少與關羽俱事先主。羽年長數歲，飛兄事之。」[109]〈諸葛亮傳〉裴注引袁孝尼語：「張飛、關羽與劉備俱起，爪牙腹心之臣，而武人也。」[110]道出關羽、張飛自始至終皆爲劉備心腹。〈關羽傳〉載：「先主與二人寢則同牀，恩若兄弟。而稠人廣坐，侍立終日，隨先主周旋，不避艱險。」[111]在劉備尚無一席之地時，三兄弟同心，慢慢累積聲望。曹操謀士屢屢關注。〈董昭傳〉載董昭語：「備勇而志大，關羽、張飛爲之羽翼，恐備之心未可得論也！」[112]〈程昱傳〉：「劉備有英名，關羽、張飛皆萬人敵也。」[113]〈郭嘉傳〉裴注引《傅子》：「備有雄才而甚得眾心，張飛、關羽者，皆萬人之敵也。」[114]關、張雖常並稱，然〈張飛傳〉指出「飛雄壯威猛，亞於關羽」，[115]足見以劉備爲首，關、張爲羽翼的組合，在群雄間威名遠播。

關於張飛的字號，〈張飛傳〉載張飛字益德，但《演義》基於字與名相應，「翼」與「飛」相關，寫成翼德，然正史畢竟較可靠些，沈伯俊評點《三國演義》已更正爲益德。[116]

《演義》爲張飛的音容笑貌增加許多想像。第一回介紹張飛出場：

> 身長八尺，豹頭環眼，燕頷虎鬚，聲若巨雷，勢如奔馬。玄德見他形貌異常，問其姓名。其人曰：「某姓張，名飛，字翼德。世居涿郡，頗有莊田，賣酒屠豬，專好結交天下豪傑。適纔見公看榜而歎，故此相問。」飛曰：「吾頗有資財，當招募鄉勇，與公同舉大事，如何？」玄德甚喜，遂與同入村店中飲酒。[117]

109 陳壽撰，裴松之注：《三國志（二）》，卷三十六，頁九四三。
110 陳壽撰，裴松之注：《三國志（二）》，卷三十五，頁九三四。
111 陳壽撰，裴松之注：《三國志（二）》，卷三十六，頁九三九。
112 陳壽撰，裴松之注：《三國志．董昭傳》，卷十四，頁四三八。
113 陳壽撰，裴松之注：《三國志．程昱傳》，卷十四，頁四二八。
114 陳壽撰，裴松之注：《三國志．郭嘉傳》，卷十四，頁四三三。
115 陳壽撰，裴松之注：《三國志（二）》，卷三十六，頁九四四。
116 羅貫中撰，沈伯俊評點：《三國演義》（上下）（上海：東方出版中心，二〇一八年）。
117 羅貫中：《三國演義》，頁三。

首先，關於劉、關、張三人的身高，依洛陽漢墓出土的骨製量尺，得知漢制一尺爲現今二十三點七公分，關羽九尺最高，約兩百一十三公分，劉備七尺五，約一百七十八公分，張飛八尺次之，約一百九十公分。上述也交代張飛的職業，既是地主，也是商人，以賣酒屠豬爲生，家境不錯。且與劉備一樣好結交豪俠之士。

張飛這樣一位彪形大漢，理應有相配的兵器。第一回記載：「玄德謝別二客，便命良匠打造……張飛造丈八點鋼矛。」[118]「丈八點鋼矛」或稱「丈八蛇矛」。[119]《演義》也對張飛的性格有所著墨，特別是貪杯醉酒會粗暴的鞭打部屬。第十四回載道：

> 玄德曰：「二弟之中，誰人可守？」關公曰：「弟願守此城。」玄德曰：「吾早晚欲與爾議事，豈可相離？」張飛曰：「小弟願守此城。」玄德曰：「你守不得此城。你一者酒後剛強，鞭打士卒；二者作事輕易，不從人諫。吾不於心。」張飛曰：「弟自今以後，不飲酒，不打軍士，諸般聽人勸諫便了。」糜竺曰：「只恐口不應心。」飛怒曰：「吾跟哥哥多年，未嘗失信，你如何輕料我！」玄德曰：「弟言雖如此，吾終不放心。還請陳元龍輔之。早晚令其少飲酒，勿致失事。」陳登應諾。但卻因貪杯，致使丟失徐州。[120]

張飛雖與關羽同樣以勇猛著稱，但行爲自律及情緒管理方面卻不及關羽。《三國志》也點出關、張二人的差異，即「羽善待卒伍而驕於士大夫，飛愛敬君子而不恤小人。」[121]二人的覆敗亦因於此，關羽的自負，惹怒孫權，致使荊州失守；張飛好酒，酒後鞭打部卒，遂爲部下所殺。〈張飛傳〉載道：

先主常戒之曰：「卿刑殺既過差，又日鞭楇健兒，而令在左右，此取禍之道也。」飛猶不悛。先主伐吳，飛當率兵萬人，自閬中會江州。臨發，其帳下將張達、范彊殺飛，持其首，順流而奔孫權。飛營都督表報先主，先主聞飛都督之有表也，曰：「噫！飛死矣。」[122]

《演義》指出張飛重視家國大義及兄弟情義，但張飛視家國大義重於兄弟情義。當他認

118 羅貫中：《三國演義》，頁四。
119 羅貫中：《三國演義》，頁四。
120 羅貫中：《三國演義》，頁八十九－九十一。
121 陳壽撰，裴松之注：《三國志（二）》，卷三十六，頁九四四。
122 陳壽撰，裴松之注：《三國志（二）》，卷三十六，頁九四四。

定關羽違背家國大義，又背叛劉備降曹，便厲色對待。但面對關羽之死，表面看來，張飛拋卻家國大義，但事實是張飛認定，東吳、曹操同樣不忠於漢，故仍未背離以家國大義爲重的原則。

除重視家國大義及兄弟情義，對於男女之情，正史中有相關記載，〈夏侯淵傳〉裴注引《魏略》：「時霸從妹年十三、四，在本郡，出行樵採，為張飛所得。飛知其良家女，遂以爲妻，產息女，爲劉禪皇后。」123張飛娶夏侯霸的堂妹爲妻，生女嫁予劉禪。夏侯霸與曹爽交情深厚，在司馬懿誅曹爽後，怕被牽連，遂投蜀。

張飛的成就在建立大小戰功，但〈張飛傳〉特舉三事，指出其他獨特處。第一事，張飛利用長坂橋及背後竹林的有利地勢，用智退曹軍。載道：

> 表卒，曹公入荊州，先主奔江南。曹公追之，一日一夜，及於當陽之長坂。先主聞曹公卒至，棄妻子走，使飛將二十騎拒後。飛據水斷橋，瞋目橫矛曰：「身是張益德也，可來共決死！」敵皆無敢近者，故遂得免。124

陳壽藉此事顯張飛之勇外，更突顯張飛臨危用智。

《演義》對長坂坡一事增添許多情節。以五點補充交代張飛如何讓善於用兵的曹操退兵。首先，張飛令部將製造煙塵，故佈疑陣，使曹軍以爲有疑兵；其次，指出曹軍剛遇諸葛亮用計，故而小心謹慎。又寫到張飛三次震天喊話，眾人皆驚，大將夏侯傑還因此嚇破膽墜於馬下，造成兵將恐慌。因擔心有詐，曹軍火速退兵，曹操亦落得「冠簪盡落，披髮奔逃」的狼狽處境。最後經張遼提醒，張飛此舉恐虛張聲勢，遂派張遼、許褚回去探究竟，發現張飛已弄斷長坂橋，被曹操識破技倆。

張飛這段製造煙塵，讓曹操誤以爲有疑兵的計謀甚妙。第四十一回載道：

> 張飛那裡肯聽，引二十餘騎，至長坂橋。見橋東有一帶樹木，飛生一計，教所從二十餘騎，都砍下樹枝，拴在馬尾上，在樹林內往來馳騁，衝起塵土，以爲疑兵。飛卻親自橫矛立馬於橋上，向西而望。[125]

123 陳壽撰，裴松之注：《三國志（一）》，卷九，頁二七三。

124 陳壽撰，裴松之注：《三國志（二）》，卷三十六，頁九四三。

125 羅貫中：《三國演義》，頁二六六。

曹操因先前中諸葛亮計，眾將驚魂未散，見張飛騎馬手持長矛，不敢冒進。第四十二回又載道：

> 卻說文聘引軍追趙雲至長坂橋，只見張飛倒豎虎鬚，圓睜環眼，手綽蛇矛，立馬橋上；又見橋東樹林之後，塵頭大起，疑有伏兵，便勒住馬不敢近前。俄而曹仁、李典、夏侯惇、夏侯淵、樂進、張遼、張郃、許褚等都至。見飛怒目橫矛，立馬於橋上，又恐是諸葛孔明之計，都不敢近前，紮住陣腳，一字兒擺在橋西，使人飛報曹操。126

張飛三次震天大吼，讓曹軍將卒心驚膽顫，夏侯傑驚嚇過度墜馬，更使曹操及曹軍感到張飛之威勢，萬分驚駭。載道：

> 操聞知，急上馬，從陣後來。張飛圓睜環眼，隱隱見後軍青羅傘蓋、旄鉞旌旗來到，料得是曹操心疑，親自來看。飛乃厲聲大喝曰：「我乃燕人張翼德也！誰敢與我決一死戰？」聲如巨雷。曹軍聞之，盡皆股栗。曹操急令去其傘蓋，回顧左右曰：「我向曾聞雲長言，翼德於百萬軍中，取上將之首，如探囊取

物。今日相逢，不可輕敵。」言未已，張飛睜目又喝曰：「燕人張翼德在此！誰敢來決死戰？」曹操見張飛如此氣概，頗有退心。飛望見曹操後軍陣腳移動，乃挺矛又喝曰：「戰又不戰，退又不退，卻是何故！」喊聲未絕，曹操身邊夏侯傑驚得肝膽碎裂，倒撞於馬下。操便回馬而走。[127]

隨後，《演義》鮮活刻劃曹操及將士倉皇撤退的窘狀，載道：

> 於是諸軍眾將一齊望西逃奔。……一時棄槍落盔者，不計其數。人如潮湧，馬似山崩，自相踐踏。卻說曹操懼張飛之威，驟馬望西而走，冠簪盡落，披髮奔逃。張遼、許褚趕上扯住轡環。曹操倉皇失措。[128]

曹操雖一時受到驚嚇，但畢竟作戰經驗豐富，在張遼提點下，馬上冷靜回神，下令張

126 羅貫中：《三國演義》，頁二七〇。
127 羅貫中：《三國演義》，頁二七一。
128 羅貫中：《三國演義》，頁二七一。

遼、許褚回長坂橋探消息。《演義》亦藉劉備及曹操之口道出張飛雖能用計，但斷橋之舉，思慮不夠周延，致使此虛張聲勢之計爲曹操識破，立即回馬追趕劉備軍隊。《演義》載道：

> 張遼曰：「丞相休驚。料張飛一人，何足深懼！今急回軍殺去，劉備可擒也。」曹操方纔神色稍定，乃令張遼、許褚再至長坂橋探聽消息。且說張飛見曹軍一擁而退，不敢追趕，速喚回原隨二十餘騎，解去馬尾樹枝，令將橋梁折斷，然後回馬來見玄德，具言斷橋一事。玄德曰：「吾弟勇則勇矣，惜失於計較。」飛問其故。玄德曰：「曹操多謀，汝不合拆斷橋梁，彼必追至矣。」飛曰：「他被我一喝，倒退數里，何敢再追？」玄德曰：「若不斷橋，彼恐有埋伏，不敢進兵；今拆斷了橋，彼料我無軍而怯，必來追趕。彼有百萬之眾，雖涉江漢，可填而過，豈懼一橋之斷耶？」於是即刻起身，從小路斜投漢津，望沔陽路而走。卻說曹操使張遼、許褚探長坂橋消息，回報曰：「張飛已拆斷橋梁而去矣。」操曰：「彼斷橋而去，乃心怯也。」遂傳令差一萬軍，速搭三座浮橋，只今夜就要過。李典曰：「此恐是諸葛亮之詐謀，不可輕進。」操曰：「張飛一勇之夫，豈有詐謀？」遂傳下號令，火速進兵。[129]

張飛憑藉一人氣勢站橋頭，身後煙塵彌漫，似有疑兵，曹軍先前已中諸葛亮計，加上曹操本性多疑，有效讓曹操退兵；可惜張飛思慮未備，以爲斷橋可阻止曹軍過橋來追，反而洩漏實情，讓曹操下令建浮橋繼續追趕劉備軍。透過《演義》增補的情節，爲張飛順利瞞過曹操，增加合理說明。

至於第二事，張飛隨劉備攻劉璋，大破嚴顏軍。載道：

> 先主既定江南，以飛爲宜都太守、征虜將軍，封新亭侯，後轉在南郡。先主入益州，還攻劉璋，飛與諸葛亮等泝流而上，分定郡縣。至江州，破璋將巴郡太守嚴顏，生獲顏。飛呵顏曰：「大軍至，何以不降，而敢拒戰？」顏答曰：「卿等無狀，侵奪我州，我州但有斷頭將軍，無有降將軍也。」飛怒，令左右牽去斫頭，顏色不變，曰：「斫頭便斫頭，何爲怒邪！」飛壯而釋之，引爲賓客。[130]

129 羅貫中：《三國演義》，頁二七〇—二七二。

130 陳壽撰，裴松之注：《三國志（二）》，卷三十六，頁九四三。

陳壽這段記載，說明張飛敬重嚴顏之正氣，不僅釋放他，且以賓客待之，即此彰顯張飛的國士之風。

《演義》則補充張飛如何智取嚴顏。在初始幾番對戰無果，張飛假意派兵另覓小路，不與對戰，嚴顏在城中生疑，派兵探消息，張飛藉由與原先派去探路的小兵對話，讓敵方間諜得到假情報，以為張飛將於小路布軍，故暗自布兵劫糧草輜重，孰知當嚴顏三更出兵，卻遇上張飛的埋伏，張飛又以假張飛騙過嚴顏，導致嚴顏被俘。第六十三回載道：

> 小軍連罵了三日，全然不出。張飛眉頭一皺，又生一計，傳令教軍士四散砍打柴草，尋覓路徑，不來搦戰。嚴顏在城中，連日不見張飛動靜，心中疑惑，著十數個小軍士，扮作張飛砍柴的軍士，潛地出城，雜在軍內，入山中探聽。當日諸軍回寨。張飛坐在寨中，頓足大罵，……只見帳前三四個人說道：「將軍不須心焦。這幾日打探得有一條小路，可以偷過巴郡。」張飛故意大叫曰：「既有這個去處，何不早來說？」眾應曰：「這幾日卻纔哨探得出。」張飛曰：「事不宜遲，只今夜二更造飯，趁三更月明，拔寨都起，人啣枚，馬去鈴，悄悄而行。我自前面開路，汝等依次而行。」傳了令便滿寨告報。探細小軍，聽得這個消息，盡回城中來，報與嚴顏。顏大喜曰：「我算定這匹夫忍耐

> 不得！你偷小路過去，須是糧草輜重在後；我截住後路，你如何得過？好無謀匹夫，中我之計！」即時傳令，教軍士準備赴敵：「今夜二更也造飯，三更出城，伏於樹木叢雜去處。只等張飛過咽喉小路去了，車仗來時，只聽鼓響，一齊殺出。」傳了號令，看看近夜，嚴顏全軍盡皆飽食，披挂停當，悄悄出城，四散伏住，只聽鼓響；嚴顏自引十數裨將，下馬伏於林中。約三更後，遙望見張飛親自在前，橫矛縱馬，悄悄引軍前進。去不得三四里，背後車仗人馬，陸續進發。嚴顏看得分曉，一齊擂鼓，四下伏兵盡起。正來搶奪車仗，背後一聲鑼響，一彪軍掩到，大喝：「老賊休走！我等的你恰好！」嚴顏猛回頭看時，爲首一員大將，豹頭環眼，燕頷虎鬚，使丈八矛，騎深烏馬，乃是張飛。四下裡鑼聲大震，眾軍殺來。嚴顏見了張飛，舉手無措。交馬戰不一合，張飛賣個破綻；嚴顏一刀砍來，張飛閃過，撞將入去，扯住嚴顏勒甲縫，生擒過來，擲於地下；眾軍向前，用索綁縛住了。原來先過去的是假張飛。料道嚴顏擊鼓爲號，張飛卻教鳴金爲號；金響諸軍齊到，川兵大半棄甲倒戈而降。[131]

《演義》增補張飛破嚴顏的情節，突顯張飛善於用計，用智打敗嚴顏，使嚴顏心服。其後又

131 羅貫中：《三國演義》，頁四一〇—四一一。

爲義釋嚴顏增添此情節：

張飛見嚴顏聲音雄壯，面不改色，乃回嗔作喜，下階喝退左右，親解其縛，取衣衣之，扶在正中高坐，低頭便拜曰：「適來言語冒瀆，幸勿見責。吾素知老將軍乃豪傑之士也。」嚴顏感其恩義，乃降。[132]

張飛不僅不殺嚴顏，上親自解其縛，爲之被衣，並邀請上坐，且和善的向嚴顏致歉。此番禮遇，感動嚴顏，強化張飛國士之風，更表現張飛能禮敬君子。

第三事，張飛阻擋留守漢中的張郃進兵，解巴蜀之危。載道：

曹公破張魯，留夏侯淵、張郃守漢川。郃別督諸軍下巴西，欲徙其民於漢中，進軍宕渠、蒙頭、盪石，與飛相拒五十餘日。飛率精卒萬餘人，從他道邀郃軍交戰，山道迮狹，前後不得相救，飛遂破郃。郃棄馬緣山，獨與麾下十餘人從間道退，引軍還南鄭，巴土獲安。[133]

這段記載說明張飛善於用計，誘張郃率軍於狹隘的山道，在無援軍相助的情況下，擊退張郃部衆，張郃只得與十餘部將退回南鄭。陳壽藉此說明張飛善於用計，擊退曹軍大將張郃。

從上述三事可發現，張飛除了勇猛善戰外，亦善用智取，不同於一般匹夫之勇的猛將。〈夏侯淵傳〉有一段曹操告誡夏侯淵的話：「爲將當有怯弱時，不可但恃勇也。將當以勇爲本，行之以智計；但知任勇，一匹夫敵耳。」[134]這三場事都在諸葛亮加入劉備集團後，亦可視爲諸葛亮對集團中各武將有重要啓發與影響。

《演義》對張飛用智取增加許多歷史想像，甚至在諸葛亮加入前張飛便曾用計。第二十二回載道：

> 是夜張飛卻分兵三路，中間使三十餘人，劫寨放火；卻教兩路軍抄出他寨後，看火起爲號，夾擊之。二更時分，張飛自引精兵，先斷劉岱後路；中路三十餘人，搶入寨中放火。劉岱伏兵恰待殺入，張飛兩路兵齊出。岱軍自亂，正不知飛兵多少，各自潰散。劉岱引一隊殘軍，奪路而走，正撞見張飛；狹路相逢，

132 羅貫中：《三國演義》，頁四一一。

133 陳壽撰，裴松之注：《三國志（二）》，卷三十六，頁九四三。

134 陳壽撰，裴松之注：《三國志（一）》，卷九，頁二七二。

> 急難回避；交馬只一合，早被張飛生擒過去。餘眾皆降。飛使人先報入徐州。玄德聞之，謂雲長曰：「翼德自來粗莽，今亦用智，吾無憂矣。」乃親自出郭迎之。飛曰：「哥哥道我躁暴，今日如何？」玄德曰：「不用言語相激，如何肯使機謀？」飛大笑。[135]

《演義》指出在張飛攻打嚴顏時，有人向嚴顏獻計，提及張飛長坂退曹一事：

> 或獻計曰：「張飛在當陽長坂，一聲喝退曹兵百萬之眾。曹操亦聞風而避之，不可輕敵。今只宜深溝高壘，堅守不出。彼軍無糧，不過一月，自然退去。更兼張飛性如烈火，專要鞭撻士卒；如不與戰，必怒；怒則必以暴厲之氣，待其軍士；軍心一變，乘勢擊之，張飛可擒也。」嚴顏從其言，教軍士盡數上城守護。[136]

關於張飛的評價，陳壽除指出張飛與關羽爲萬人之敵，爲世之虎臣，但也指出張飛因醉酒不恤士卒的不足。同時也爲張飛與關羽作出評價，兩人皆非匹夫之勇，而是有大格局的雄才，具有國士風範，在三國武將中極爲特殊。《演義》亦描述張飛的義與勇及酒醉後剛暴的脾氣，但另著墨張飛直率的性情及善於用智，使張飛鮮明的剛直形象，深入人心。

第四節　趙雲的忠勇與持重

趙雲加入劉備陣營雖較關羽、張飛略晚，卻深受劉備信任。當劉備被曹公所追於當陽長坂，妻子失散，顛沛流離之際，有人回報趙雲北投曹操，劉備不信，憤而以手戟擲之，堅信趙雲不背己。裴注引《趙雲別傳》：「初，先主之敗，有人言雲已北去者，先主以手戟擿之曰：『子龍不棄我走也。』頃之，雲至。」[137]即便在兵荒馬亂之際，劉備與趙雲全然信任。趙雲感念劉備知遇之恩，在關、張意外亡故，劉備離世之後，由諸葛亮擔負輔佐劉禪的重任，一肩扛起蜀漢的內政、軍事，穩重英勇的趙雲，成為諸葛亮得力的臂膀。

正史介紹趙雲為常山人，〈趙雲傳〉云：「趙雲字子龍，常山眞定人也。」[138]裴注引

135 羅貫中：《三國演義》，頁一四六—一四七。
136 羅貫中：《三國演義》，頁四〇九。
137 陳壽撰，裴松之注：《三國志（二）》，卷三十六，頁九四九。
138 陳壽撰，裴松之注：《三國志（二）》，卷三十六，頁九四八。

《趙雲別傳》提到趙雲的身高、相貌，云：「雲身長八尺，姿顏雄偉。」139 八尺相當現今一九〇公分，與張飛差不多。相貌雄偉，實為男子理想相貌，《演義》更加以具像化：「濃眉大眼，闊面重頤，威風凜凜」。140

趙雲這樣的虎將，他使什麼兵器，騎乘什麼坐騎？趙雲在當陽長坂攜帶的是長槍，在刺死曹將夏侯恩後，取得夏侯恩的「青釭」寶劍。第四十一回交代此來歷：

正走之間，見一將手提鐵槍，背著一口劍，引十數騎躍馬而來。趙雲更不打話，直取那將。交馬只一合，把那將一槍刺倒，從騎皆走。原來那將乃曹操隨身背劍之將夏侯恩也。曹操有寶劍二口：一名「倚天」，一名「青釭」。倚天劍自佩之，青釭劍令夏侯恩佩之。那青釭劍砍鐵如泥，鋒利無比。當時夏侯恩自恃勇力，背著那劍，只顧引人搶奪擄掠。不想撞著趙雲，被他一槍刺死，奪了那口劍，看靶上有金嵌「青釭」二字，方知是寶劍也。雲插劍提槍，復殺入重圍。141

現今三國電視劇多以趙雲騎乘白馬，此可在《演義》找到依據。趙雲曾投效公孫瓚，公孫瓚有一批白馬大軍。第七回載：「瓚將軍馬分作左右兩隊，勢如羽翼。馬五千餘匹，大半皆是白馬。因公孫瓚曾與羌人戰，盡選白馬為先鋒，號為『白馬將軍』，羌人但見白馬便走，因此白馬極多。」[142]

至於趙雲擇主，投效劉備前是在公孫瓚帳下，〈趙雲傳〉云：「本屬公孫瓚，瓚遣先主為田楷拒袁紹，雲遂隨從，為先主主騎。」[143]《趙雲別傳》載道：

為本郡所舉，將義從吏兵詣公孫瓚。時袁紹稱冀州牧，瓚深憂州人之從紹也，善雲來附，嘲雲曰：「聞貴州人皆願袁氏，君何獨迴心，迷而能反乎？」雲答曰：「天下洶洶，未知孰是，民有倒縣之厄，鄙州論議，從仁政所在，不為忽袁公私明將軍也。」遂與瓚征討。[144]

139 陳壽撰，裴松之注：《三國志（二）》，卷三十六，頁九四九。
140 第七回，羅貫中：《三國演義》，頁四十一。
141 羅貫中：《三國演義》，頁二六七。
142 第七回，羅貫中：《三國演義》，頁四十一。
143 陳壽撰，裴松之注：《三國志（二）》，卷三十六，頁九四八。
144 陳壽撰，裴松之注：《三國志（二）》，卷三十六，頁九四九。

由上述「聞貴州人皆願袁氏，君何獨迴心，迷而能反乎？」說明趙雲在投靠公孫瓚前是在袁紹陣營。趙雲離開袁紹陣營，實因發現袁紹非仁德之明主。此外，從上述公孫瓚的問話亦見出公孫瓚器量狹小。

《演義》亦想像趙雲與公孫瓚初次會面的場景，第七回載道：

忽見草坡左側轉出一個少年將軍，飛馬挺鎗，直取文醜。公孫瓚爬上坡去，看那少年，生得身長八尺，濃眉大眼，闊面重頤，威風凜凜，與文醜大戰五、六十合，勝負未分。瓚部下救軍到，文醜撥馬回去了。那少年也不追趕。瓚忙下土坡，問那少年姓名。那少年欠身答曰：「某乃常山眞定人也：姓趙，名雲，字子龍；本袁紹轄下之人。因見紹無忠君救民之心，故特棄彼而投麾下不期於此處相見。」瓚大喜，遂同歸寨，整頓甲兵。145

足見《演義》承繼《趙雲別傳》所論，指出趙雲最早是在袁紹帳下，後因感袁紹無忠君救民之心而轉投公孫瓚。

《演義》亦增補趙雲在公孫瓚帳下未受重視的情節。第七回載道：

公孫瓚初得趙雲，不知心腹，令其另領一軍在後。遣大將嚴綱爲先鋒。瓚自領中軍，立馬橋上，……從辰時擂鼓，直至巳時，紹軍不進。麴義令弓手皆伏於遮箭下，只聽砲響發箭。嚴綱鼓譟吶喊，直取麴義，義軍見嚴綱兵來，都伏而不動；直到來得至近，一聲砲響，八百弓弩手一齊俱發。綱急得回，被麴義拍馬舞刀，斬於馬下，瓚軍大敗。左右兩軍，欲來救應，都被顏良、文醜引弓弩手射住。紹軍並進，直殺到界橋邊麴義馬到，先斬執旗將，把繡旗砍倒。公孫瓚見砍倒繡旗，回馬下橋而走。麴義引軍直衝到後軍，正撞著趙雲，挺鎗躍馬，直取麴義。戰不數合，一鎗刺麴義於馬下。趙雲一騎馬飛入紹軍，左衝右突，如入無人之境。公孫瓚引軍殺回，紹軍大敗。正說之間，忽見趙雲衝到面前。弓箭手急待射時，雲連刺數人，眾軍皆走。……眾軍士齊心死戰，趙雲衝突不入，紹兵大隊掩至，顏良亦引軍來到，兩路并殺。趙雲保公孫瓚殺透重圍，回到界橋。[146]

趙雲在此役未受重用，只被排在後軍。但在先鋒嚴綱被麴義所斬，公孫瓚大敗，趙雲斬殺麴

145 第七回，羅貫中：《三國演義》，頁四十一。

146 羅貫中：《三國演義》，頁四十一—四十二。

義，又衝入紹軍陣營，致使紹軍大敗。但因紹軍齊心應戰，趙雲只得保護公孫瓚殺出重圍。趙雲英勇善戰，可惜未受公孫瓚重用，但與劉備初見，卻格外投緣。《趙雲別傳》載：

> 時先主亦依託瓚，每接納雲，雲得深自結託。雲以兄喪，辭瓚暫歸，先主知其不反，捉手而別，雲辭曰：「終不背德也。」先主就袁紹，雲見於鄴。先主與雲同床眠臥，密遣雲合募得數百人，皆稱劉左將軍部曲，紹不能知。遂隨先主至荊州。147

趙雲與劉備初識，被劉備的真誠打動，一見如故，便選擇追隨劉備，劉備待之甚厚。《演義》就趙雲轉投劉備增添想像情節。載道：

> 教與趙雲相見。玄德甚相敬愛，便有不捨之心。……瓚即日班師，又表薦劉玄德為平原相。玄德與趙雲分別，執手垂淚，不忍相離。雲歎曰：「某日誤認公孫瓚為英雄，今觀所為，亦袁紹等輩耳！」玄德曰：「公且屈身事之，相見有日。」灑淚而別。148

經過一陣觀察評估，趙雲認爲公孫瓚無異於袁紹，實非明主，故暗自和劉備約定，日後投效。

相較關羽驕矜自負，張飛剛暴性情，趙雲顯得謙和持重，自律甚嚴。曾經趙範欲將美麗孀居的大嫂改嫁給趙雲，趙雲不爲美色所動，而以同姓婉拒。眞正的考量是，他分析趙範迫降，非眞心依附，恐有他圖。果如所料，然趙雲坦蕩無礙。[149]《演義》五十二回亦曾順此增加情節，首先寫道趙雲與趙範因同姓又是同鄉，又同年，故結爲兄弟。載道：

> 引十數騎出城投大寨納降。雲出寨迎接，待以賓禮，置酒共飲，納了印綬。酒至數巡，範曰：「將軍姓趙，某亦姓趙。五百年前，合是一家。將軍乃眞定人，某亦眞定人，又是同鄉。倘得不棄，結爲兄弟，實爲萬幸。」雲大喜，各

147 陳壽撰，裴松之注：《三國志（二）》，卷三十六，頁九四九。

148 羅貫中：《三國演義》，頁四十二。

149 《趙雲別傳》載：「從平江南，以爲偏將軍，領桂陽太守，代趙範。範寡嫂曰樊氏，有國色，範欲以配雲。雲辭曰：『相與同姓，卿兄猶我兄。』固辭不許。時有人勸雲納之，雲曰：『範迫降耳，心未可測，天下女不少。』遂不取。範果逃走，雲無纖介。」陳壽撰，裴松之注：《三國志（二）》，卷三十六，頁九四九。

敘年庚。雲與範同年。雲長範四個月，範遂拜雲爲兄。二人同鄉，同年，又同姓，十分相得。至晚席散，範辭回城。150

接著寫趙範邀宴，讓寡嫂樊氏與趙雲會面，並告知欲將樊氏改嫁趙雲，趙雲以他與趙範既結拜，不可亂人倫而嚴拒。載道：

次日，範請雲入城安民。雲教軍士休動，只帶五十騎隨入城中。居民執香伏道而接。雲安民畢，趙範邀請入衙飲宴。酒至半酣，範復邀雲入後堂深處，洗盞更酌。雲飲微醉，範忽請一婦人，與雲把酒。子龍見婦人身穿縞素，有傾國傾城之色，乃問範曰：「此何人也？」範曰：「家嫂樊氏也。」子龍改容敬之。樊氏把盞畢，範令就坐。雲辭謝。樊氏辭歸後堂。雲曰：「賢弟何必煩令嫂舉盃耶？」範笑曰：「中間有個緣故，乞兄勿阻。先兄棄世已三載，家嫂寡居，終非了局，弟常勸其改嫁。嫂曰：『若得三件事兼全之人，我方嫁之，第一要文武雙全，名聞天下；第二要相貌堂堂，威儀出眾；第三要與家兄同姓。』你道天下那得有這般湊巧的？今尊兄堂堂儀表，名震四海，又與家兄同姓，正兮家嫂所言。若不嫌家嫂貌陋，願備嫁資，與將軍爲妻，結累世之親，何如？」

> 雲聞言大怒而起，厲聲曰：「吾既與汝結爲兄弟，汝嫂即吾嫂也，豈可作此亂人倫之事乎！」趙範羞慚滿面，答曰：「我好意相待，如何這般無禮！」遂目視左右，有相害之意。雲已覺，一拳打倒趙範，逕出府門，上馬出城去了。151

最後，劉備與孔明亦欲成就此美事，趙雲說明原委，劉備益敬之。載道：

> 孔明問之，範備言以嫂許嫁之事。孔明謂雲曰：「此亦美事，公何如此？」雲曰：「趙範既與某結爲兄弟，今若娶其嫂，惹人唾罵，一也；其婦再嫁，使失大節，二也；趙範初降，其心難測，三也。主公新定江漢，枕席未安，雲安敢以一婦人而廢主公之大事？」玄德曰：「今日大事已定，與汝娶之，若何？」雲曰：「天下女子不少，但恐名譽不立，何患無妻子乎？」玄德曰：「子龍眞丈夫也！」遂釋趙範，仍令爲桂陽太守，重賞趙雲。152

150 羅貫中：《三國演義》，頁三三二—三三三。

151 羅貫中：《三國演義》，頁三三三。

152 羅貫中：《三國演義》，頁三三三—三三四。

又如，趙雲曾俘獲同鄉夏侯蘭，因夏侯蘭是法律專家，故請劉備予他免死，並推薦給劉備，相較結朋黨營私者，趙雲謹慎深思，公而忘私。[153]

趙雲有爲有守，行事有原則。當街亭戰敗趙雲負責斷後，倉皇間，趙雲率軍有道，士卒、物資未受損失，諸葛亮擬因此封賞，但爲趙雲勸阻，以未能建功，不宜受賞，建議留到冬天再賞將士。《趙雲別傳》載道：

> 亮曰：「街亭軍退，兵將不復相錄，箕谷軍退，兵將初不相失，何故？」芝答曰：「雲身自斷後，軍資什物，略無所棄，兵將無緣相失。」雲有軍資餘絹，亮使分賜將士，雲曰：「軍事無利，何爲有賜？其物請悉入赤岸府庫，須十月爲冬賜。」亮大善之。[154]

《演義》亦描寫趙雲爲謹慎之人。如，第三十五回趙雲向蔡瑁詢問劉備下落，便騎馬尋劉備。寫道：「趙雲是謹細之人，不肯造次，即策馬前行，遙望大溪，別無去路，乃復回馬。」[155]

相較關羽、張飛，趙雲更是重視家國大義，時時以大局爲重，深謀遠慮。以下兩件事可見出。第一件事，當劉備攻下益州，欲將成都內外房舍、田地賞賜有功將領，但趙雲以爲不可，認爲定將田舍歸還百姓，安定益州百姓之心。此番見識，在武將、甚至人臣中罕見。《趙雲別傳》記載：

益州既定，時議欲以成都中屋舍及城外園地桑田，分賜諸將。雲駁之曰：「霍去病以匈奴未滅，無用家爲，令國賊非但匈奴，未可求安也。須天下都定，各反桑梓，歸耕本土，乃其宜耳。益州人民，初罹兵革，田宅皆可歸還，今安居復業，然後可役調，得其歡心。」先主即從之。156

第二件事是關羽失荊州，被孫權軍斬殺後，劉備急欲伐吳復仇。當時蜀漢眾臣無人敢進諫，連諸葛亮亦未見發言，唯獨趙雲即便知劉備不易聽勸，但仍忠心直諫。〈趙雲別傳〉載道：

153 《趙雲別傳》載：「先是，與夏侯惇戰於博望，生獲夏侯蘭。蘭是雲鄉里人，少小相知，雲白先主活之，薦蘭明於法律，以爲軍正。雲不用自近，其愼慮類如此。」陳壽撰，裴松之注：《三國志（二）》，卷三十六，頁九四九。

154 陳壽撰，裴松之注：《三國志（二）》，卷三十六，頁九五〇。

155 羅貫中：《三國演義》，頁二二六。

156 陳壽撰，裴松之注：《三國志（二）》，卷三十六，頁九五〇。

孫權襲荊州，先主大怒，欲討權。雲諫曰：「國賊是曹操，非孫權也，且先滅魏，則吳自服。操身雖斃，子丕篡盜，當因眾心，早圖關中，居河、渭上流以討凶逆，關東義士必裹糧策馬以迎王師。不應置魏，先與吳戰；兵勢一交，不得卒解。」先主不聽，遂東征，留雲督江州。先主失利於秭歸，雲進兵至永安，吳軍已退。157

此番「國賊是曹操，非孫權也」，此正是蜀漢興復漢室的目標所在，趙雲勸劉備放下對東吳的仇恨，化悲憤繼續對抗曹魏，早日完成大業。

正史特別強調趙雲五件功績：一、當陽長坂保護甘夫人及幼主。關於當時背景，〈先主傳〉載道：

曹公以江陵有軍實，恐先主據之，乃釋輜重，輕軍到襄陽。聞先主已過，曹公將精騎五千急追之，一日一夜行三百餘里，及於當陽之長坂。先主棄妻、子，與諸葛亮、張飛、趙雲等數十騎走，曹公大獲其人眾輜重。158

〈二主妃子傳〉載：「値曹公軍至，追及先主於當陽長坂，于時困偪，棄后及後主，賴趙雲保護，得免於難。」[159]〈趙雲傳〉載：「及先主爲曹公所追於當陽長坂，棄妻子南走，雲身抱弱子，即後主也，保護甘夫人，即後主母也，皆得免難。」[160]這三段文獻說明，因曹操追兵甚急，劉備與妻、子失散，唯與諸葛亮、張飛、趙雲等數十騎奔逃，之後趙雲獨身回北方，此時有人回報趙雲北投曹操，劉備堅信趙雲不疑，最後眞相大白，趙雲北向，不畏艱險保護甘夫人及劉禪。

《演義》第四十一回以極大篇幅想像趙雲如何捨命保護劉備家眷，其中一段生動描述驚險過程：

> 將阿斗抱護在懷，綽槍上馬。早有一將，引一隊步軍至，乃曹洪部將晏明也，持三尖兩刃刀來戰趙雲。不三合，被趙雲一槍刺倒，殺散眾軍，衝開一條路。

157 陳壽撰，裴松之注：《三國志（二）》，卷三十六，頁九五〇。

158 陳壽撰，裴松之注：《三國志（二）》，卷三十二，頁八七八。

159 陳壽撰，裴松之注：《三國志（二）》，卷三十四，頁九〇五。

160 陳壽撰，裴松之注：《三國志（二）》，卷三十六，頁九四八。

張郃見了，大驚而退。趙雲縱馬正走，背後忽有二將大叫：「趙雲休走！」前面又有二將，使兩般軍器，截住去路：後面趕的是馬延、張顗，前面阻的是焦觸、張南，都是袁紹手下降將。趙雲力戰四將，曹軍一齊擁至。雲乃拔青釭劍亂砍。手起處，衣甲透過，血如湧泉。殺退眾軍將，直透重圍。卻說曹操在景山頂上，望見一將，所到之處，威不可當，急問左右是誰。曹洪飛馬下山大叫曰：「軍中戰將可留姓名！」雲應聲曰：「吾乃常山趙子龍也！」曹洪回報曹操。操曰：「眞虎將也！吾當生致之。」遂令飛馬傳報各處：「如趙雲到，不許放冷箭，只要捉活的。」這一場殺，趙雲懷抱後主，直透重圍，砍倒大旗兩面，奪槊三條；前後槍刺劍砍，殺死曹營名將五十餘員。161

上述文字將趙雲如何奮不顧身，捨身救主的艱辛過程，鮮活呈現讀者眼前，也使趙雲的忠義形象，永存人心。

二、當劉備入蜀，趙雲留守荊州。其間發生孫權欲強行帶回孫夫人，孫夫人擬帶劉禪至東吳，後經趙雲、張飛力阻，奪回後主。《趙雲別傳》載道：「先主入益州，雲領留營司馬。……權聞備西征，大遣舟船迎妹，而夫人內欲將後主還吳，雲與張飛勒兵截江，乃得後主還。」162〈二主妃子傳傳〉裴注引《漢晉春秋》云：「先主入益州，吳遣迎孫夫人。夫人欲將太子歸吳，諸葛亮使趙雲勒兵斷江留太子，乃得止。」[163]這兩段文獻都說明趙雲護幼主有功，免使後主成爲東吳人質。

在此之前，劉備在荊州時，便曾因孫夫人專橫而苦惱。〈法正傳〉諸葛亮曾言：「主公之在公安也，北畏曹公之強，東憚孫權之逼，近則懼孫夫人生變於肘腋之下。」[164]《趙雲別傳》有更清楚交代：「此時先主孫夫人以權妹驕豪，多將吳吏兵，縱橫不法。先主以雲嚴重，必能整齊，特任掌內事。」因孫夫人驕縱霸道，致使劉備家庭不寧，便以趙雲性情持重、有威儀，特委請趙雲協助管理家務。足見趙雲德行穩重，處事有分寸，深獲劉備信任。

《三國志》未說明爲何孫夫人欲帶劉禪回東吳，《演義》對此作了交代。因吳蜀對荊州問題一直談不攏，兩國即將有戰事，爲免孫夫人受波及，東吳君臣騙孫夫人帶阿斗一起回東吳探母病，趙雲得到消息，隨即前去攔阻，[165]過程中驚險萬分，載道：

161 羅貫中：《三國演義》，頁二六八－二六九。

162 陳壽撰，裴松之注：《三國志（二）》，卷三十六，頁九四九。

163 陳壽撰，裴松之注：《三國志（二）》，卷三十四，頁九〇六。

164 陳壽撰，裴松之注：《三國志（二）》，卷三十七，頁九六〇。

165 第六十一回，羅貫中：《三國演義》，頁三九二。

周善方欲開船，只聽得岸上有人大叫：「且休開船，容與夫人餞行！」視之，乃趙雲也。原來趙雲巡哨方回，聽得這個消息，吃了一驚，只帶四五騎旋風般沿江趕來。周善手執長戈，大喝曰：「汝何人，敢當主母！」叱令軍士一齊開船，各將軍器出來，排列在船上。風順水急，船皆隨流而去。趙雲沿江趕叫：「任從夫人去，只有一句話拜稟。」周善不睬，只催船速進。趙雲沿江趕到十餘里，忽見江灘斜攬一隻漁船在那裡。趙雲棄馬執槍，跳上漁船。只兩人駕船前來，望著夫人所坐大船追趕。周善教軍士放箭。趙雲以槍撥之，箭皆紛紛落水。離大船懸隔丈餘，吳兵用槍亂刺。趙雲棄槍在小船上，掣所佩「青釭劍」在手，分開槍搠，望吳船湧身一跳，早登大船。吳兵盡皆驚倒。趙雲入艙中，見夫人抱阿斗於懷中，喝趙雲曰：「何故無禮！」雲插劍聲喏曰：「主母欲何往？何故不令軍師知會？」夫人曰：「我母親病在危篤，無暇報知。」雲曰：「主母探病，何故帶小主人去？」夫人曰：「阿斗是吾子，留在荊州，無人看覷。」雲曰：「主母差矣，主人一生，只有這點骨血，小將在當陽長坂坡百萬軍中救出，今日夫人卻抱將去，是何道理？」夫人怒曰：「量汝只是帳下一武夫，安敢管我家事！」雲曰：「夫人要去便去，只留下小主人。」夫人喝曰：「汝半路輒入船中，必有反意！」雲曰：「若不留下小主人，縱然萬死，亦不敢放夫人去。」夫人喝侍婢向前揪捽，被趙雲推倒，就懷中奪了阿斗，抱出船頭上。欲要傍岸，又無幫手；欲要行兇，又恐礙於道理，進退不得。夫人喝侍婢奪阿斗，趙雲一手抱定阿斗，一手仗劍，人不敢近。周善在後艄挾住舵，只顧放船下水。風順水急，望中流而去。趙雲孤掌難鳴，只護得阿斗，安能移舟傍岸？[166]

正當趙雲思及如何抱阿斗上岸之際：

> 正在危急，忽見下流頭港內一字兒排出十餘隻船來，船上麾旗擂鼓。趙雲自思：「今番中了東吳之計！」只見當頭船上一員大將，手執長矛，高聲大叫：「嫂嫂留下姪兒！」原來張飛巡哨，聽得這個消息，急來油江夾口，正撞著吳船，急忙截住。當下張飛提劍跳上吳船。周善見張飛上船，提刀來迎，被張飛手起一劍砍倒，提頭擲於孫夫人前。夫人大驚曰：「叔叔何故無禮？」張飛曰：「嫂嫂不以俺哥哥爲重，私自歸家，這便無禮！」夫人曰：「吾母病重，甚是危急。若等你哥哥回來，須誤了我事。若你不放我回去，我情願投江

166 羅貫中：《三國演義》，頁三九三。

而死！」張飛與趙雲商議：「若逼死夫人，非爲臣下之道，只護著阿斗過船去罷。」乃謂夫人曰：「俺哥哥大漢皇叔，也不辱沒嫂嫂。今日相別，若思哥哥恩義，早早回來。」說罷，抱了阿斗，自與趙雲回船，放孫夫人五隻船去了。孔明引大隊船隻接來。見阿斗已奪回，大喜。三人並馬而歸。167

三、趙雲參與攻打益州大小戰役。〈先主傳〉：「璋復遣李嚴督緜竹諸軍，嚴率眾降先主。先主軍益彊，分遣諸將平下屬縣，諸葛亮、張飛、趙雲等將兵泝流定白帝、江州、江陽，惟關羽留鎮荊州。先主進軍圍雒。」168〈趙雲傳〉載：「先主自葭萌還攻劉璋，召諸葛亮。亮率雲與張飛等俱泝江西上，平定郡縣。至江州，分遣雲從外水上江陽，與亮會于成都。成都既定，以雲爲翊軍將軍。」169

四、在劉備與曹操爭奪漢中地，黃忠欲趁機奪糧，卻深陷包圍，幸賴趙雲及時相救，並以智勇退曹軍。《趙雲別傳》載：

夏侯淵敗，曹公爭漢中地，運米北山下，數千萬囊。黃忠以爲可取，雲兵隨忠取米。忠過期不還，雲將數十騎輕行出圍，迎視忠等。值曹公揚兵大出，雲爲公前鋒所擊，方戰，其大眾至，勢偪，遂前突其陳，且鬥且卻。公軍敗，已復合，雲陷敵，還趣圍。將張著被創，雲復馳馬還營迎著。公軍追至圍，此時沔陽長張翼在雲圍內，翼欲閉門拒守，而雲入營，更大開門，偃旗息鼓。公軍疑雲有伏兵，引去。雲雷鼓震天，惟以戎弩於後射公軍，公軍驚駭，自相蹂踐，墮漢水中死者甚多。先主明旦自來至雲營圍視昨戰處，曰：「子龍一身都是膽也。」作樂飲宴至暝，軍中號雲爲虎威將軍。170

此乃趙雲版的空城計，在兵力不足，面對曹操大軍來犯，不得已，趙雲只得用險計，敞開營門，讓曹操誤以爲有伏兵，故而退兵。趙雲也預想了下一步，當曹軍撤退之際，趙雲隨即擂鼓，命弓弩手以箭攻擊曹軍，大軍陣腳大亂，死傷慘重。整個過程，趙雲從容應對，足見他臨危不亂，智勇雙全。

五、孔明北伐大業，幸賴趙雲相助。在劉備逝世後，諸葛亮獨撐大局，興師北伐，在關、張相繼殞落下，趙雲扮演重要角色。其中箕谷一役，雖然因實力差距未能克敵，但卻不

167 羅貫中：《三國演義》，頁三九三—三九四。

168 陳壽撰，裴松之注：《三國志（二）》，卷三十二，頁八八二。

169 陳壽撰，裴松之注：《三國志（二）》，卷三十六，頁九四九。

170 陳壽撰，裴松之注：《三國志（二）》，卷三十六，頁九五〇。

至大敗，防守有功。〈趙雲傳〉載：

> 建興元年，爲中護軍、征南將軍，封永昌亭侯，遷鎮東將軍。五年，隨諸葛亮駐漢中。明年，亮出軍，揚聲由斜谷道，曹眞遣大衆當之。亮令雲與鄧芝往拒，而身攻祁山。雲、芝兵弱敵彊，失利於箕谷，然斂衆固守，不至大敗。軍退，貶爲鎮軍將軍。171

《演義》描述許多趙雲於諸葛亮平南土、擒孟獲所建立的戰功。對於趙雲參與數次北伐所建立的功績亦有所描述。關於第一次北伐，趙雲自告奮勇當前鋒，第九十一回載道：

> 選定建興五年春三月丙寅日，出師伐魏。忽帳下一老將，厲聲而進曰：「我雖年邁，尚有廉頗之勇，馬援之雄。此二古人皆不服老，何故不用我耶？」衆視之，乃趙雲也。孔明曰：「吾自平南回都，馬孟起病故，吾甚惜之，以爲折一臂也。今將軍年紀已高，倘稍有參差，動搖一世英名，減卻蜀中銳氣。」雲厲聲曰：「吾自隨先帝以來，臨陣不退，遇敵則先，大丈夫得死於疆場者幸也，吾何恨焉，願爲前部先鋒。」孔明再三苦勸不從。雲曰：「如不教我爲先鋒，

> 就撞死於階下！」孔明曰：「將軍既要爲先鋒，須得一人同去。」言未盡，一人應曰：「某雖不才，願助老將軍先引一軍前去破敵。」孔明視之，乃鄧芝也。孔明大喜，即撥精兵五千，副將十員，隨趙雲、鄧芝去訖。孔明出師，後主引百官送於北門外十里。孔明辭後主，旌旗蔽野，戈戟如林，率軍望漢中迤邐進發。[172]

足見趙雲雖漸老邁，但壯志豪情未減當年，諸葛亮也表現愛才之意，相將情深，令人感動。可惜在北伐未成之際，趙雲病逝，《演義》刻劃了諸葛亮及後主的哀痛。第九十七回記載：

> 蜀漢建興六年秋九月，魏都督曹休被東吳陸遜大破於石亭，……時孔明兵強馬壯，糧草豐足，所用之物，一切完備，正要出師；聽知此信，即設宴大會諸將，計議出師。忽一陣大風，自東北角上而起，把庭前松樹吹折，眾皆大驚。

171 陳壽撰，裴松之注：《三國志（二）》，卷三十六，頁九四九。

172 羅貫中：《三國演義》，頁五九一—五九二。

孔明就占一課，曰：「此風主損一大將！」諸將未信。正飲酒間，忽報鎭南將軍趙雲長子趙統、次子趙廣來見。孔明大驚，擲杯於地曰：「子龍休矣！」二子入見，拜哭曰：「某父昨夜三更病重而死。」孔明跌足而哭曰：「子龍身故，國家損一棟樑，去吾一臂也！」衆將無不揮淚。孔明令二子入成都面君報喪。後主聞雲死，放聲大哭曰：「朕昔年幼，非子龍則死於亂軍之中矣！」即下詔追贈大將軍，謚順平侯，敕葬於成都錦屏山之東；建立廟堂，四時享祭。173

一句「國家損一棟樑，去吾一臂也」，說明趙雲在蜀漢北伐的重要地位，後主感念趙雲在長坂坡的救命大恩，雖然趙雲早已不復當年年少有爲，但他謹愼持重，忠勇爲國，經驗豐富，實爲蜀漢後期安定的力量。

令人不解的是，趙雲驍勇善戰，陳壽評其「彊摯壯猛」，與黃忠並列。更特別的是，他的品行操守更爲劉備、諸葛亮所敬重。從謚號順平侯來看，後主詔書解釋道：「柔賢慈惠曰順，執事有班曰平，克定禍亂曰平。」174「柔賢慈惠」言其德行，「執事有班」言其才能，「克定禍亂」言其功績，在在顯示趙雲爲德才兼備的武將，有智有勇，遠超過一般匹夫之勇的武將。與關羽、張飛相較，或許勇猛不及二人，但忠義之心相同，德行遠略似有過之，但何以在蜀漢、在三國時期地位卻不及關羽、張飛？甚至陳壽的評價，關羽、張飛被評價爲國士，而趙雲卻是次一級，「趙雲彊摯壯猛，並作爪牙，其灌、滕之徒歟？」[175] 陳壽以關羽報曹公，與張飛釋顏嚴，均屬義也，故稱二子有國士之風，非一般勇夫耳，但對趙雲則僅言勇猛，只視爲劉備之心腹。

禚夢庵先生亦指出此問題，一方面指出正史中趙雲的地位不僅不如關、張，更居五虎將之末。言道：「《三國志》中，陳壽將關、張、馬、黃、趙五人傳記編爲一組，就是後世所謂的五虎上將，這五人中趙居其末，爵位不僅比不上關、張，即較新附的馬超、黃忠也差的很遠。」[176]

另方面指出，兩晉南北朝不重視趙雲，直至《演義》才突顯趙雲的英風；此外，又指出趙雲不受重視的理由有三，一是趙雲過於謹慎，不能擔當大任；二是劉備未將他放在重要的位置，三是趙雲平和穩重的特質與時代風氣不符。

173 羅貫中：《三國演義》，頁六二七。
174 參見裴注引《趙雲別傳》。陳壽撰，裴松之注：《三國志（二）》，卷三十六，頁九五一。
175 陳壽撰，裴松之注：《三國志（二）》，卷三十六，頁九五一。
176 禚夢庵：《三國人物論集》，頁一五五。

禚夢庵言道：

一直到兩晉南北朝言勇者必舉關、張，而不提趙雲，直至羅貫中的《三國演義》才把趙雲的英風特加描寫，爲子龍吐一口氣，蓋小説家亦有不平之意。子龍的勇武不下於關、張，而識見實在二人之上，……也許趙雲爲人過於謹愼，氣魄不大，不能擔當大任。但昭烈終生未與他獨當一面的機會，則也難説趙雲一定不能擔當大任。從《三國志》本傳及《裴注》引的《別傳》所載子龍的事蹟，可以看出他受命之後都能宛轉達成任務。177

又云：「雲有諸葛亮之謹愼而無其才學，有關、張之勇武而無其威名，又生在草創激切的時代，與他那平和穩重的作風不合，故終昭烈之世，他的職位只在二三流之間。」178

禚夢庵所論部分待商榷，趙雲受重視並非晚到明代羅貫中，一來《演義》許多關於趙雲的描述源自《趙雲別傳》；再者，《趙雲別傳》便已對趙雲多所稱美，惜該書已亡佚，但成書年代當在裴松之之前或同時。裴松之爲東晉劉宋時期史家，因此趙雲受重視，至少應從東晉劉宋裴松之或裴松之之前的《趙雲別傳》作者來論。

至於《三國志》將關、張評爲國士，僅評趙雲爲爪牙，並將之視爲灌嬰與夏侯嬰之流，而《演義》已盡可能將三子等齊視之，當如何理解？

因《三國志》為正史，必須就三國歷史作完整評斷，關羽報曹操與張飛釋顏嚴均為以義對待不同陣營之人，義氣干雲，故以有大器識的國士許之。至於趙雲因沒有這樣的機遇，故未成為國士，若趙雲幸逢關、張的處境，以趙雲的器度，自然亦能成為國士。故陳壽僅以劉備之爪牙視之，並評為灌、滕之屬，這是就趙雲忠於劉備而論，同灌、滕效忠劉邦一般。至於《演義》，主要也是將趙雲放在劉備陣營來看，就這點實與陳壽立場無異。唯《演義》聚焦在蜀漢這方，趙雲被讀者注意到了，而他在蜀漢陣營忠、勇、智的特質，讓後人深深喜愛他。

透過趙雲一生可看出，一個人的歷史評價與他被放在那個位置有關，若如關、張常被賦予前鋒，獨當一面，自然有機會成為國士；反觀趙雲，關、張在世時常被放在支援的地位或擔任劉備的內務總管，終其一生並無成為國士的機會。除了機會外，當然自身的表現非常重要，若關、張有此機會，但卻無此見識，亦無法成就此。機會與本身條件，二者缺一不可。趙雲不似關、張般在三國名聲響亮，也未得國士之名，但有為有守，盡忠為國，贏得蜀漢君

177 禚夢庵：《三國人物論集》，頁一五三。

178 禚夢庵：《三國人物論集》，頁一三五。

臣及後人的喜愛與敬重，是蜀漢武將中唯一無負評者。白色象徵人品高潔，無疑是趙雲的代表色，在人才濟濟的三國，樹立獨特典範。

第七章
三國後期的奇士對決

本章關注三國後期兩位將帥之才姜維與鄧艾。將兩人放在一塊討論的原因：一是兩人均為出色的雄才，是智勇兼備的驍雄；[1] 二是兩人皆遇高人賞識，姜維受諸葛亮栽培，鄧艾為司馬懿所重用；三是兩人是戰場上旗鼓相當的對手，四是兩人為延續集團命運奮戰不懈，五是兩人忠貞不二卻皆因讒言而遭忌，六是兩人皆因忠貞為後人所景仰。

姜維與鄧艾分屬不同集團，卻惺惺相惜，深知彼此是各為其主。在三國即將走到尾聲之際，兩人間才智交鋒，相知相惜，為三國後期帶來耀眼輝光。

第一節　諸葛亮接班人姜維

三國時期人才輩出，常出現兩兩對決、相互競美的情形。姜維加入劉備集團甚晚，是在劉備去世後，諸葛亮發動第一次北伐時。他的出現，讓諸葛亮深感後繼有人，對他寄予厚望。另方面，姜維與鄧艾的爭鋒亦令人讚歎。鄧艾曾云：「姜維自一時雄兒也，與某相值，故窮耳。」[2] 兩人際遇相近，因才遭忌，最後壯志未酬。

〈姜維傳〉記載其出身，「天水冀人也。少孤，與母居。好鄭氏學。仕郡上計掾，州辟為從事。以父冏昔為郡功曹，值羌、戎叛亂，身衛郡將，沒於戰場，賜維官中郎，參本郡軍事。」[3]姜維出身天水官員家庭，父因功早逝，由母撫育成人，曾受儒學薰陶。雖曾研習儒學，然志在建功立業。裴注引《傅子》：「維爲人好立功名，陰養死士，不修布衣之業。」[4]稍長擔任從事一職，即天水郡長官的僚屬，掌理文書，察舉非法，又因父蔭，任中郎官，負責天水郡軍事。

關於姜維投蜀，據《三國志》記載是在馬謖違背諸葛亮戰略，大敗於街亭之時。〈諸葛亮傳〉載：「魏明帝西鎮長安，命張郃拒亮，亮使馬謖督諸軍在前，與郃戰于街亭。謖違亮節度，舉動失宜，大爲郃所破。亮拔西縣千餘家，還于漢中。」[5]姜維是遭天水太守懷疑而拒於城門外，在走投無路的情況下，投降諸葛亮，當諸葛亮攻下西縣千餘家後，帶姜維一起返回成都。〈姜維傳〉載：

> 建興六年，丞相諸葛亮軍向祁山，時天水太守適出案行，維及功曹梁緒、主簿

1 此處「雄才」與「驍雄」是借用劉劭的說法。
2 陳壽撰，裴松之注：《三國志・鄧艾傳》，卷二十八，頁七七九。
3 陳壽撰，裴松之注：《三國志（二）》，卷四十四，頁一〇六二。
4 陳壽撰，裴松之注：《三國志（二）》，卷四十四，頁一〇六三。
5 陳壽撰，裴松之注：《三國志（二）》，卷三十五，頁九二二。

尹賞、主記梁虔等從行。太守聞蜀軍垂至，而諸縣響應，疑維等皆有異心，於是夜亡保上邽。維等覺太守去，追遲，至城門，城門已閉，不納。維等相率還冀，冀亦不入維。維等乃俱詣諸葛亮，會馬謖敗於街亭，亮拔將西縣千餘家及維等還，故維遂與母相失。亮辟維為倉曹掾，加奉義將軍，封當陽亭侯，時年二十七。6

當時四十八歲的諸葛亮，遇見二十七歲英年有為的姜維，這年紀正好他應劉備三顧茅廬盛情出山相助之時。從他寫給張裔及蔣琬的書信，不難看出對姜維高度的肯定及期許。書曰：「姜伯約忠勤時事，思慮精密，考其所有，永南、季常諸人不如也。其人，涼州上士也。」又曰：「須先教中虎步兵五、六千人。姜伯約甚敏於軍事，既有膽義，深解兵意。此人心存漢室，而才兼於人，畢教軍事，當遣詣宮，覲見主上。」不久又升任姜維為中監軍征西將軍。7

由姜維回覆給母親的家書，亦見出姜維非常珍惜諸葛亮賞識。對未來充滿期許。裴注引《孫盛雜記》云：「初，姜維詣亮，與母相失，復得母書，令求當歸。維曰：『良田百頃，不在一畝，但有遠志，不在當歸也。』」8

諸葛亮肯定姜維具備雄才，關心時局，思慮周備，善於軍事，是有勇有謀的出色人才，認定其能力在李邵、馬良之上。更重要的是兩人有共同目標——興復漢室，可協力完成北伐中原之志。從諸葛亮教導如何帶兵，代表重視姜維帶軍長才，期培養他成爲出色將領。裴注引《世語》亦云：「時蜀官屬皆天下英俊，無出維右。」[9]

姜維的功業主要有二，一是在諸葛亮去世時，與楊儀配合，對內安定局勢，對外避免司馬懿乘勢伐蜀。裴注引《漢晉春秋》載：

> 楊儀等整軍而出，百姓奔告宣王，宣王追焉。姜維令儀反旗鳴鼓，若將向宣王者，宣王乃退，不敢偪。於是儀結陣而去，入谷然後發喪。宣王之退也，百姓爲之諺曰：「死諸葛走生仲達。」或以告宣王，宣王曰：「吾能料生，不便料死也。」[10]

6 陳壽撰，裴松之注：《三國志（二）》，卷四十四，頁一〇六二—一〇六三。
7 陳壽撰，裴松之注：《三國志（二）》，卷四十四，頁一〇六三。
8 陳壽撰，裴松之注：《三國志（二）》，卷四十四，頁一〇六三。
9 陳壽撰，裴松之注：《三國志・姜維傳》，卷四十四，頁一〇六七。
10 陳壽撰，裴松之注：《三國志・諸葛亮傳》，卷三十五，頁九二七。

〈諸葛亮傳〉亦載：「及軍退，宣王案行其營壘處所，曰：『天下奇才也！』」[11]

二是在諸葛亮逝世後，發動九次北伐，據〈後主傳〉[12]、〈姜維傳〉[13]記載分別爲：

第一次：〈姜維傳〉載：「十年，……是歲，汶山平康夷反，維率眾討定之。又出隴西、南安、金城界，與魏大將軍郭淮、夏侯霸等戰於洮西。」

第二次：〈後主傳〉載：「十二年……秋，衛將軍姜維出攻雍州，不克而還。」

第三次：〈後主傳〉載：「十三年，姜維復出西平，不克而還。」

第四次：〈後主傳〉載：「十六年……夏四月，衛將軍姜維復率眾圍南安，不克而還。」〈姜維傳〉亦載：「十六年春，禕卒。夏，維率數萬人出石營，經董亭，圍南安，魏雍州刺史陳泰解圍至洛門，維糧盡退還。」

第五次：〈後主傳〉載：「十七年……夏六月，維復率眾出隴西。冬，拔狄道、河間、臨洮三縣民，居于緜竹、繁縣。」〈姜維傳〉亦載：「明年，加督中外軍事。復出隴西，守狄道長李簡舉城降。進圍襄武，與魏將徐質交鋒，斬首破敵，魏軍敗退。維乘勝多所降下，拔〈河間〉〈河關〉、狄道、臨洮三縣民還。」

第六次：〈後主傳〉載：「十八年……夏，復率諸軍出狄道，與魏雍州刺史王經戰于洮西，大破之。經退保狄道城，維卻住鍾題。」〈姜維傳〉亦載：「十八年，復與車騎將軍夏侯霸等俱出狄道，大破魏雍州刺史王經於洮西，經眾死者數萬人。經退保狄道城，維圍之。魏征西將軍陳泰進兵解圍，維卻住鍾題。」

第七次：〈後主傳〉載：「十九年春，進姜維位為大將軍，督戎馬，與鎮西將軍胡濟期會上邽，濟失誓不至。秋八月，維為魏大將軍鄧艾所破于上邽。維退軍還成都。」〈姜維傳〉亦載：「十九年春，就遷維為大將軍。更整勒戎馬，與鎮西大將軍胡濟期會上邽，濟失誓不至，故維為魏大將鄧艾所破於段谷，星散流離，死者甚眾。」

第八次：〈後主傳〉載：「二十年，聞魏大將軍諸葛誕據壽春以叛，姜維復率眾出駱谷，至芒水。」〈姜維傳〉亦載：「二十年，魏征東大將軍諸葛誕反於淮南，分關中兵東下。維欲乘虛向秦川，復率數萬人出駱谷，徑至沈嶺。時長城積穀甚多而守兵乃少，聞維方到，眾皆惶懼。魏大將軍司馬望拒之，鄧艾亦自隴右，皆軍于長城。維前住芒水，皆倚山為營。望、艾傍渭堅圍，維數下挑戰，望、艾不應。」

第九次：〈後主傳〉載：「（景耀）五年……是歲，姜維復率眾出侯和，為鄧艾所破，還住沓中。」〈姜維傳〉亦載：「五年，維率眾出漢、侯和，為鄧艾所破，還住沓中。」

11 陳壽撰，裴松之注：《三國志・諸葛亮傳》，卷三十五，頁九二七。

12 關於姜維北伐，參見陳壽撰，裴松之注：《三國志・後主傳》，卷三十三，頁八九八－八九九。

13 關於姜維北伐，參見陳壽撰，裴松之注：《三國志・姜維傳》，卷四十四，頁一〇六四－一〇六五。

關於這九次北伐有七點需留意：一是姜維在費禕任大將軍期間受到抑制。尚書令費禕於延熙六年任大將軍，[14]延熙十六年春為魏降人郭循所殺於漢壽，[15]因費禕與姜維對蜀漢發展立場相忤，姜維欲興師，但費禕主張守成。這段期間，姜維受制於費禕。〈姜維傳〉載：「維自以練西方風俗，兼負其才武，欲誘諸羌、胡以為羽翼，謂自隴以西可斷而有也。每欲興軍大舉，費禕常裁制不從，與其兵不過萬人。」[16]裴注引《漢晉春秋》云：「費禕謂維曰：『吾等不如丞相亦已遠矣，丞相猶不能定中夏，況吾等乎！且不如保國治民，敬守社稷，如其功業，以俟能者，無以為希冀徼倖而決成敗於一舉。若不如志，悔之無及。』」[17]姜維有興復漢室之志，又欲報答諸葛亮知遇之恩，故欲藉出兵，設法取得羌、胡軍的支持，完成大業。費禕善於治理內政，加上加入集團較姜維久，對蜀漢過往及實力有清楚認識。依姜維看，唯有北伐，方能完成興復漢室的大業；但費禕認為，丞相在世尚不能完成大業，且與其希望藉僥倖得勝，不如好好「保國治民，敬守社稷。」兩人看法，各有道理，實難說誰是誰非。但既然姜維致力北伐，得衡量蜀漢實力，否則即便一時僥倖得勝，亦難持久；且勞師動眾，反拖垮蜀漢國力，失去民心。

二是當費禕離世，由姜維專任北伐事，每年皆興兵，唯延熙十七、十八、二十年有小得。延熙十七年「與魏將徐質交鋒，斬首破敵，魏軍敗退。維乘勝多所降下，拔（河間）

〈河關〉、狄道、臨洮三縣民還。」延熙十八年「大破魏雍州刺史王經於洮西，經眾死者數萬人。」延熙二十年「維欲乘虛向秦川，復率數萬人出駱谷，徑至沈嶺。時長城積穀甚多而守兵乃少，聞維方到，眾皆惶懼。」雖然在費禕去世後，連續四年北伐，雖有小勝，但成果不大。

三是延熙十九年，姜維被魏大將鄧艾大破於段谷，死傷慘重，引發民怨，姜維亦因此求自貶。〈姜維傳〉載：「眾庶由是怨讟，而隴已西亦騷動不寧，維謝過引負，求自貶削。爲後將軍，行大將軍事。」[18]

四是姜維北伐所以無法取得大勝利的原因之一，是適值曹魏由善於用兵的鄧艾率軍之故。鄧艾曾云：「姜維自一時雄兒也，與某相值，故窮耳。」[19]

14 陳壽撰，裴松之注：《三國志（二）》，卷三十三，頁八九八。
15 陳壽撰，裴松之注：《三國志（二）》，卷三十三，頁八九九。
16 陳壽撰，裴松之注：《三國志（二）》，卷四十四，頁一〇六四。
17 陳壽撰，裴松之注：《三國志（二）》，卷四十四，頁一〇六四。
18 陳壽撰，裴松之注：《三國志（二）》，卷四十四，頁一〇六五。
19 陳壽撰，裴松之注：《三國志・鄧艾傳》，卷二十八，頁七七九。

五是姜維雖有興復漢室之壯志及軍事長才，惜加入蜀漢集團較晚，又值宦官黃皓專權進讒，欲以閻宇取代姜維，姜維只得遠避沓中，不復回成都。〈姜維傳〉載：「維本羈旅託國，累年攻戰，功績不立，而宦官黃皓等弄權於內，右大將軍閻宇與皓協比，而皓陰欲廢維樹宇。維亦疑之，故自危懼，不復還成都。」[20]裴注引《華陽國志》云：「維惡黃皓恣擅，啓後主欲殺之。後主曰：『皓趨走小臣耳，往董允切齒，吾常恨之，君何足介意！』維見皓枝附葉連，懼於失言，遜辭而出。後主敕皓詣維陳謝。維說皓求沓中種麥，以避內逼耳。」[21]既然後主不願除掉黃皓，黃皓亦知姜維與之不和，爲免被害，姜維只得遠離朝廷。

六是諸葛瞻、董厥於景耀四年同任平尙書事，不滿姜維常年征戰，影響國力，欲上表後主奪其兵權。〈諸葛亮傳〉載：「自瞻、厥、建統事，姜維常征伐在外，宦人黃皓竊弄機柄，咸共將護，無能匡矯。」[22]裴注引孫盛《異同記》云：「瞻、厥等以維好戰無功，國內疲弊，宜表後主，召還爲益州刺史，奪其兵權。蜀長老猶有瞻表以閻宇代維故事。」[23]

七是姜維身邊缺少得力戰將。〈姜維傳〉唯提到張翼、廖化、董厥三人，此亦爲北伐難以大勝的原因之一。

綜合上述，姜維北伐無法成功，實因未能得到朝廷充分支持，對外又遇強將，能小有所得已算不錯。若與諸葛亮北伐相較，實時異事異。一、諸葛亮得到蜀國上下的信任與支持。二、諸葛亮才學遠在姜維之上。三、雖然兩人同遇勁敵，但司馬懿較鄧艾難對付。四、兩人北伐終極目標在興復漢室，但諸葛亮北伐是在做好各項準備，不影響國力情況下；但姜維連年征戰，相關準備未充足，致使影響民心、國力。

景耀六年，姜維獲得鍾會欲伐蜀的情報，上表請後主留意，並規劃好戰略，但黃皓藉鬼神迷惑後主，朝臣亦不知大難臨頭。〈姜維傳〉載：「維表後主：『聞鍾會治兵關中，欲規進取，宜並遣張翼、廖化督諸軍分護陽安關口、陰平橋頭以防未然。』皓徵信鬼巫，謂敵終不自致，啓後主寢其事，而群臣不知。」[24]

鍾會雖率魏軍主力攻蜀，然若後主、群臣事先依姜維的戰略布署，不致迅速被攻下，幸得姜維率軍在沓中備戰，延長些時日。

姜維較受爭議的是改變於漢中城外合圍的戰略，而於漢、樂二城布兵。姜維認爲舊制只得禦敵，若於漢、樂二城布軍，可大獲敵軍。〈姜維傳〉載：

20 陳壽撰，裴松之注：《三國志・姜維傳》，卷四十四，頁一〇六五。
21 陳壽撰，裴松之注：《三國志・姜維傳》，卷四十四，頁一〇六六。
22 其中「建」是指樊建，陳壽撰，裴松之注：《三國志・諸葛亮傳》，卷三十五，頁九三三。
23 陳壽撰，裴松之注：《三國志・諸葛亮傳》，卷三十五，頁九三三。
24 陳壽撰，裴松之注：《三國志・姜維傳》，卷四十四，頁一〇六五—一〇六六。

> 初，先主留魏延鎮漢中，皆實兵諸圍以禦外敵，敵若來攻，使不得入。及興勢之役，王平捍拒曹爽，皆承此制。維建議，以爲錯守諸圍，雖合《周易》「重門」之義，然適可禦敵，不獲大利。不若使聞敵至，諸圍皆斂兵聚穀，退就漢、樂二城，使敵不得入平，且重關鎮守以捍之。有事之日，令游軍並進以伺其虛。敵攻關不克，野無散穀，千里縣糧，自然疲乏。引退之日，然後諸城並出，與游軍并力搏之，此殄敵之術也。[25]

又：「於是令督漢中胡濟卻住漢壽，監軍王含守樂城，護軍蔣斌守漢城，又於西安、建威、武衛、石門、武城、建昌、臨遠皆立圍守。」[26]

姜維改制後，面對鍾會軍，因蔣舒開城出降而讓魏軍挺進漢中城。〈姜維傳〉載：「鍾會攻圍漢、樂二城，遣別將進攻關口，蔣舒開城出降，傅僉格鬥而死。會攻樂城，不能克，聞關口已下，長驅而前。」[27]

姜維負責抵禦偏軍鄧艾，因作戰不力，敗走陰平，之後與張翼、董厥會合，退守劍閣。〈姜維傳〉載：「月餘，維爲鄧艾所摧，還住陰平。翼、厥甫至漢壽，維、化亦舍陰平而退，適與翼、厥合，皆退保劍閣以拒會。」[28]

其後，鄧艾出奇兵，由景谷道冒險進入緜竹，諸葛瞻父子不敵，身死殉國，鄧艾軍直入成都。〈姜維傳〉載：「鄧艾自陰平由景谷道傍入，遂破諸葛瞻於緜竹。後主請降於艾，艾前據成都。」[29] 隨後後主令退守劍閣的姜維等將棄械投降。〈姜維傳〉載：「維等初聞瞻破，……於是引軍由廣漢、郪道以審虛實。尋被後主敕令，乃投戈放甲，詣會於涪軍前，將士咸怒，拔刀砍石。」[30]

姜維即便不得已受君命而降魏，但性情堅毅的他，仍不放棄任何復國的機會，當發現鍾會對魏國有異心，遂欲藉鍾會之力於魏國內部造反，尋機復蜀。裴注引《華陽國志》載道：「維教會誅北來諸將，既死，徐欲殺會，盡坑魏兵，還復蜀祚，密書與後主曰：『願陛下忍數日之辱，臣欲使社稷危而復安，日月幽而復明。』」[31]《漢晉春秋》載：「會陰懷異圖，維見而知其心，謂可構成擾亂以圖克復也，乃詭說會曰：……會曰：『君言遠矣，我不

25 陳壽撰，裴松之注：《三國志・姜維傳》，卷四十四，頁一〇六五。
26 陳壽撰，裴松之注：《三國志・姜維傳》，卷四十四，頁一〇六五。
27 陳壽撰，裴松之注：《三國志》，卷四十四，頁一〇六六。
28 陳壽撰，裴松之注：《三國志》，卷四十四，頁一〇六六。
29 陳壽撰，裴松之注：《三國志》，卷四十四，頁一〇六六。
30 陳壽撰，裴松之注：《三國志》，卷四十四，頁一〇六六。
31 陳壽撰，裴松之注：《三國志》，卷四十四，頁一〇六七。

能行，且爲今之道，或未盡於此也。』維曰：『其他則君智力之所能，無煩於老夫矣。』由是情好歡甚。」[32]〈姜維傳〉載：「會厚待維等，皆權還其印號節蓋。會與維出則同轝，坐則同席，謂長史杜預曰：『以伯約比中土名士，公休、太初不能勝也。』」[33]〈姜維傳〉又載：「會既構鄧艾，艾檻車徵，因將維等詣成都，自稱益州牧以叛。欲授維兵五萬人，使爲前驅。」[34] 鍾會詬陷鄧艾，引發魏國將士憤怒，遂將鍾會及姜維殺害。〈姜維傳〉載：「魏將士憤怒，殺會及維，維妻子皆伏誅。」[35]《世語》載道：「維死時見剖，膽如斗大。」[36]

綜觀姜維一生，因與諸葛亮機緣相會，得以一展長才，於三國尾聲發光發熱。就其一生所爲，誠如諸葛亮所評有興復漢室之遠志，忠勤國事，有軍事長才，有勇有謀。更難得的是爲人清廉正直。〈姜維傳〉郤正評姜維：

> 姜伯約據上將之重，處群臣之右，宅舍弊薄，資財無餘，側室無妾媵之褻，後庭無聲樂之娛，衣服取供，輿馬取備，飲食節制，不奢不約，官給費用，隨手消盡；察其所以然者，非以激貪厲濁，抑情自割也，直謂如是爲足，不在多求。……如姜維之樂學不倦，清素節約，自一時之儀表也。[37]

雖然陳壽批評姜維未能衡量情勢，以區區蜀漢妄想克魏，明斷不足。陳壽評道：「姜維粗有文武，志立功名，而翫眾黷旅，明斷不周，終致隕斃。老子有云：『治國者猶烹小鮮。』況於區區蕞爾，而可屢擾乎哉？」[38]姜維非不知蜀漢國小兵弱，但與其偏安一隅，不若奮力一搏。

孫盛《晉陽秋》對姜維持負面評價：

> 鄧艾之入江由，士眾鮮少，維進不能奮節緜竹之下，退不能總帥五將，擁衛蜀主，思後圖之計，而乃反覆於逆順之間，希違情於難冀之會，以衰弱之國，而屢觀兵於三秦，已滅之邦，冀理外之奇舉，不亦闇哉！[39]

32 陳壽撰，裴松之注：《三國志》，卷四十四，頁一〇六七。
33 陳壽撰，裴松之注：《三國志》，卷四十四，頁一〇六七。
34 陳壽撰，裴松之注：《三國志》，卷四十四，頁一〇六七。
35 陳壽撰，裴松之注：《三國志》，卷四十四，頁一〇六七。
36 陳壽撰，裴松之注：《三國志》，卷四十四，頁一〇六八。
37 陳壽撰，裴松之注：《三國志》，卷四十四，頁一〇六八。
38 陳壽撰，裴松之注：《三國志》，卷四十四，頁一〇六九。
39 陳壽撰，裴松之注：《三國志》，卷四十四，頁一〇六七—一〇六八。

孫盛批評姜維不能在緜竹抗魏，又不能統領將士護主，而將希望放在與鍾會合謀上，是以譏之。

裴松之不以爲然，回應道：

> 臣松之以爲盛之譏維，又爲不當。于時鍾會大眾既造劍閣，維與諸將列營守險，會不得進，已議還計，全蜀之功，幾乎立矣。但鄧艾詭道傍入，出於其後，諸葛瞻既敗，成都自潰。維若回軍救內，則會乘其背。當時之勢，焉得兩濟？而責維不能奮節緜竹，擁衛蜀主，非其理也。會欲盡坑魏將以舉大事，授維重兵，使爲前驅。若令魏將皆死，兵事在維手，殺會復蜀，不爲難矣。夫功成理外，然後爲奇，不可以事有差牙，而抑謂不然。設使田單之計，邂逅不會，復可謂之愚闇哉！[40]

裴氏的回應相當公允，姜維駐軍在劍閣，豈能馳至緜竹救援？能牽住鍾會大軍，已有大功。且姜維之奇計雖有難度，但在無其他更好辦法的情況下，誰能預知姜維此計不會發生田單火牛陣的大功效？

晉朝干寶評姜維爲古之烈士，死的壯烈，死得其所。干寶云：「姜維爲蜀相，國亡主辱弗之死，而死於鍾會之亂，惜哉！非死之難，處死之難也。是以古之烈士，見危授命，投節如歸，非不愛死也，固知命之不長而懼不得其所也。」41 此段評論可謂壯志未酬的姜維的最佳寫照。

第二節　忠勇多才卻遭忌的鄧艾

與姜維爭鋒的鄧艾也是一世雄傑。鄧艾十二歲隨母親至潁川，讀故太丘長陳寔碑文：「文爲世範，行爲士則」，遂自己起名範，字士則。後宗族有與同者，遂改名爲艾，字士載。42 與姜維一樣，都是年少父亡，由母親撫育成人。43 原籍義陽人，後徙汝南，爲農民養小牛。因家貧，同郡吏父憐其家貧，厚予資給。鄧艾報答方式很獨特，初不稱謝，等升遷爲汝南太守，尋訪恩人，得知早已離世，遂回報其家人，予吏母重金及推薦吏子任官。44

40 陳壽撰，裴松之注：《三國志》，卷四十四，頁一〇六八。
41 陳壽撰，裴松之注：《三國志》，卷四十四，頁一〇六九。
42 陳壽撰，裴松之注：《三國志．鄧艾傳》，卷二十八，頁七七五。
43 陳壽撰，裴松之注：《三國志．鄧艾傳》，卷二十八，頁七七五。
44 陳壽撰，裴松之注：《三國志．鄧艾傳》，卷二十八，頁七七五。

鄧艾少立大志，欲於亂世建立功業，很早便開始自我充實，預作準備。〈鄧艾傳〉載：「每見高山大澤，輒規度指畫軍營處所，時人多笑焉。」[45]為官經歷，先擔任都尉學士，因口吃之故，不得擔任幹佐，而任稻田守叢草吏，後升任典農綱紀，上計吏。[46]《世說新語》曾記載：「鄧艾口喫，語稱艾艾。晉文王戲之曰：『卿云艾艾，定是幾艾？』對曰：『鳳兮鳳兮，故是一鳳。』」[47]面對司馬昭戲問，鄧艾巧妙引《論語》回應，可見其出色才學、氣度與智慧。

關於鄧艾的長才與事蹟，擬分成三點介紹。

其一，擅長並重視農田水利。鄧艾早期官職多與出身農村有關，為農業官員。直至遇到貴人太尉司馬懿，會面後，司馬懿極欣賞其能力，辟之為掾，遷尚書郎。[48]當時司馬懿希望能增加耕地及收成，便請鄧艾實際考察陳、項以東至壽春的農田狀況，考察後提出建議：「田良水少，不足以盡地利，宜開河渠，可以引水澆溉，大積軍糧，又通運漕之道。」鄧艾著《濟河論》展現其見解。重視開河渠，不僅利於灌溉農田，又可作為漕運要道。[49]並曾建言於淮北、淮南屯田，獲司馬懿採用。〈鄧艾傳〉載：「令淮北屯二萬人，淮南三萬人，十二分休，常有四萬人，且田且守。水豐常收三倍於西，計除費，歲完五百萬斛以為軍資。六七年間，可積三千萬斛於淮上，此則十萬之眾五年食也。以此乘吳，無往而不克矣。」[50]這些政策對曹魏發動軍事，貢獻甚大。「正始二年，乃開廣漕渠，每東南有事，大軍興眾，汎舟而下，達于江、淮，資食有儲而無水害，艾所建也。」[51]

鄧艾不僅提出主張，並能有效落實，行政能力出眾，功績卓越。〈鄧艾傳〉載：「艾所在，荒野開闢，軍民並豐。」[52]後遷兗州刺史，加振威將軍，並上書云：「國之所急，惟農與戰，國富則兵彊，兵彊則戰勝。然農者，勝之本也。孔子曰：『足食足兵』，食在兵前也。上無設爵之勸，則下無財畜之功。今使考績之賞，在於積粟富民，則交游之路絕，浮華之原塞矣。」[53]

其二，鄧艾亦關切外交事務。曾針對匈奴問題提出因應對策，一方面建議將右賢王劉

45 陳壽撰，裴松之注：《三國志》，卷二十八，頁七七五。
46 陳壽撰，裴松之注：《三國志》，卷二十八，頁七七五。
47 劉義慶撰，劉孝標注，王根林標點：《世說新語》（北京：上海古籍出版社，二〇一二年），頁十六。
48 陳壽撰，裴松之注：《三國志》，卷二十八，頁七七五。
49 陳壽撰，裴松之注：《三國志》，卷二十八，頁七七五。
50 陳壽撰，裴松之注：《三國志》，卷二十八，頁七七五—七七六。
51 陳壽撰，裴松之注：《三國志》，卷二十八，頁七七六。
52 陳壽撰，裴松之注：《三國志》，卷二十八，頁七七七。
53 陳壽撰，裴松之注：《三國志》，卷二十八，頁七七七。

豹領地劃分為二，削弱其勢力，並將之遷於更遠的雁門，不使子繼位，但給予封號。〈鄧艾傳〉載鄧艾的建議：

戎狄獸心，不以義親，彊則侵暴，弱則內附，……聞劉豹部有叛胡，可因叛，割為二國，以分其勢。去卑功顯前朝，而子不繼業，宜加其子顯號，使居雁門。離國弱寇，追錄舊勳，此御邊長計也。[54]

另方面，又建議對與曹魏接壤的羌胡居民施予教化，鄧艾云：「羌胡與民同處者，宜以漸出之，使居民表崇廉恥之教，塞姦宄之路。」[55]

此外，鄧艾亦曾預測東吳大將諸葛恪的際遇。當諸葛恪出兵包圍合肥新城不成，退回東吳時，[56]鄧艾便向司馬師預告諸葛恪之死：

孫權已沒，大臣未附，吳名宗大族，皆有部曲，……恪新秉國政，而內無其主，不念撫恤上下以立根基，競於外事，虐用其民，悉國之眾，頓於堅城，死者萬數，載禍而歸，此恪獲罪之日也。昔子胥、吳起、商鞅、樂毅皆見任時君，主沒而敗。況恪才非四賢，而不慮大患，其亡可待也。[57]

果如鄧艾所料，諸葛恪回東吳後，便被誅殺。58

其三，鄧艾最大的成就在軍事方面。鄧艾曾於曹魏西邊，修築防禦工事，建起城塢。〈鄧艾傳〉載：「艾在西時，修治障塞，築起城塢。泰始中，羌虜大叛，頻殺刺史，涼州道斷。吏民安全者，皆保艾所築塢焉。」59

在征戰方面，對內曾參與平定毌丘儉、文欽之亂。60 對外主要負責禦蜀任務，共有五次戰績。

一、嘉平元年，鄧艾與征西將軍郭淮參與洮西之役，阻擋姜維進兵。〈鄧艾傳〉載：

維退，淮因西擊羌。艾曰：「賊去未遠，或能復還，宜分諸軍以備不虞。」於

54 陳壽撰，裴松之注：《三國志》，卷二十八，頁七七六。
55 陳壽撰，裴松之注：《三國志》，卷二十八，頁七七六。
56 陳壽撰，裴松之注：《三國志》，卷二十八，頁七七七。
57 陳壽撰，裴松之注：《三國志》，卷二十八，頁七七七。
58 陳壽撰，裴松之注：《三國志》，卷二十八，頁七七七。
59 陳壽撰，裴松之注：《三國志》，卷二十八，頁七八三。
60 陳壽撰，裴松之注：《三國志》，卷二十八，頁七七七。

是留艾屯白水北。三日，維遣廖化自白水南向艾結營。艾謂諸將曰：「維今卒還，吾軍人少，法當來渡而不作橋。此維使化持吾，令不得還。維必自東襲取洮城。」洮城在水北，去艾屯六十里。艾即夜潛軍徑到，維果來渡，而艾先至據城，得以不敗。賜爵關內侯，加討寇將軍，後遷城陽太守。[61]

鄧艾在姜維退兵後，預料姜維會再返回，後果如鄧艾所料。

二、參與段谷之役。當姜維姚西之役戰敗，曹魏眾將多以爲姜維不會再出兵，然鄧艾分析情勢，提出五點理由，斷定姜維會再出兵，遂預做準備，果然於段谷大敗姜維軍。〈鄧艾傳〉載：

議者多以爲維力已竭，未能更出。艾曰：「洮西之敗，非小失也；破軍殺將，倉廩空虛，百姓流離，幾於危亡。今以策言之，彼有乘勝之勢，我有虛弱之實，一也。彼上下相習，五兵犀利，我將易兵新，器杖未復，二也。彼以船行，吾以陸軍，勞逸不同，三也。狄道、隴西、南安、祁山，各當有守，彼專爲一，我分爲四，四也。從南安、隴西，因食羌穀，若趣祁山，熟麥千頃，爲之縣餌，五也。賊有黠數，其來必矣。」頃之，維果向祁山，聞艾已有備，乃回從董亭趣南安，艾據武城山以相持。維與艾爭險，不克，其夜，渡渭東行，緣山趣上邽，艾與戰於段谷，大破之。62

三、鄧艾又於景元二年，「拒姜維于長城，維退還。」63

四、又於景元三年，「又破維于侯和，維卻保沓中。」64

五、再於景元四年，曹魏大軍征蜀，鄧艾強渡陰平滅蜀。〈鄧艾傳〉載：「冬十月，艾自陰平道，行無人之地七百餘里，鑿山通道，造作橋閣。山高谷深，至為艱險，又糧運將匱，頻於危殆。艾以氈自裹，推轉而下。將士皆攀木緣崖，魚貫而進。」65鄧艾見鍾會攻蜀不利，遂用奇計，下了一盤險棋，冒險破蜀。由「鑿山通道，造作橋閣。山高谷深，至為艱險，又糧運將匱，頻於危殆。」可想見其過程之險峻。鄧艾破蜀心切，身先士卒，冒死裹氈滾至山下，足見其膽識過人。

61 陳壽撰，裴松之注：《三國志》，卷二十八，頁七七七。
62 陳壽撰，裴松之注：《三國志》，卷二十八，頁七七七—七七八。
63 陳壽撰，裴松之注：《三國志》，卷二十八，頁七七八。
64 陳壽撰，裴松之注：《三國志》，卷二十八，頁七七八。
65 陳壽撰，裴松之注：《三國志》，卷二十八，頁七七九。

進入平地，便至江由，後於緜竹遇諸葛瞻父子率軍抵擋，當這批冒死入蜀的軍隊，面對嚴陣以待的蜀軍，初始迎戰不利，後經鄧艾提振士氣，遂大破蜀軍。〈鄧艾傳〉載：

先登至江由，蜀守將馬邈降。蜀將軍諸葛瞻自涪還緜竹，列陳待艾。艾遣子惠唐亭侯忠等出其右，司馬師纂等出其左。忠、纂戰不利，並退還，曰：「賊未可擊。」艾怒曰：「存亡之分，在此一舉，何不可之有？」乃叱忠、纂等，將斬之。忠、纂馳還更戰，大破之，斬瞻及尚書張遵等首，進軍到雒。劉禪遣使奉皇帝璽綬，爲箋詣艾請降。66

當甫由山上冒險下山的鄧艾軍隊，雖然幸運遇上蜀將馬邈不戰而降，但隨即面臨第二波挑戰。在第一次回擊蜀軍不利，鄧忠、師纂欲放棄之際，鄧艾一番慷慨陳詞並祭出軍令，激出鄧忠、師纂的鬥志，竟大破諸葛瞻的軍隊，進軍雒城。

整個鄧艾以奇計破蜀的過程，驚心動魄，得以較資源充足的鍾會更早破蜀，搶得頭功。鄧艾雖建立首功，但下場卻不好，仔細分析後，有兩大原因，一是雖然鄧艾的忠心、帶軍能力毫無可議，唯獨對詭譎的政治，敏感度不足，犯了功高震主的大忌。二是鄧艾的驕矜，不懂謙退保身。

觀察鄧艾入成都後的作爲，在處理蜀漢政局方面，鄧艾代表曹魏受降，又自行下令魏軍秋毫勿犯，讓蜀漢臣民維持原本生活。且自行決定後主及宗室的職銜，並重新安排蜀漢各官職。〈鄧艾傳〉載：「艾至成都，禪率太子諸王及眾臣六十餘人面縛輿櫬詣軍門，艾執節解縛焚櫬，受而宥之。」[67]又：「檢御將士，無所虜略，綏納降附，使復舊業，蜀人稱焉。」[68]又：「輒依鄧禹故事，承制拜禪行驃騎將軍，太子奉車、諸王駙馬都尉。蜀司各隨高下拜爲王官，或領艾官屬。」[69]對於魏、蜀戰死將士，〈鄧艾傳〉載：「士卒死事者，皆與蜀兵同共埋藏。」[70]

上述四項作法，完全未徵得上司同意，自行作主，此舉引其司馬昭的不滿。〈鄧艾傳〉載：「文王使監軍衛瓘喻艾：『事當須報，不宜輒行。』」[71]鄧艾的理由是：

66 陳壽撰，裴松之注：《三國志》，卷二十八，頁七七九。
67 陳壽撰，裴松之注：《三國志》，卷二十八，頁七七九。
68 陳壽撰，裴松之注：《三國志》，卷二十八，頁七七九。
69 陳壽撰，裴松之注：《三國志》，卷二十八，頁七七九。
70 陳壽撰，裴松之注：《三國志》，卷二十八，頁七七九。
71 陳壽撰，裴松之注：《三國志》，卷二十八，頁七八〇。

> 銜命征行，奉指授之策，元惡既服；至於承制拜假，以安初附，謂合權宜。今蜀舉衆歸命，地盡南海，東接吳會，宜早鎮定。若待國命，往復道途，延引日月。《春秋》之義，大夫出疆，有可以安社稷，利國家，專之可也。[72]

又云：「兵法，進不求名，退不避罪，艾雖無古人之節，終不自嫌以損於國也。」[73]面對衛瓘的提點，雖然鄧艾表明自己的忠心，滅蜀後所以專斷獨行，實屬權宜之計，合於《春秋》大義。但城府深沉的司馬昭，已對鄧艾產生猜忌。

鄧艾不察自身已陷功高震主的險境，又適得司馬昭獎勵滅蜀頭功給予極大封賞。〈鄧艾傳〉載：「十二月，詔曰：『……雖白起破彊楚，韓信克勁趙，吳漢禽子陽，亞夫滅七國，計功論美，不足比勳也。其以艾爲太尉，增邑二萬戶，封子二人亭侯，各食邑千戶。』」[74]對於自己的戰功及所得厚賞，鄧艾毫不掩飾表現出自滿神色。〈鄧艾傳〉載：「使於緜竹築臺以爲京觀，用彰戰功。」[75]又載：「艾深自矜伐，謂蜀士大夫曰：『諸君賴遭某，故得有今日耳。若遇吳漢之徒，已殄滅矣。』又曰：『姜維自一時雄兒也，與某相值，故窮耳。』有識者笑之。」[76]

鄧艾滅蜀後，除積極安頓蜀地，又規劃滅吳長遠大計。從他種種作爲來看，雖然不免有驕矜自負之嫌，但整體看來是爲曹魏一統天下盡心盡力，置個人安危於度外。這與鄧艾出身農家，仍保有原本質樸性情，不似出身官場的鍾會，具有高度政治敏感度。

鄧艾所規劃的滅吳大計，思慮深遠，格局遠大。可由三方面見出：首先，鄧艾認為滅蜀後看似能乘勝滅吳，但衡量現實條件，宜先休養生息。足見鄧艾非好大喜功，短視近利之徒。〈鄧艾傳〉載：「兵有先聲而後實者，今因平蜀之勢以乘吳，吳人震恐，席卷之時也。然大舉之後，將士疲勞，不可便用，且徐緩之。」[77]

其次，鄧艾主張先厚實國力，一方面善用蜀地資源，冶鐵、鑄錢、製鹽增強曹魏經濟基礎；另方面大量製作戰船，以便與東吳水戰；最後以強大實力，勸服東吳歸順。〈鄧艾傳〉載：「留隴右兵二萬人、蜀兵二萬人，煮鹽興冶，為軍農要用；並作舟船，豫順流之事。然後發使告以利害，吳必歸化，可不征而定也。」[78]

72 陳壽撰，裴松之注：《三國志》，卷二十八，頁七八〇。
73 陳壽撰，裴松之注：《三國志》，卷二十八，頁七八〇。
74 陳壽撰，裴松之注：《三國志》，卷二十八，頁七八〇。
75 陳壽撰，裴松之注：《三國志》，卷二十八，頁七七九。
76 陳壽撰，裴松之注：《三國志》，卷二十八，頁七七九。
77 陳壽撰，裴松之注：《三國志》，卷二十八，頁七八〇。
78 陳壽撰，裴松之注：《三國志》，卷二十八，頁七八〇。

最後透過善待蜀漢君臣，收服東吳君臣之心，以懷柔方式歸附曹魏。〈鄧艾傳〉載：

> 今宜厚劉禪以致孫休，安士民以來遠人，若便送禪於京都，吳以爲流徙，則於向化之心不勸。宜權停留，須來年秋冬，比爾吳亦足平。以爲可封禪爲扶風王，錫其資財，供其左右。郡有董卓塢，爲之宮舍。爵其子爲公侯，食郡內縣，以顯歸命之寵。開廣陵、城陽以待吳人，則畏威懷德，望風而從矣。[79]

這三點看法，實爲滅吳上策，兵不血刃，以和平方式使東吳歸附。這正好解釋爲何鄧艾滅蜀後，對於蜀地的安頓，不上奏朝廷自行發令，因爲他已將滅蜀與滅吳大業連在一起。從他回覆司馬昭的質疑便可見出。鄧艾云：「今蜀舉眾歸命，地盡南海，東接吳會，宜早鎮定。若待國命，往復道途，延引日月。……今吳未賓，勢與蜀連，不可拘常以失事機。」[80]意即若蜀地問題沒處理好，勢必增加日後滅吳的難度，在自忖忠心爲國的情況下，明白告訴司馬昭：「兵法，進不求名，退不避罪，艾雖無古人之節，終不自嫌以損於國也。」[81]

若司馬昭心胸開闊，有長遠見識，理應贊同鄧艾的作法與謀略。可惜司馬昭於曹魏早有不臣之心，致使鍾會得以趁機進讒言，陷害忠良。〈鄧艾傳〉載：「鍾會、胡烈、師纂等皆白艾所作悖逆，變釁以結。詔書檻車徵艾。艾父子既囚，鍾會至成都，先送艾，然後作亂。」[82]「瓘遣田續等討艾，遇於緜竹西，斬之。子忠與艾俱死，餘子在洛陽者悉誅，徙艾妻子及孫於西域。」[83]

鄧艾在破蜀前便曾有夢境預示此次伐蜀將遭禍。〈鄧艾傳〉載：

初，艾當伐蜀，夢坐山上而有流水，以問殄虜護軍爰邵。爰邵解夢道：「按《易》卦『山上有水』曰蹇，〈蹇〉繇曰：『蹇，利西南，不利東北。』孔子曰：『蹇利西南，往有功也；不利東北，其道窮也。』往必克蜀，殆不還乎！」鄧艾聞後，惆悵不樂。[84]

當鄧艾臨刑之際，曾對天意有所省悟。裴注引《魏氏春秋》云：「艾仰天歎曰：『艾，忠臣

79 陳壽撰，裴松之注：《三國志》，卷二十八，頁七八〇。
80 陳壽撰，裴松之注：《三國志》，卷二十八，頁七八〇。
81 陳壽撰，裴松之注：《三國志》，卷二十八，頁七八〇。
82 陳壽撰，裴松之注：《三國志》，卷二十八，頁七八〇—七八一。
83 陳壽撰，裴松之注：《三國志》，卷二十八，頁七八一。
84 陳壽撰，裴松之注：《三國志》，卷二十八，頁七八一。

也，一至此乎！白起之酷，復見於今日矣。』」85

鄧艾的冤情，直至晉朝建立後，方獲平反。〈鄧艾傳〉載：

泰始元年，晉室踐阼，詔曰：「昔太尉王淩謀廢齊王，而王竟不足以守位。征西將軍鄧艾，矜功失節，實應大辟。然被書之日，罷遣人眾，束手受罪，比于求生遂爲惡者，誠復不同。今大赦得還，若無子孫者聽使立後，令祭祀不絕。」86

又載：「九年，詔曰：『艾有功勳，受罪不逃刑，而子孫爲民隸，朕常愍之。其以嫡孫朗爲郎中。』」87

《演義》記載鄧艾平內亂有功。第一一〇回傳嘏建議司馬師借重鄧艾長才擊退毌丘儉。載道：

司馬師見毌丘儉軍退，聚多官商議。尚書傅嘏曰：「今儉兵退者，憂吳人襲壽春也，必回項城分兵拒守。將軍可令一軍取樂嘉城，一軍取項城，一軍取壽春：則淮南之卒必退矣。兗州刺史鄧艾，足智多謀，若領兵逕取樂嘉，更以重

> 兵應之，破賊不難也。」師從之，急遣使持檄文，教鄧艾起兗州之兵破樂嘉城，師隨後引兵到彼會合。[88]

上述指出，傳嘏稱許鄧艾「足智多謀」，亦指出鄧艾參與平定文欽之亂。載道：「欽收聚人馬奔壽春時，已被諸葛誕引兵取了；卻復回項城時，胡遵、王基、鄧艾三路兵皆到。欽見勢危，遂投東吳孫峻去了。」[89]

《演義》更多處記載鄧艾抵禦姜維進兵。第一一一回便以鄧艾爲主角。其中一處提到夏侯霸稱許鄧艾「機謀深遠」，言道：「艾年雖幼，而機謀深遠；近封爲安西將軍之職，必於各處準備，非同往日矣。」[90]姜維亦親見鄧艾高明的布陣。載道：

85 陳壽撰，裴松之注：《三國志》，卷二十八，頁七八一。
86 陳壽撰，裴松之注：《三國志》，卷二十八，頁七八二。
87 陳壽撰，裴松之注：《三國志》，卷二十八，頁七八三。
88 羅貫中：《三國演義》，頁七一七。
89 第一一〇回，羅貫中：《三國演義》，頁七一九。
90 羅貫中：《三國演義》，頁七二二。

> 維自領前部，令眾將隨後而進。於是蜀兵盡離鍾提，殺奔祁山來。哨馬報說魏兵已先在祁山立下九個寨棚。維不信，引數騎憑高望之，果見祁山九寨勢如長蛇，首尾相顧。維回顧左右曰：「夏侯霸之言，信不誣矣。此寨形勢絕妙，止吾師諸葛丞相能之。今觀鄧艾所爲，不在吾師之下。」[91]

段谷之役，鄧艾料到姜維必攻打南安，已先於南安武城山布軍，又另派兵至段谷埋伏，攻其不備。《演義》載道：

> 於是鄧艾引軍星夜倍道而行，逕到武城山；下寨已畢，蜀兵未到，即令子鄧忠，與帳前校尉師纂，各引五千兵，先去段谷埋伏，如此如此而行。二人受計而去。艾令偃旗息鼓，以待蜀兵。[92]

當姜維率軍至南安，果遇鄧艾伏兵，鄧艾運用疑兵之計，讓蜀軍進退不得，疲於奔命，終至潰散。《演義》載道：

> 卻說姜維從董亭望南安而來，至武城山前，謂夏侯霸曰：「近南安有一山，名

武城山；若先得了，可奪南安之勢。只恐鄧艾多謀，必先提防。」正疑慮間，忽然山上一聲砲響，喊聲大震，鼓角齊鳴，旌旗遍豎，皆是魏兵：中央風飄起一黃旗，大書「鄧艾」字樣。蜀兵大驚。山上數處精兵殺下，勢不可當，前軍大敗。維急率中軍人馬去救時，魏兵已退。維直來武城山下搦鄧艾戰，山上魏兵並不下來。維令軍士辱罵，至晚，方欲退軍，山上鼓角齊鳴，卻又不見魏兵下來。維欲上山衝殺，山上砲石甚嚴，不能得進。守至三更，欲回，山上鼓角又鳴。維移兵下山屯紮。比及令軍搬運木石，方欲豎立爲寨，山上鼓角又鳴，魏兵驟至。蜀兵大亂，自相踐踏，退回舊寨。次日，姜維令軍士運糧草車仗，至武城山，穿連排定，欲立起寨柵，以爲屯兵之計。是夜二更，鄧艾令五百人，各執火把，分兩路下山，放火燒車仗。兩兵混殺了一夜，營寨又立不成。維復引兵退。[93]

既然攻不下南安，姜維改弦易轍取上邽，行經段谷，遇鄧艾軍襲擊。《演義》載道：

91 羅貫中：《三國演義》，頁七二三。

92 羅貫中：《三國演義》，頁七二三。

93 羅貫中：《三國演義》，頁七二三—七二四。

正躊躇未決，忽報前軍來報：「山後塵頭大起，必有伏兵。」維急令退兵，師纂、鄧忠，兩軍殺出。維且戰且走，前面喊聲大震，鄧艾引兵殺到：三路夾攻，蜀兵大敗。幸得夏侯霸引兵殺到，魏兵方退，救了姜維，欲再往祁山。霸曰：「祁山寨已被陳泰打破，鮑素陣亡，全寨人馬皆退回漢中去了。」維不敢取董亭，急投山僻小路而回。後面鄧艾急追，維令諸軍前進，自爲斷後。正行之際，忽然山中一軍突出，乃魏將陳泰也。魏兵一聲喊起，將姜維因在核心。維人馬困乏，左衝右突，不能得出。盪寇將軍張嶷，聞姜維受困，引數百騎殺入重圍，維因乘勢殺出。嶷被魏兵亂箭射死。維得脫重圍，復回漢中；……於是蜀中將士，多有陣亡者，皆歸罪於姜維。[94]

段谷之役，姜維雖作好規劃，卻對上強敵鄧艾，在鄧艾洞燭機先，大膽用兵下，順利完成禦敵使命，大敗蜀軍。《演義》記載陳泰向朝廷表彰鄧艾之功，也寫明司馬昭已懷不臣之心。《演義》載道：

泰表鄧艾之功，司馬昭遣使持節，加艾官爵，賜印綬，並封其子鄧忠爲亭侯。時魏主曹髦，改正元三年爲甘露元年。司馬昭自爲天下兵馬大都督，出入常令三千鐵甲驍將前後簇擁，以爲護衛；一應事務，不奏朝廷，就於相府裁處。自此常懷篡逆之心。95

至於蜀漢延熙二十年的駱谷之役，《演義》一一二回藉由歷史想像，寫下鄧艾父子與姜維在戰場精彩交手過程。載道：

正攻打之間，忽然背後喊聲大震，……只見魏陣中一小將全裝貫帶，挺槍縱馬而出，年約二十餘歲，面如傅粉，脣似抹硃，厲聲大叫曰：「認得鄧將軍否！」維自思曰：「此必是鄧艾矣。」挺槍縱馬而來。二人抖擻精神，戰到三四十合，不分勝負。那小將軍槍法無半點放閒。維心中自思：「不用此計，安得勝乎？」便撥馬望左邊山路中而走。那小將驟馬追來，維挂住了鋼槍，暗取雕弓羽箭射之。那小將眼乖，早已見了，弓弦響處，把身望前一倒，放過羽箭。維回頭看小將已到，挺槍來刺；維閃過，那槍從肋旁邊過，被維夾住，那

94 羅貫中：《三國演義》，頁七二四。

95 羅貫中：《三國演義》，頁七二四。

小將棄槍，望本陣而走。維嗟歎曰：「可惜！可惜！」再撥馬趕來。追至陣門前，一將提刀而出曰：「姜維匹夫，勿趕吾兒！鄧艾在此！」維大驚，原來小將乃鄧艾之子鄧忠也。維暗暗稱奇；欲戰鄧艾，又恐馬乏，乃虛指艾曰：「吾今日識汝父子也。且各收兵，來日決戰。」艾見戰場不利，亦勒馬應曰：「既如此，各自收兵。暗算者非丈夫也。」96

隨後鄧艾與姜維在布陣上較高下。載道：

於是兩軍皆退。鄧艾據渭水下寨，姜維跨兩山安營。艾見蜀兵地理，乃作書於司馬望曰：「我等切不可戰，只宜固守。待關中兵至時，蜀兵糧草皆盡，三面攻之，無不勝也。今遣長子鄧忠相助守城。」一面差人於司馬昭處求救。97

《演義》第一一三、一一四、一一五回，大篇幅記載鄧艾與姜維的對壘。在一一五回寫到司馬昭欲興兵伐蜀，有段精彩的歷史想像，交代爲何以鍾會爲主帥，以鄧艾爲副帥，鮮活刻劃司馬昭與鍾會的心機。《演義》載道：

昭大笑曰：「此言最善。吾欲伐蜀，誰可爲將？」荀勗曰：「鄧艾乃世之良材，更得鍾會爲副將，大事成矣。」昭大喜曰：「此言正合吾意。」乃召鍾會入而問曰：「吾欲令汝爲大將，去伐東吳，可乎？」會曰：「主公之意，本不欲伐吳，實欲伐蜀也。」昭大笑曰：「子誠識吾心也。但卿往伐蜀，當用何策？」會曰：「某料主公欲伐蜀，已畫圖本在此。」昭展開視之，圖中細載一路安營下寨屯糧積草之處，從何而進，從何而退，一一皆有法度。昭看了，大喜曰：「眞良將也！卿與鄧艾合兵取蜀，何如？」會曰：「蜀川道廣，非一路可進；當使鄧艾分兵各進，可也。」昭遂拜鍾會爲鎭西將軍，假節鉞，都督關中人馬，調遣青、徐、兗、豫、荊、揚等處；一面差人持節令鄧艾爲征西將軍，都督關外隴上，使約期伐蜀。[98]

此外，第一一六回亦記載鄧艾之惡夢，[99]第一一七回更是以鄧艾偷渡陰平滅蜀之事爲主

96 羅貫中：《三國演義》，頁七三一。
97 羅貫中：《三國演義》，頁七三一。
98 羅貫中：《三國演義》，頁七四七—七四八。
99 羅貫中：《三國演義》，頁七四九。

軸，先以歷史想像，交代鍾會對鄧艾的猜忌，進而以鄧艾不堪受鍾會折辱，激起先入蜀之決心，作爲陰平奇策的動機。首先，鍾會欲以失職處決鄧艾手下諸葛緒，欲藉此恫嚇鄧艾。載道：

> 卻說鍾會離劍閣二十五里下寨，諸葛緒自來伏罪。……會大怒，叱令斬之。監軍衛瓘曰：「緒雖有罪，乃鄧征西所督之人，不該將軍殺之，恐傷和氣。」會曰：「吾奉天子明詔，晉公鈞命，特來伐蜀，便是鄧艾有罪，亦當斬之。」眾皆力勸。會乃將諸葛緒用檻車載赴洛陽，任晉公發落；隨將緒所領之兵，收在部下調遣。100

繼而寫道鄧艾的憤怒，載道：

> 有人報知鄧艾，艾大怒曰：「吾與汝官品一般，吾久鎮邊疆，於國多勞，汝安敢妄自尊大耶！」子鄧忠勸曰：「小不忍則亂大謀。父親若與他不睦，必誤國家大事，望且容忍之。」艾從其言，然畢竟心中懷怒，乃引十數騎來見鍾會。101

又寫到鄧艾與鍾會的會面，鄧艾故意示弱，並誠實交代自己由陰平進兵的計劃，鍾會認爲此計難成，遂放下對鄧艾的防備心，專心完成自身攻打劍閣的戰略。載道：

會聞艾至，便問左右：「艾引多少軍來？」左右答曰：「只有十數騎。」會乃令帳上帳下列武士數百人。艾下馬入見。會接入帳禮畢。艾見軍容甚肅，心中不安，乃以言挑之曰：「將軍得了漢中，乃朝廷大幸也，可定策早取劍閣。」會曰：「將軍之明見若何？」艾再三推稱無能。會固問之。艾答曰：「以愚意度之，可引一軍從陰平小路出漢中德陽亭，用奇兵逕取成都，姜維必撤兵來救，將軍乘虛就取劍閣，可獲全功。」會大喜曰：「將軍此計甚妙！可即引兵去。吾在此專候捷音。」二人飲酒相別。會回本帳與諸將曰：「人皆謂鄧艾有能，今日觀之，乃庸才耳！」眾問其故。會曰：「陰平小路，皆高山峻嶺，若蜀以百餘人守其險要，斷其歸路，則鄧艾之兵皆餓死矣。吾只以正道而行，何愁蜀地不破乎！」遂置雲梯砲架，只打劍閣關。[102]

100 羅貫中：《三國演義》，頁七五五。

101 羅貫中：《三國演義》，頁七五五。

102 羅貫中：《三國演義》，頁七五五—七五六。

最後寫到，鄧艾於會面後，認為鍾會不相信陰平奇計會成功，不特別防備鄧艾，鄧艾得以安心規劃戰略。載道：

卻說鄧艾出轅門上馬，回顧從者曰：「鍾會待吾若何？」從者曰：「觀其辭色，甚不以將軍之言為然，但以口強應而已。」艾笑曰：「彼料我不能取成都，我偏欲取之！」回到本寨，師纂、鄧忠一班將士接問曰：「今日與鍾鎮西有何高論？」艾曰：「吾以實心告彼，彼以庸才視我。彼今得漢中，以為莫大之功；若非吾在沓中絆住姜維，彼安能成功耶！吾今若取了成都，勝取漢中矣！」當夜下令，盡拔寨望陰平小路進兵，離劍閣七百里下寨。有人報鍾會說：「鄧艾要去取成都了。」會笑艾不智。103

《演義》透過想像增補了陰平之役的許多情節，讓讀者感受鄧艾的決心及此奇計的困難度。首先，鄧艾既向上司報告，並激勵將士士氣。載道：「卻說鄧艾一面修密書遣使馳報司馬昭，一面聚諸將於帳下問曰：『吾今乘虛去取成都，與汝等立功名於不朽，汝等肯從乎？』諸將應曰：『願遵軍令，萬死不辭！』」104

以下文字，彷彿讓人感受下臨深淵，開鑿山路的驚險過程。載道：

艾乃先令子鄧忠引五千精兵，不穿衣甲，各執斧鑿器具，凡遇峻危之處，鑿山開路，搭造橋閣，以便行軍。艾選兵三萬，各帶乾糧繩索進發。約行百餘里，選下三千兵，就彼紮寨；又行百餘里，又選三千兵下寨。是年十月自陰平進兵，至於巔崖峻谷之中，凡二十餘日，行七百餘里，皆是無人之地。魏兵沿途下了數寨，只剩下二千人馬。前至一嶺，名摩天嶺。馬不堪行，艾步行上嶺，只見鄧忠與開路軍士盡皆哭泣。艾問其故。忠告曰：「此嶺西背是峻壁巔崖，不能開鑿，虛廢前勞，因此哭泣。」艾曰：「吾軍到此，已行了七百餘里，過此便是江油，豈可復退？」乃喚諸軍曰：「不入虎穴，焉得虎子！吾與汝等來到此地，若得成功，富貴共之。」眾皆應曰：「願從將軍之命。」[105]

下個階段便是鄧艾命眾將士由險峻山頂攻進平地的艱險過程。載道：

艾令先將軍器攛將下去。艾取氈自裹其身，先滾下去。副將有氈衫者裹身滾

103 羅貫中：《三國演義》，頁七五六。

104 羅貫中：《三國演義》，頁七五六。

105 羅貫中：《三國演義》，頁七五六。

下，無氈衫者各用繩索束腰，攀木掛樹，魚貫而進。鄧艾、鄧忠，並二千軍，及開山壯士，皆渡了摩天嶺。方纔整頓衣甲器械而行。[106]

全軍順利通過考驗，進入江油後，《演義》增加一段想像情節，即諸葛亮生前親題的石碑，預示鄧艾將由此入蜀，及鄧艾與鍾會的悲劇命運。亦增加鄧艾對武侯的崇敬之情。載道：「忽見道傍有一石碣，上刻：『丞相諸葛武侯題。』其文云：『二火初興，有人越此。二士爭衡，不久自死。』艾觀訖大驚，慌忙對碣再拜曰：『武侯眞神人也！艾不能以師事之，惜哉！』」[107]

後面的情節，在正史的基礎下，增加部分細節，在此略去不表。一一九回亦據正史寫下鄧艾遭司馬昭猜忌及鍾會構陷，父子遇難，遭誅三族的不幸下場。

在三國尾聲，鄧艾與姜維都是忠於家國的雄才，兩人棋逢敵手，默默相惜，爲三國歷史留下珍貴餘韻，讓人低迴不已。

106 羅貫中：《三國演義》，頁七五六。

107 羅貫中：《三國演義》，頁七五六—七五七。

第八章　結語

本書以《三國演義》爲核心，各章所關注人物，並非以道德、成敗爲準，而以在三方集團有重要影響者爲主，並依據個人才能及擔任職務，進行類型學研究。

論述重點落在考察《演義》這部具講史而非純小說的經典，如何以《三國志》及裴注所引諸雜史的史實材料，透過歷史想像補白，運用文學筆法，將擇取的史料與歷史想像，結合作者理念，熔爲一爐，完成這部經典名著。

即此可認定《演義》在史實部分依據《三國志》及裴注，並就史實沒說的空白處，加入合情理的歷史想像，爲史實增添些創意及趣味，透過鮮活的情節安排，優美的文字及修辭技巧，成就這部講史名著。因此，本書斷定《演義》並未扭曲史實，無需作翻案文章，《演義》的特色是將史實活化，使人物、事件更鮮活，讓讀者印象深刻。

《演義》強調時勢與人謀的關聯，在人謀方面有幾個特點：一、蜀漢利用人謀，創造人和，與佔天時的曹魏及據江東地利的東吳，鼎足爲三。形成歷史上罕見三強鼎立的局勢。二、因三方均有不少出色人才，形成三強相爭的局面。三、三強爭雄，使外交謀略成爲三國歷史一大特色，吳蜀聯盟的分合爲三國時期的焦點。四、官渡之戰、赤壁之戰、夷陵之戰三大戰役，均出現以少勝多、以弱勝強的結果。官渡之戰，曹操以七萬兵力擊潰袁紹七十萬大軍。赤壁之戰，東吳兩萬水軍加上劉備一萬兵力，擊退十五萬曹軍。夷陵之戰雖不詳雙方具體兵力，但劉備興兵復仇必帶不少兵卒，最後是年輕將帥陸遜擊退沙場老將劉備。

雖然人謀創造歷史，但冥冥中自有天數。三集團多出現人才英年早逝，壯志未酬的現象。如，東吳儒將周瑜、魯肅、呂蒙英年早逝；郭嘉、法正亦然。龐統在攻打雒城時，中箭身亡。關羽、張飛不幸遇害等等。此外，劉備取得益州、漢中，蜀漢氣勢如日中天，卻發生關羽遇害的重大事件，蜀漢命運至此走下坡。

《演義》中對於「勢」，常用「天意」一詞代替。如，第四回，曹操行刺董卓失敗，逃至中牟，回應縣令云：「吾祖宗世食漢祿，若不思報國，與禽獸何異？吾屈身事卓者，欲乘間圖之，爲國除害耳。今事不成，乃天意也！」[1]第八十九回，諸葛亮對孟獲云：「汝賺吾入無水之地，更以啞泉、滅泉、黑泉、柔泉如此之毒，吾軍無恙，豈非天意乎？汝何如此執迷？」[2]

更具代表性的是諸葛亮禳星延壽的情節，第一〇三回，諸葛亮自知命將終，遂採姜維建議秘密禳星延壽，並云：「吾素諳祈禳之法，但未知天意如何。」[3]當祈禳儀式到第六夜，眼見再一天就完成，無奈因魏延冒然進帳請示，竟將主燈撲滅，諸葛亮感慨道：「死生有命

1 羅貫中：《三國演義》，頁二十五。

2 羅貫中：《三國演義》，頁五七七。

3 羅貫中：《三國演義》，頁六七七。

不可得而禳也。」[4]在一〇四回，記載姜維悲痛欲斬魏延，諸葛亮勸阻，言道：「此吾命當絕，非文長之過也。」[5]又寫道諸葛亮向姜維表達心中遺憾，言道：「吾本欲竭忠盡力，恢復中原，重興漢室；奈天意如此，吾旦夕將死。……」[6]諸葛亮禳星並非迷信，而是爲實現理想，再次與命運一搏，可惜難遂人意，面對祈禳失敗亦無怨言，接受天意。《演義》藉此刻劃諸葛亮爲救天下蒼生，不輕言放棄的精神。

《演義》所說的「天意」、「命」是指人力無法改變者，當然也包含民意及歷史發展趨勢。歷史發展趨勢，包括個人或集團的小歷史及時代的大歷史，大歷史是結集眾人心志及作爲，在歷時、共時的情況下產生的結果，非一人之力所能左右。

《演義》重視個人與群體、個人與時勢的關聯，強調個人才德及性格對個人事功及群體的影響，並主張知己知彼，放對位子。並強調謀始見機，順時而行。本書雖然多以偏正面人物爲主，但偏負面人物亦值得借鏡。如，袁紹、劉表出身高貴，在當時享有名望，但才德不足，性情剛愎自用、忌刻，不能知己知人，致使留下浮誇虛名。

袁紹在統率聯軍討伐董卓卻猶豫不決，在官渡之戰更是不聽田豐、沮授建言，剛愎自用，好謀無決，甚至戰敗後，還以處決田豐泄恨，足見其氣度狹窄。禚夢庵評價道：「袁紹儀表風度有長處，惟一臨大事，即見糊塗，他的缺點只是一個『暗』字，處在三國英雄競爭的時代，是必然要受淘汰的。」[7]即便袁紹空有虛名，但他毅然拒絕董卓的拉攏，號召義軍討董卓，此義勇值得肯定。

此外，袁紹雖不善用兵，不適任統帥，但任州牧倒是稱職，深受士民愛戴。《後漢書》引《獻帝春秋》云：「紹爲人政寬，百姓德之。河北士女莫不傷怨，市巷揮淚，如或喪親。」[8]從這點來看，袁紹缺少自知之明，未能選擇適合自己的位子，因缺少雄才，不適任統帥，缺點都被放大。可見選擇適合自己的位子，用人也需放對位子，方能發揮所長。

另一位人物劉表，與袁紹有許多相似點，首先，兩人皆出身貴族，儀表堂堂，是當時的名士，時任荊州牧。但劉表行政能力不及袁紹，未有好風評。兩人皆爲「外寬內忌」，「好謀無決，有才而不能用，聞善而不能納」，不僅不具雄才，亦非出色英才。陳壽評價二人道：

4 羅貫中：《三國演義》，頁六七七。

5 羅貫中：《三國演義》，頁六七八。

6 羅貫中：《三國演義》，頁六七八。

7 禚夢庵：《三國人物評傳》，頁九十一。

8 范燁撰，楊家駱主編：《新校本後漢書并附編十三種・袁紹劉表列傳》（臺北：鼎文書局，一九九四年），卷七十四上，頁二四〇三。

袁紹、劉表，咸有威容、器觀，知名當世。表跨蹈漢南，紹鷹揚河朔，然皆外寬內忌，好謀無決，有才而不能用，聞善而不能納，廢嫡立庶，舍禮崇愛，至于後嗣顛蹙，社稷傾覆，非不幸也。昔項羽背范增之謀，以喪其王業；紹之殺田豐，乃甚於羽遠矣！[9]

細讀《演義》不難發現性情、才德對人一生功過造成極大影響。但切勿單方面論斷人物與事件，容易以偏概全。任何人物與事件都是多面的，唯有從多元立場、開放胸襟，方能掌握豐富深刻的義涵。

《三國演義》是值得一讀再讀的經典，唯有不斷對話，深入思考、體悟，方能掘發更多深義。經典也必須以文字、影音不斷活化，方能注入時代活水，歷久彌新。

9 陳壽撰，裴松之注：《三國志》，卷六，頁二一六—二一七。

國家圖書館出版品預行編目資料

羅貫中與《三國演義》／楊自平著. －－ 初版. －－ 臺北市：五南, 2020.08
面； 公分
ISBN 978-986-522-140-9（平裝）

1.三國演義 2.研究考訂

857.4523 109010456

1XHL
經典名作鑑賞

羅貫中與《三國演義》

作　　者— 楊自平（318.8）
發 行 人— 楊榮川
總 經 理— 楊士清
總 編 輯— 楊秀麗
副總編輯— 黃文瓊
責任編輯— 吳雨潔
封面設計— 姚孝慈
出 版 者— 五南圖書出版股份有限公司
地　　址：106台北市大安區和平東路二段339號4樓
電　　話：(02)2705-5066　　傳　　真：(02)2706-6100
網　　址：http://www.wunan.com.tw
電子郵件：wunan@wunan.com.tw
劃撥帳號：01068953
戶　　名：五南圖書出版股份有限公司
法律顧問　林勝安律師事務所 林勝安律師
出版日期　2020年8月初版一刷
定　　價　新臺幣530元